전지적 독자 시점

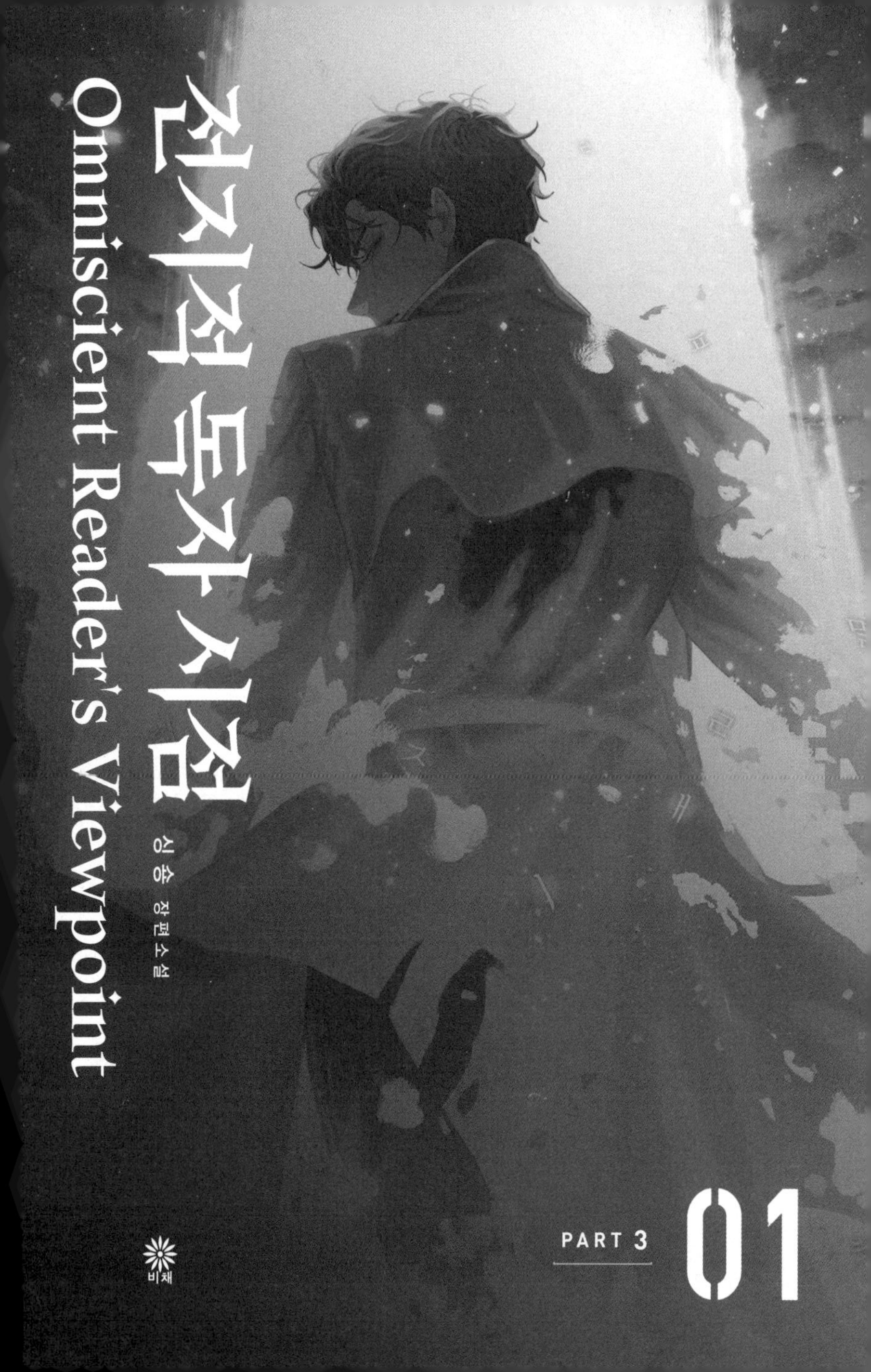
전지적 독자 시점
Omniscient Reader's Viewpoint
싱숑 장편소설
PART 3
01
비채

일러두기

- 이 책은 e-book 《전지적 독자 시점》을 바탕으로 편집 및 제작되었습니다.
- 인명 등 고유명사는 국립국어원 외래어 표기법을 따르되, 입말로 굳은 단어 등은 예외로 하였습니다.

차례

Omniscient
Reader's
Viewpoint

54

Episode

마왕 살해자

Omniscient Reader's Viewpoint

1

《멸망한 세계에서 살아남는 세 가지 방법》을 읽는 내내 제일 많이 하던 상상이 있다.

—만약 멸살법이 현실이 된다면 어떨까?

아마 좋아하는 소설이 있는 사람이라면 한 번쯤 그런 상상을 해봤을 것이다. 나도 그랬다. 그러니 내가 멸살법에 잘 적응할 수 있었던 것은 유년의 내가 떠올리던 무궁무진한 상상들 덕택인지도 모른다.

시나리오가 시작되면 제일 먼저 이걸 하고, 그다음은 이걸 하고, 히든 피스는 뭘 찾고…….

심지어 중학생 때는 교과서 귀퉁이에 도표까지 만들었다.

—유중혁: 프로게이머 출신, 성격 엄청 나쁨, 사이코패스, 말이 통하지 않으면 죽임(가끔은 그냥 죽임), 무조건 내 편으로 만들어야 함, 3회차까지는 그나마 인간성이 남아 있음…….

멸살법의 '3회차'에 떨어진 것을 처음 알았을 때, 다행이라고 생각했다. 아직 내가 '바꿀 수 있는 세계'에 와서 정말로 다행이라고 생각했다.

만약 마지막 회차에 떨어지기라도 했다면…….

「*김* 독 자 는 *생* 각 했다.」

녀석을 막을 수 있는 존재는 아무도 없을 테니까.

「*시이—발.*」

파공성과 함께 날아드는 칼날을 보며 나는 혼신의 힘을 다해 외쳤다.

[잠깐만! 멈춰! 멈추라고!]

1,000번이 넘는 회귀. 100여 번의 자살. 한 개인이 겪을 수 있는 비극의 임계점을 넘겨 무감해진 정신. 극도로 만연해진 회귀 우울증…….

「1,863회차의 유중혁은 이 세계의 절망 그 자체다」

망설임 없는 칼날이 목덜미를 지나가려는 절체절명의 순간, 나는 기지를 발휘했다.

[전용 스킬, '소형화 Lv.10'를 발동합니다!]

순식간에 육체가 쪼그라들고, 무심한 칼날은 허공을 갈랐다. 칼날 너머로 녀석의 놀란 눈동자가 보였다.

망할 놈. 내가 죽으러 여기까지 온 줄 알았냐?

아무리 제 놈이 1,863회차라 해도 순순히 당해줄 거라 생각하면 오산이다.

[전용 스킬, '책갈피'를 발동합니다!]

[전용 스킬, '전인화 Lv.12(+2)'가 활성화됐습니다!]

상대가 안 된다는 것은 안다. 그래도 발악은 해봐야지.

나는 전광석화처럼 몸을 빼내며 녀석을 향해 소리쳤다.

"개자식아! 말은 하게 해줘야 대답을 할 거 아냐!"

내 외침과 함께 허공에서 간접 메시지가 쏟아졌다.

[일부 성좌가 당신의 존재를 눈치챘습니다.]

[성좌, '달걀을 세우는 모험가'가 당신의 등장에 흥미로워합니다.]

[성좌, '하루살이의 왕'이 '철혈의 패왕'에 대항하는 당신에게 관심을 가집니다.]

[몇몇 성좌가 당신에게 강한 질투심을 느낍니다.]

[1,000코인을 후원받았습니다.]

1,863회차의 95번 시나리오.

세계가 이 꼴이 되어도 여전히 후원을 하는 성좌는 있었다.

이제까지와 후원의 성격이 좀 다르기는 하지만…….

유중혁이 경직된 얼굴로 나를 노려보았다.

"백청문의 무공? 이번 회차에서는 실전되었을 텐데……."

1,000여 번이 넘는 회귀로 비틀린 녀석의 사고 회로가 팽팽 돌아가는 것이 느껴졌다. 녀석은 지금껏 내가 보인 행동만으로도, 이미 나를 죽여야 할지 살려야 할지 판단을 끝마쳤을 것이다. 두렵다.

[전용 스킬, '전지적 독자 시점'을 발동합니다!]

하지만 두렵기에 지금은 읽어야 했다.

그래야 이 상황을 벗어날 수 있으니까.

[해당 인물에 대한 이해도가 부족해 '전지적 독자 시점' 2단계를 발동할 수 없습니다!]

['전지적 독자 시점' 1단계를 발동합니다!]

……이해도 부족.

조금 자존심이 상했지만 그럴 수도 있다는 생각이 들었다.

다른 유중혁도 아니고 1,863회차의 유중혁이니까.

별수 없이 1단계라도 발동해야 했다. 자세한 생각까지는 읽을 수 없어도, 공격 방향이라도 알면 도움이 될 테니…….

「목.」

유중혁의 사념이 전해지는 순간, 나는 전력을 다해 뒤로 물러섰다.

아무리 녀석이라도 지금의 나를 쉽게 잡을 수는 없을 것이다. 왜냐하면 지금 나는 [전인화]에 이어 [바람의 길]까지 사용한…….

"……컥?"

내가 몸을 돌린 것이 먼저였는지 새카만 그림자가 나를 앞질러 간 것이 먼저였는지 모르겠다. 숨이 턱 막혔고, 오금이 저린 느낌과 함께 시야가 까맣게 물들어갔다.

콰드드드득.

전신을 우그러뜨릴 듯 죄는 마력의 향연. 나는 감전된 물고기처럼 허공에서 몸을 퍼덕거렸다. 엄청난 양의 마력이 전신을 진탕시켰다.

[몇몇 성좌가 당신의 모습을 비웃습니다.]

까맣게 물들었던 시야가 개자 눈앞에 보이는 것은 유중혁의 얼굴이었다. 녀석의 손아귀가 내 목을 으스러지도록 쥐고 있었다. 엄지와 검지 사이에 낀 목이 부러질 것처럼 아팠다.

믿을 수 없었다.

아무리 마지막 회차의 유중혁이라지만 [전인화]를 발동한 나를 이렇게 쉽게 잡는다고?

"마지막으로 묻겠다."

녀석의 냉담한 목소리를 듣는 순간 깨달았다. 방향을 미리 안다고 피할 수 있다 생각하다니 멍청했다.

지금 내 눈앞에 있는 녀석은 애송이였던 3회차의 유중혁이 아니다.

"용살검 '아론다이트'는 어디 있지?"

……제발 목을 틀어쥔 채 묻지 말라고 외치고 싶다.

"란슬롯의 화신체가 여기 있는 걸 보면 분명 네놈이 알고 있을 텐데."

아, 방금 죽은 성좌가 그 '란슬롯'이야? 제길.

"대답할 생각이 없다면 강제로 알아내는 수밖에."

유중혁의 눈동자가 황금빛으로 빛났다. 역시나. 3회차든 1,863회차든 유중혁의 근본은 변하지 않는다.

[등장인물 '유중혁'이 '현자의 눈 Lv.???'을 발동했습니다!]

수천 번 회귀를 거치며 [현자의 눈]은 가공할 수준에 이르렀다. 아마 지금 저 눈으로 볼 수 없는 존재는 유중혁보다 오랜 세월을 살아온 이계의 신격 정도일 것이다.

[전용 스킬, '제4의 벽'이 '현자의 눈'을 탐지했습니다!]

[전용 스킬, '제4의 벽'이 강하게 발동합니다!]

[현자의 눈]이 내 몸을 훑는 순간, 벽이 움직였다.

한 톨의 정보도 놓치지 않겠다는 듯 집요하게 쏘아지는 시선 앞에, 조금의 빈틈도 내어주지 않겠다는 듯 굳건히 선 [제4의 벽]. [정체불명의 벽]을 만났을 때보다 더 강력한 스파크가 눈앞에서 터져나왔다.

「제 법.」

이번에는 [제4의 벽]에게도 만만치 않은 모양이었다. 이쯤 되면 [제4의 벽]이 대단한 건지, 유중혁이 대단한 건지 갈피를 잡을 수 없었다.

[제4의 벽]은 물러서지 않았고, 유중혁도 포기하지 않았다. 덕분에 그 사이에서 죽어라 스파크에 튀겨지는 것은 나였다.

너무 고통스러워서 진언으로라도 비명을 지를까 고민하던 찰나.

"크……?"

유중혁이 먼저 힘을 거두었다. 얼마나 강하게 충돌했는지 황금빛으로 소용돌이치는 녀석의 눈동자에 실핏줄이 서 있었다.

[등장인물 '유중혁'이 호승심을 느낍니다.]

[등장인물 '유중혁'이 당신을 향해 강한 적개심을 내비칩니다!]

[현자의 눈]으로도 뚫을 수 없는 방벽이라니. [제4의 벽]이 얼마나 굉장한 스킬인지 다시 한번 깨달았다.

이상한 일이 벌어진 것은 그때였다.

ㅊㅊㅊㅊ츳!

[제4의 벽]은 유중혁의 [현자의 눈]을 막아낸 것으로도 모자라, 나를 움켜쥔 유중혁의 손등을 타고 물처럼 흐르기 시작했다. 흘러나온 활자들이 벌레 떼처럼 몸을 뒤덮자, 처음으로 유중혁이 당황한 목소리를 냈다.

"이게 무슨—"

꿈틀거리며 움직인 활자들은 이내 하나의 기억이 되어 파노라마처럼 흘러갔다. 그것은 [제4의 벽]에 기록되어 있던, 내 '3회차'의 기억이었다.

「"그만 이 손 놓고 꺼져, 빌어먹을 새끼야."」

「"아마 그렇겠지. 어쨌든 희망적인 상황인 건 확실해."
"뭐가 희망적이라는 거지?"
"중혁아, 우린 세계를 구할 수 있다. 알지?"」

「"우리 성운 이름은 김독자 컴퍼니—"
"이름 같은 건 아직 없다. 그리고 지지자는 지금부터 구할 것이다."」

눈앞의 유중혁은 이해할 수 없는 기억들.
모두 이 회차에서는 존재하지 않은 일들이다. 두 눈을 멀게 할 듯한 스파크가 조금씩 잦아들며, 유중혁의 일그러진 표정이 드러났다.
"네놈은 대체……?"
저 '1,863회차'가 경악한 눈빛을 하고 있었다.
그 상황이 재미있다는 듯, 머릿속으로 [제4의 벽]의 목소리가 들려왔다.

「나 잘 했지 김독 자.」

잘했냐고?
"말해라. 방금 그건 뭐지? 말하지 않으면 갈기갈기 찢어버리겠다."
우드드드드득.

잘하긴 뭘 잘해.

[큭, 잠깐만! 대답할 시간을 좀……!]

나는 유중혁 손아귀 속에서 백청의 마력을 폭발시켰다. 어떻게든 벗어나려는 발버둥이었다. 이 정도로는 무리겠지만, 최소한 '거대 설화'의 힘을 빌려올 때까지라도 시간을 벌어야…….

콰아아앙!

그런데 뜻밖의 일이 일어났다. 등 뒤에서 발생한 갑작스러운 폭발에 유중혁이 나를 놓쳤다. 본인도 놀랐는지 당혹한 표정이었다. 굼뜬 움직임으로 다시 손을 뻗는 유중혁. 어떻게 된 일인가 싶었지만, 겨우 잡은 기회를 놓칠 수는 없었다.

[전용 스킬, '바람의 길 Lv.11(+1)'이 활성화됐습니다!]

전력으로 [바람의 길]을 발동하자 백청의 기류가 하늘 위에 무지개처럼 남았다.

금방 쫓아올 줄 알았는데 예상외로 유중혁의 기척은 느껴지지 않았다. 뭔가 싶어 돌아보니 의외의 정경이 펼쳐지고 있었다.

……뭐야 저거?

내 의문과 동시에 귀를 찌르는 진언이 창공에 울려 퍼졌다.

[유중혁! '헤아릴 수 없는 엄격'의 원한을 갚겠다!]

근처 건물 옥상에서 이글거리는 붉고 푸른 눈동자. 늘씬한 유선형의 몸을 가진 흑표범 두 마리가 강대한 격을 내뿜으며 유중혁을 향해 낙하하기 시작했다.

[마왕, '안락과 흉포의 마신'이 화신 '유중혁'에게 적의를 보입니다!]

[마왕, '금단을 보는 눈동자'가 화신 '유중혁'에게 이빨을 드러냅니다!]

1,863회차의 유중혁은 그 어떤 회차보다 강력하지만 그만큼 적도 많다.

나는 두 표범의 진명을 어렵지 않게 떠올릴 수 있었다.

'안락과 흉포의 마신', 오세.

'금단을 보는 눈동자', 플라우로스.

각각 57번째 마계와 64번째 마계의 마왕이었다. 그 자존심 강한 마왕들이 수치심도 잊고 화신 하나를 향해 협공을 준비하고 있었다.

그럼에도 결코 수치스러운 일은 아니었다.

['마왕 살해자'여! 네 이야기는 오늘 이곳에서 끝날 것이다!]

지금 유중혁은 충분히 그럴 가치가 있는 존재니까.

나는 잘됐다 싶은 심정으로 터져나오는 굉음 사이에 몸을 묻었다. 그리고 조심스레 상황을 살폈다. 여유가 있을 때 조금이라도 더 멀어져야 한다는 생각과 저 싸움을 조금 더 지켜보고 싶다는 욕망이 충돌하고 있었다.

다른 싸움도 아니고 무려 1,863회차 유중혁의 전투.

쉽게 볼 수 있는 구경거리가 아니었다.

귀가 멀어버릴 듯한 폭음이 터지고, 전투가 시작되었다.

[다수의 성좌가 화신 '유중혁'의 전투에 열광합니다!]

쏟아지는 간접 메시지 속에서 유중혁이 검을 뽑았다.

3회차에서 이미 부러진 '진천패도'.

수많은 시나리오를 거치며 격이 다른 차원으로 개량된 칼날이 어둠 속에서 선명한 빛을 발하고 있었다.

그에 대항하듯 마왕들도 권능을 발했다.

[피조물들이여, 죽음 속에서 일어나라!]

죽은 마계의 백작과 공작들이 언데드가 되어 땅을 박차고 나왔다. 하나하나가 생전의 전투력을 보존한 정예 개체들.

그러나 유중혁은 전혀 당황한 기색이 아니었다.

"'사자 소환술'인가? '강령의 마신'도 그걸 썼지."

유중혁은 웃고 있었다.

"놈의 시체는 지금 죽은 성좌들의 별자리에 걸려 있다."

[닥쳐라!]

빛살이 번뜩이는 순간, 유중혁의 검이 움직였다.

그 검술을 뭐라 불러야 할까.

……파천검도?

모르겠다. 확실한 것은 섬뜩하리만치 아름다운 검술이라는 것.

갸아아아아아!

그리고 놀라울 정도로 잔혹한 검술이라는 것.

검에 잘려나간 마계의 귀족들이 비명을 지르며 산화했다.

마계 고위 공작급이면 위인급 성좌에 비견된다. 그런데 그런 존재가 일검에 몇 개체씩 터져나갔다.

단 일 분도 되지 않는 시간에 수십 개체의 언데드 귀족을 순살瞬殺한 유중혁은, 어느새 마왕 플라우로스의 코앞까지 도달했다.

[어떻……]

마치 장난감처럼, 마왕 플라우로스의 머리통이 폭발했다.

아무 감정도 없는 눈빛. 무감한 미소를 띤 채, 단 일격으로.

유중혁은 마왕을 죽였다.

[이…… 이 미친놈이!]

대로한 마왕 오세가 격을 발출하며 소리쳤다.

[성좌들이여! 무엇을 망설이는가!]

부름과 동시에, 폐허 곳곳에 숨어 있던 성좌들이 뛰쳐나왔다. 대부분 '절대악' 계통 성좌였다. 위인급부터 설화급에 이르기까지 하나하나 쟁쟁한 성좌들이 유중혁 한 명을 해치우겠다고 저렇듯 떼 지어 달려들고 있었다.

[등장인물 '유중혁'이 설화, '영원불멸의 지옥도'를 이야기합니다!]

그러나 유중혁은 조금도 밀리지 않았다. 전신에서 넘실대는 핏빛 아우라가 성좌들과 격돌했다.

퍼거거걱!

무섭도록 패도적인 힘이지만, 일격 일격에 침착함과 절제가 배어 있었다.

유중혁의 검이 움직일 때마다 성좌들의 대열이 무력하게 흔들렸다.

[절대악 계통의 성좌들이 화신 '유중혁'을 증오합니다.]

하나둘 터져가는 성좌의 화신체. 드높은 성좌들이 저토록 초라해 보일 수 있을까.

유중혁은 약간의 조급함도 찾을 수 없는 표정으로 전투를 이어나갔다.

[등장인물 '유중혁'이 거대 설화, '고독한 멸망의 순례자'를 이야기합니다!]

심지어 유중혁은 오직 '왼팔'만을 사용해 성좌를 해치우고 있었다.

성좌 하나가 쓰러질 때마다 내 팔에도 소름이 돋았다.

[절대악 계통의 일부 성좌가 화신 '유중혁'의 전투에 경악합니다.]

증오는 경악이 되었고.

[절대악 계통의 일부 성좌가 화신 '유중혁'을 두려워합니다.]

경악은 이내 두려움이 되었다.

[다수의 성좌가 화신 '유중혁'의 힘에 치를 떱니다.]

전율이 일었다.

미친놈…… 진짜로, 미친놈이었다.

아무리 생각해도 지금의 유중혁을 쓰러뜨릴 방법이 떠오르지 않았다.

내가 '은밀한 모략가'에게 받을 시나리오가 뭔지는 모르겠지만, 시나리오가 끝날 때까지 절대로 저 녀석과 적이 되어서는 안 된다.

그리고 메시지가 들려왔다.

['은밀한 모략가'님께서 의뢰한 서브 시나리오가 도착했습니다!]

드디어 기다리던 메시지가 도착했다.

'은밀한 모략가'의 개인 시나리오.

〈서브 시나리오(은밀한 모략가) - ???〉

분류: 서브(개인)

난이도: ???

클리어 조건: ???

제한 시간: —

보상: 해당 회차에서 획득한 설화(1), 스킬(1), 아이템(1)을 소지한 채 본래 회차로 귀환 가능(필요 개연성은 해당 시나리오 제안자가 부담)

실패 시: 본래 회차로 귀환 불가, 화신체 소멸

시나리오 창을 열자마자 '보상' 항목 내용이 날 사로잡았다.

[현재 관리국이 당신의 개연성을 의심하고 있습니다.]

나는 본래 이 '회차' 소속원이 아니다. 그러므로 이 회차에서 아이템이나 스킬이나 설화를 얻더라도 본래 회차로 귀환할 때 그것을 보전하지 못한다. 41회차에서 넘어온 '재앙 신유승'이 형편없이 약화되어 자신의 격을 제대로 발휘하지 못한 것처럼.

그런데 이 보상이 사실이라면…… 나는 이 시나리오에서 얻은 것을 본래 회차로 가지고 갈 수 있게 된다.

눈이 돌아갈 정도로 엄청난 보상이었다. 아무리 개연성의 제약을 받는다 해도, 95번 시나리오의 전리품은 95번 시나리오에나 어울리는 것들. 이곳에서는 어중간한 스킬이나 설화라도, 20번 시나리오에서는 천지를 격변시키는 힘을 발휘한다.

「**들 뜨지 마 *김* 독 자.**」

[제4의 벽]의 핀잔에 나는 가까스로 마음을 가라앉혔다.

사실 무작정 기뻐할 수 있는 상황만은 아니었다. 보상이 엄청난 만큼 실패 시 대가도 컸다.

실패하면 나는 본래의 회차로 돌아갈 수 없을뿐더러 화신체까지 잃는다.

이곳은 내가 속한 회차가 아니기에 내가 가진 설화의 영향력이 크지 않았다. 그런 상황에서 화신체를 잃는다면 개연성의 후폭풍 속에 영멸당할 수도 있었다.

게다가 가장 큰 문제가 남아 있었다.

[해당 시나리오의 클리어 조건이 업데이트 중입니다.]

가장 중요한 클리어 조건이 아직도 업데이트되고 있었다. 차원을 건너오면서 오류가 발생했는지, 아니면 '은밀한 모략가'가 일부러 시간을 끄는지는 알 수 없었다.

어느 쪽이라도 가능성은 있었다.

나는 멀리서 난투극을 벌이는 유중혁을 보며 생각했다. 내가 '은밀한 모략가'라면 이 시나리오의 클리어 조건을 뭐로 정했을까.

지금까지의 행보로 봤을 때…….

불길한 생각밖에는 들지 않는다.

[전용 스킬, '독해력'이 발동합니다!]

은밀한 모략가.

'기어 다니는 혼돈'일 거라 예상했지만, 확실한 정체를 알 수 없는 이계의 신격. 처음 채널이 열릴 때부터 나와 함께했지만, 그에 관해 아는 정보는 거의 없었다. 제천대성처럼 호방하지도 않고, 우리엘처럼 정의롭지도 않으며, '심연의 흑염룡'처럼 사악하지도 않은 존재.

심지어 멸살법에 존재하지도 않는 성좌.

수식언 그대로, 그는 '은밀한 모략가'일 뿐이다.

[당신이 가진 정보로 대상을 독해할 수 없습니다.]

[전용 스킬, '독해력'의 발동이 취소됩니다.]

[미지未知에 대한 호기심이 당신의 새로운 능력을 일깨웁니다.]

……모르겠다.

그는 과연 이 시나리오를 통해 내게 무엇을 보여주려던 것일까.

그리고 무엇을 얻고자 했을까.

이계의 신격이 이런 짓을 벌이는 경우는 한 번도 없었기 때문에 쉽게 짐작이 가지 않았다. 다만 확실한 것은.

[크아아아아앗!]

지금 이 시나리오가 저기서 성좌를 학살하고 있는 괴물 녀석과 관련되었을 확률이 높다는 것.

[됐어. 지금이다! 모두 협공해!]

[죽어라, 유중혁!]

잠깐 시나리오 창에 정신이 팔린 사이, 전황은 예상 밖의 형태로 흘러가고 있었다.

유중혁 상태가 이상했다. 분명 조금 전까지는 성좌들을 쳐죽이며 전장을 압도했는데…….

둔해진 몸놀림.

쏟아지는 포화를 그대로 얻어맞으며, 유중혁의 몸이 굳어가고 있었다.

……저 자식 뭐야? 어떻게 된 거지?

나는 [등장인물 일람] 설정을 조정해 녀석의 상태를 살폈다.

* 현재 해당 인물은 상태 이상에 걸려 있습니다.

상태 이상? 그럴 리가 없다.

1,863회차의 유중혁이 누구인가?

마계 서열 2위의 '지옥 동부의 지배자'를 불구로 만들고, 4위의 '강령의 마신'을 찢어 죽인 장본인이다. 지금 유중혁에게 무려 '상태 이상'을 걸 수 있을 만한 존재는 저들 중에 없었다.

텅 빈 유중혁의 눈동자.

목에 뭔가 턱 걸린 듯 꺼림칙한 느낌이 들었다.

아니, 있다.

딱 하나, 녀석에게 '상태 이상'을 걸 수 있는 존재가.

* 현재 해당 인물은 원인 불명의 '회귀 우울증'을 앓고 있습니다.

바로 유중혁 자기 자신이었다.

회귀 우울증.

무려 1,863회차의 삶을 통해 망가진 녀석의 정신은, 저 정신병을 거의 '패시브 스킬'로 둔갑시켰다. 한번 저 우울증에 빠지면, 녀석의 의식은 무지막지한 기억의 추에 붙들려 수면 밖으로 나오지 못한다.

[죽여라! 놈도 무적은 아니다!]

무자비한 공격 속에 단단한 유중혁의 몸도 조금씩 피를 흘렸다.

이상한 일이었다. 본래라면 이 상황에서 '회귀 우울증'이 도질 턱이 없었다. 1,863회차의 유중혁은 저 병증을 다스리는 방법을 터득했기 때문이다.

그런데 왜 지금, 저런 상태가…….

「제4의 벽이 말합니다. '*하 하 하.*'」

"……설마 네 짓이냐?"

[제4의 벽]은 대답이 없지만 지금 추측 가능한 것은 그뿐이었다. 조금 전 [제4의 벽]과의 충돌이 유중혁 내면에 어떤 파란을 일으킨 것이 틀림없었다.

젠장, 어쩌지?

얼굴을 감싸고 웅크린 유중혁 살갗에서 피가 터져나왔다. 극성에 달한 [금강불괴]의 힘 덕에 아직까지는 경상이지만, 이대로 전투가 지속되면 죽는 것도 시간문제였다.

「내가 도와야 한다.」

「내가 왜 저놈을 도와야 하지?」

마음속에서 선택지들이 싸웠다.

「지금 유중혁은 괴물이야. 도와봤자 깨어나면 날 죽일 거라고.」

「잘 생각해봐. 넌 시나리오 클리어 조건이 뭔지 모르잖아.」

아직 물음표로 남아 있는 시나리오 클리어 조건.

「만약 클리어 조건이 '유중혁의 죽음'이라면, 나는 절호의 기회를 잡은 셈이다.」

하지만.

「만약 클리어 조건이 '유중혁의 생존'이라면.」

여기서 유중혁이 죽으면 나는 모든 것을 잃게 된다.

"망할……."

도울 것이냐, 말 것이냐.

굳건한 유중혁의 무릎이 천천히 바닥으로 쓰러졌다. 평소라면 한주먹감도 안 될 녀석들이 신나서 유중혁의 전신을 뜯어대고 있었다.

[하하핫! '철혈의 패왕'의 설화는 내가 갖겠다!]

어차피 유중혁은 이곳에서 죽어도 회귀하게 될 것이다. 그러면 다시 새로운 회차를 시작하게 되겠지. 회귀를…….

【그러면 '다른 세계'는 어쩔 셈이지?】

……빌어먹을 모략가.

【네가 구원하지 못한 그 세계들은 모두 어떻게 되는 것이냐?】

이곳에서 유중혁이 죽으면 원작에는 없던 세계가 태어난다. 유중혁은 또다시 지옥을 반복하게 될 것이다. '은밀한 모략가'가 내게 보여주었던 '버려진 회차'들은 또 만들어질 것이고, 그곳의 유중혁들은 또다시 무한한 절망의 쳇바퀴 속에서…….

……젠장, 모르겠다.

나는 [전인화]를 발동하는 동시에 전신의 마기를 풀풀 흩날리며 유중혁을 향해 날아갔다.

[어이! 내 몫도 남겨두라고!]

내 거친 진언에, 유중혁을 공격하던 마왕과 성좌들이 나를 올려다보았다.

[누구지?]

[……마기魔氣? 처음 보는 녀석인데.]

[너도 '마왕 살해자'를 죽이러 온 거냐?]

내 몸에서 흘러나오는 새카만 마기에, 일순 긴장했던 적들의 표정이 풀리는 것이 보였다. 예상대로다. 나는 '격'을 발출하며 말했다.

[좋은 건 같이 나눠 먹어야지. 안 그래?]

[큼, 네놈은 늦게 왔으니 좋은 설화는 가질 수 없다.]

[걱정 마. 나는 조신하게 뒤쪽에서 돕기만 할게.]

[좋은 자세로군. 자, 그럼 다들 계속―]

나는 돌아서는 성좌 놈의 머리통을 힘껏 갈겨버렸다. 놈은 괴상한 비명과 함께 일직선으로 날아가 폐허에 처박혔다.

[끄, 으, 으……! 무슨 짓이냐!]

내 딴에는 죽으라고 때렸는데 부족했던 모양이다.

내 돌발 행동에 격분한 성좌들이 이쪽을 노려보았다.

[지금 '마왕 살해자'의 편을 드는 것인가?]

나는 대답하지 않고 '거대 설화'의 힘을 개방했다.

[거대 설화, '마계의 봄'이 이야기를 시작합니다!]

심장 깊은 곳에서 설화의 맥이 약동했다. 전신을 감싸는 스파크와 함께, 설화의 에너지가 혈맥을 타고 용솟음치기 시작했다.

내 '거대 설화'를 알아본 몇몇 성좌가 깜짝 놀라 외쳤다.

[마왕의 격? 저런 녀석은 들어본 적이 없는데?]

없겠지. 난 너희 세계 마왕이 아니니까.

나는 다시 한번 [전인화]의 힘을 집중해 방심하던 성좌 하나의 뱃가죽을 날려버렸다.

꽈아아아앙!

일격을 맞은 성좌가 신음을 토하며 십여 걸음을 물러났다.

저 유중혁에 비할 바는 아니지만 효과는 나쁘지 않았다. 이대로라면 그럭저럭 싸워볼 수도 있겠다고 생각한 순간.

츠츠츠츠츳!

[설화 운용에 오류가 발생했습니다.]

[해당 <스타 스트림>에서 당신이 소유한 '거대 설화'의 근원을 찾을 수 없습니다.]

['거대 설화'의 힘이 급격하게 축소됩니다.]

……제길. 역시 이 모양인가.

내 '거대 설화'의 터전인 '73번째 마계'는 이곳에 없다. 심지어 설화를 함께 만든 존재들도 없다. 그러니 내 설화가 제대로 힘을 못 쓰는 것은 당연한 일이었다.

나는 다가오는 성좌들을 향해 마구잡이로 검격을 남발하며 유중혁을 불렀다.

"인마! 정신 차려, 새끼야!"

유중혁은 대답이 없었다. 머릿속으로 녀석을 깨울 대사들을 떠올려보았지만, 퍼뜩 생각나는 것이 없었다.

내 격이 줄어들기 시작하자 다시 기세등등해진 마왕 오세가 외쳤다.

['마왕 살해자'와 한패다! 저놈부터 죽여!]

성좌 수는 마왕 오세를 포함해 일곱이었다. 지금 내 전력으로는 당연히 상대할 수 없었다. 필사적으로 공격을 피해냈지만 역시 95번 시나리오는 95번 시나리오였다. 평범한 '절대악' 계통 성좌들일 뿐인데도, 공격 한 방 한 방이 무지막지하게 아팠다.

스팟!

날아드는 맹공에 살점이 뜯기고, 운신의 폭은 점점 좁아져 갔다.

급박한 와중에도 나는 유중혁을 깨울 방법을 계속해서 생각했다. 개중 몇 가지는 확실히 유중혁의 정신머리를 찾아놓을 수 있는 방법이었다.

문제는 그다음이다.

내가 생각한 방식으로 놈을 깨우면, 나 역시 죽을 가능성이 높다.

터질 듯 입술을 깨문 채 나는 호흡을 가다듬었다.

별수 없다. 어차피 이렇게 될지 모른다고 예상은 했으니까.

나는 짧게 숨을 들이켠 후 쏘아붙이듯 입을 열었다.

"언제까지 입 다물고 가만히 계실 겁니까?"

내 말에 성좌들 표정이 기이하게 변했다. 갑자기 뭔 소리냐는 눈빛들이다. 그러거나 말거나 나는 말을 계속했다.

"제가 여기서 죽으면 그쪽들도 곤란하실 텐데요."

그러자 다음 순간, 내 가슴팍 주머니가 환하게 빛나며 진언이 들려왔다.

[뭐야, 알고 있었어?]

당연한 얘기지만 나는 유중혁을 깨우지 않을 것이다.

내가 죽을지도 모르는데, 미쳤다고 그런 짓을 하겠어.

"모르는 게 이상하죠. 저는 꽃꽂이에 취미가 없거든요."

코트 바깥 주머니에 꽂힌 두 송이의 꽃.

붉은 코스모스와 흰 백합.

처음부터 이 존재들을 눈치챈 것은 아니었다.

정확히는 '세계선'을 넘어올 때 깨달았다.

정말이지 대담한 성좌들이다.

[쳇. 별수 없네.]

진언의 정체를 깨달았는지 나를 적대하던 성좌들 안색이 급격하게 어두워지기 시작했다.

그런 녀석들을 비웃듯 '백합'이 말했다.

[꼭 우리 둘 다 나서야 되나? 요피엘, 너 혼자 할래?]

[그들은 〈에덴〉의 적. 즉각 처형이다.]

[……같이 하자는 거지? 귀찮은데. 알았어.]

다음 순간, 코스모스와 백합의 꽃잎이 하나씩 떨어져 바람에 흩날렸다. 창공을 향해 멀어지는 꽃잎과 함께 눈앞에 메시지가 떠올랐다.

나는 잠시 그 메시지를 들여다보다가 천천히 고개를 끄덕였다.

ㅊㅊㅊㅊㅊ.

엄청난 존재감이 내 등 뒤에 강림하기 시작했다. 경악으로 물드는 성좌들 표정을 보니 나도 모르게 씩 웃음이 나왔다.

궁금하기는 했다.

그때 '정희원'이 어떤 기분이었을지.

그리고 이제 아주 잘 알겠다. 등줄기로 뻗어나오는 여섯 장의 날개.

넘치는 개연성 속에서, 〈에덴〉 최고 대천사들의 '격'이 내 전신에서 발출되었다.

[성좌, '붉은 코스모스의 지휘관'이 '서울'에 현현했습니다!]

[성좌, '물병자리에 핀 백합'이 '서울'에 현현했습니다!]

[대천사!]

마왕 오세는 경악을 넘어 혼절할 듯한 눈빛으로 이쪽을 보고 있었다. 절대악 계통 성좌들 또한 마찬가지였다.

그들에게 〈에덴〉의 대천사는 최악의 상성인 존재.

무려 대천사 두 명이 동시 현현했으니 놀라 나자빠지더라도 이상한 일은 아니었다.

[어째서 대천사가? 〈에덴〉의 천사들은 '그 일' 이후 대부분 죽었을 텐데!]

그 중얼거림을 듣는 순간 아차 싶은 생각이 들었다.

이곳은 1,863회차의 세계.

가브리엘과 요피엘은 아직 이 회차에서 일어난 일을 모를 것이다.

[■댕, 그게 무슨 개소리야?]

기다렸다는 듯 가브리엘의 진언이 울려 퍼졌다. 우리엘 친구답게 걸쭉한 욕설. 나는 일이 커지기 전에 그녀를 만류했다.

"가브리엘. 저놈들 헛소리는 들을 필요 없습니다. 빨리 처리하죠!"

[보채지 마. 건방진 인간 녀석.]

태클을 걸 곳이 한 군데 있지만 일단 그 말에 따르기로 했다. 내 전신으로 가브리엘의 힘이 강림하고 있었기 때문이다.

[나는 대천사 가브리엘.]

머리털이 곤두서는 격의 팽창이 느껴졌다.

드디어 가브리엘의 주력 설화를 듣게 되는 것이다.

[이 좋은 소식을 전하여 네게 말하라고 보내심을 입었노라.]

물론 '좋은 소식'은 어디까지나 가브리엘이 같은 편일 경우에만 해당한다.

[겁먹지 마라! 대천사라고 해봐야 본거지를 잃은 잔당에 불과하다!]

마왕 오세가 성좌들을 독려했다. 하지만 그런 말을 지껄이면서도, 오세의 신형은 이미 저만치 멀어지는 중이었다.

기합을 터뜨린 성좌들이 제각기 성유물을 들고 나를 향해 달려드는 순간.

[이것은 정해진 종말에 관한 것.]

가브리엘의 설화, 「종말의 계시」가 시작되었다.

「뿔이 두 개 달린 숫양을 네가 보았노니, 두 눈 사이에 있던 큰 뿔은 그 첫 임금이다.」

내 몸을 감싼 휘광 속에 황금빛 문자열들이 흘렀다. 그 문자열을 따라 내 몸의 부피가 커지고 있었다. 번식기의 숫양처럼 온몸에 힘이 넘쳐흘렀다. 마왕의 뿔이 자랐던 자리에 새하얀 뿔이 차례로 솟아올랐다.

츠츳, 츠츠츠츠츳!

[으, 으어어어어……]

그 뿔을 본 것만으로도, 절대악 계통의 성좌들이 겁에 질리고 있었다. 몇몇 성좌는 무력한 화신처럼 병장기를 떨어뜨렸고, 일부는 괴성을 지르며 달려들었다.

[으아아아아아!]

마치 자신의 최후를 예견한 듯한 부나방처럼.

「그는 제힘으로 힘이 점점 세어질 터인데, 제힘으로 그리되는 것은 아니다.」

내 등 뒤로 솟구친 여섯 장의 날개가 화려한 섬광을 내뿜자 설화급 성좌들의 공격이 쏟아졌다.

그러나 나는 아무런 타격도 받지 않았다. 내 눈앞에 소환된 단단한 금속이 모든 종류의 공격을 무력화하고 있었다.

거신족이나 쓸 법한 무기.

하얗게 빛나는 뱀이 자루를 타고 올라가고, 그 뱀 아가리에는 십자가를 연상시키는 눈부신 창극이 꽂혀 있었다.

바로 가브리엘의 신창神槍, '편애偏愛의 천칭天秤'이었다.

나는 그 창의 손잡이를 거머쥐었다.

일순, 세계가 기우는 듯한 느낌이 들었다. 근방의 모든 존재가 저울대에 오르고 있었다. 한쪽은 이쪽 저울대에, 다른 한쪽은 저쪽 저울대에.

고개를 돌리자 가브리엘이 웃고 있었다.

그녀의 손바닥이 내 어깨를 짚었다.

「그는 끔찍스러운 파괴를 자행하면서도, 힘센 이들과 거룩한 백성을 파멸시키리라.」

창은 눈부신 빛살이 되었고, 나는 온 힘을 다해 그 빛살을 내던졌다. 그리고 세상의 일부가 지워졌다. 하늘에서 나를 공격하던 성좌도, 측면을 노리고 달려들던 녀석도, 전의를 잃고 바닥에 주저앉던 녀석도.

마치 세상에 없던 존재처럼 소멸했다.

남은 것은, 이쪽 저울대 위 생명체뿐. 이것이 대천사의 진짜 힘이었다.

가브리엘이 영 못마땅하다는 목소리로 입을 열었다.

[한 놈 놓쳤어. 꽃잎 한 장으론 한계가 있네.]

실제로 사태를 예견한 마왕 오세는 이미 점이 되어 달아나고 있었다. 녀석은 하위 격 마왕이 홀로 대천사를 상대할 수 없다는 사실을 잘 알고 있었다. 하지만 그걸 그저 두고 볼 요피엘이 아니었다.

콰아아아아아아!

내 등 뒤에서 생성된 붉은 안개가 창공을 덮으며 오세를 쫓았다.

하늘 전체가 고통스럽다는 듯 울부짖었다. 겉보기에는 붉은 안개지만, 자세히 보면 하나하나가 작은 병정으로 구성된

대군大軍이었다.

일대의 하늘을 붉게 물들인 〈에덴〉의 503부대.

'붉은 코스모스의 지휘관'을 따르는 핏빛 정예병이었다.

[끄아아아아아아악!]

피라냐처럼 달려든 핏빛 안개 사이로 붉은 가시가 솟았다. 멀리서 끔찍한 비명이 울려 퍼졌고, 천국의 병정들이 피의 축제를 벌였다. 잠시 후 주변의 모든 소음이 잠잠해졌다. 허공에서 갈기갈기 찢긴 마왕의 화신체가 부스러기처럼 바람을 타고 날아왔다.

침묵으로 일관하던 가브리엘이 내 발을 움직여 마왕의 파편을 짓밟았다.

[별것도 아니네.]

['절대악' 계통의 성좌들이 대천사들의 출현에 크게 당황합니다.]

[살아남은 마왕들이 <스타 스트림>의 개연성을 의심합니다!]

[일부 성좌가 대천사들의 비정상적인 개입에 비난을……]

[닥쳐 [redacted]들아.]

등 뒤로 뻗어 나왔던 여섯 장의 날개가 작은 깃털이 되어 바람에 흩날렸다. 대천사의 힘이 줄어드는 것이 느껴졌다. 속이 살짝 메슥거렸지만 생각보다 몸에 부담은 심하지 않았다. 95번 시나리오에 허락된 개연성이 그만큼 풍부하기 때문일 수도 있고, 은밀한 모략가와 맺은 '이계의 언약' 때문일 수도 있었다. 어느 쪽이든 내게는 좋은 일이었다.

[아직 끝나지 않았다.]

그런데 내게 현현한 요피엘이 힘을 거두지 않고 있었다. 요피엘이 명령하듯 말을 이었다.

[저것도 죽여라.]

그곳에, 여전히 석상처럼 굳어 있는 유중혁이 있었다.

나는 황급히 손사래 치며 말했다.

"그럴 필요 없습니다. 저 녀석은 그렇게까지 나쁜 놈은……."

[절대악絶對惡이다.]

오른쪽 눈동자가 따끔, 하는 느낌이 들더니 세상이 다르게 보이기 시작했다.

[성흔, '죄업의 눈동자'가 발동합니다!]

죄업의 눈동자. 대천사 요피엘의 성흔이었다.

[대상의 '죄업' 수치를 측정합니다.]

세상의 모든 존재에 쌓인 죄업을 보는 눈.

조금 전까지 유중혁이 있던 자리에는 새카만 심연이 드리워져 있었다.

[대상의 '죄업'을 수치로 환산할 수 없습니다.]

끝이 보이지 않는 암흑. 그저 들여다보는 것만으로 아득해질 듯한, 그런 암흑이었다. 마왕 오세도, 절대악 계통에 속한 다른 성좌 중에도 그런 죄업을 가진 존재는 없었다.

요피엘이 말했다.

[끝이 보이지 않는 죄업이다. 저렇게 밑도 깊은 죄업은, 바알이나 아가레스 말고는 본 적이 없다. 이 세계의 모든 죄업을 합쳐도 저자가 가진 죄업을 넘어서지 못할 것이다.]

나도 안다. 유중혁은 많은 죄를 저질렀다. 많은 사람을 죽였고, 많은 세계를 멸망시켰다. 셀 수조차 없는 원혼이 그를 저주하고 있었다.

하지만.

"안 됩니다."

녀석이 구한 것도 있었다.

"죽일 수 없습니다."

녀석이 망친 모든 것에 비하면 티끌일지 몰라도.

분명, 구해낸 것이 있었다.

[성좌, '붉은 코스모스의 지휘관'이 당신을 노려봅니다.]

찌릿찌릿한 시선 속에 나는 침을 삼키며 입을 열었다.

"녀석은 아직 쓸모가 있습니다. 지금 죽여서는 안 됩니다."

['구원의 마왕'. 너를 아직까지 살려둔 것은 서기관의 명령

이 있었기 때문이다.]

"기왕 살려주신 거, 한 사람 더 살려주시죠."

돌아보니 유중혁의 몸이 가늘게 진동하고 있었다. 녀석의 의식이 어떻게든 수면 밖으로 나오려 발버둥을 치는 것이다.

그런 유중혁을 보며 요피엘이 말했다.

[그가 깨어난다면 나도 막을 수 있다는 보장이 없다. 지금 당장 죽여야 한다.]

요피엘이 다시 자신의 안개를 일으키려 했다.

나는 속으로 한숨을 내쉬었다. 아무리 생각해도 방법은 이것뿐인 듯하다.

"죽이지 않고도, 깨어나지 못하게 할 수 있다면."

요피엘의 붉은 안개가 멈칫했다.

"본래의 의식을 되찾지 않도록 하고, 의식 잃은 그를 조종할 방법이 있다면 어떻습니까?"

[저자를 속박할 방법이 있단 말이냐?]

요피엘이 재차 격을 일으키려는 순간, 가브리엘이 나섰다.

[요피엘, 내버려둬봐. 어차피 우리도 상황을 파악할 시간이 필요해.]

요피엘은 잠시 생각하다가 답했다.

[만약 깨어날 기미를 보인다면 놈을 즉살할 것이다.]

나는 고개를 끄덕였다. 그리고 곧장 유중혁에게 다가갔다.

"야."

녀석의 몸에서 일어나는 진동이 점차 거세졌다. 원작에서 몇 번인가 이런 장면이 나왔다. 아마 몇 분 후면 유중혁의 의식이 깨어나겠지. 그렇게 되어서는 곤란하다.

나는 천천히 손을 움직여 유중혁의 멱살을 틀어쥐었다. 녀석이 내게 그렇게 했듯이. 녀석이 나보다 체구가 크기 때문에 들어 올리기가 쉽지 않았다.

"놔, 라."

이제 의식이 거의 수면 근처까지 올라온 유중혁이 말을 시작했다. 나를 붙잡으려는 듯 살기로 가득 찬 녀석의 손이 아주 천천히 움직였다.

나는 어떻게 하면 유중혁이 '회귀 우울증'에서 깨어날지 알고 있었다. 반대로 말하면, 어떻게 하면 녀석이 저 우울의 심해로 더 깊이 가라앉을지도 안다는 뜻이다.

떨리는 유중혁의 손을 보다가 나는 툭 던지듯 입을 열었다.

"기억 나나? 33회차. 40번 시나리오를 클리어하고 이지혜가 한 말."

유중혁의 눈빛이 멍해지더니 손이 움직임을 멈췄다.

「"사부한테 다음 회차라는 게 없다면 좋을 텐데."」

"생각해봐. 늘 불행했던 것만은 아니야. 그렇지? 모든 회차에는, 잠깐이지만 행복한 시절이 있었어."

유중혁의 표정이 굳어진다.

"173회차. 너는 꽤 오랫동안 지구를 지켜냈어. 이지혜가 고등학교 졸업장을 받는 모습도 보았고, 이설화가 다른 사람의 아이를 안고 웃는 모습도 보았지."

「"중혁 씨는 살아 있어서 행복해?"」

한 마디 한 마디 뱉을 때마다 유중혁의 표정이 무너져간다.

유중혁을 무너뜨리는 것은 절망이 아니다.

"383회차. 마침내 75번 시나리오를 클리어했을 때. 정말 운 좋게도 그 회차에선 아무도 죽지 않았지. 그런 적은 처음이었어. 그때 이현성이 말했지."

「"중혁 씨, 저는 죽을 때까지 오늘을 잊지 않을 겁니다."」

녀석의 머릿속에 작은 깃털 같은 기억이 하나둘 내려앉고 있었다.

"그리고 498회차……."

유중혁의 손바닥이 자신의 귀를 막기 위해 움직인다. 평소의 유중혁이라면 이런 정도로 무너지지는 않았을 것이다.

하지만 지금은 다르다.

나는 녀석의 양손을 붙잡은 채 계속해서 말했다.

"그런 일이 열 번."

물에 빠진 인간은 단지 깃털 하나의 무게 때문에 더 깊이 가라앉는다.

"스무 번."

숨이 막히고 폐가 조여온다. 유중혁이 겪는 기분을 나 역시 고스란히 느낀다. 오직 나만이 느낄 수 있었다. 한 사람의 밑바닥에 깔린 가장 근원적인 어둠이, 자아를 탐욕스레 삼키는 것이 보였다.

"백 번. 천 번도 넘게 반복됐어."

그 모든 세계는 멸망했다. 모든 행복했던 기억은 다시는 돌아올 수 없는 시간으로 흘러갔다. 무수한 회귀에 행복의 의미는 퇴색되었고. 그가 지켜낸 모든 가치는 휴지 조각이 되었다.

"유중혁."

유중혁의 자아가 까마득한 심해로 가라앉고 있었다. 누군가의 도움 없이는 영영 올라올 수 없는 곳으로.

"지키고 싶던 것들은 모두 지켰나?"

망연한 얼굴의 유중혁을 보며 생각했다.

걱정 마라 유중혁. 남은 뒷감당은 모두 내가 할 테니까.

너는, 그만 쉬어라.

[등장인물 '유중혁'에 대한 이해도가 폭발적으로 증가합니다.]

공허한 유중혁의 눈동자가, 주인 잃은 기억을 토해내고 있었다.

[전지적 독자 시점]을 쓰지 않아도 그것을 읽어내기는 어렵

지 않았다.

「**죽고 싶다.**」

「**이 모든 것을 끝내고 싶다.**」

「**영원히 깨어나지 않을 수 있다면.**」

하늘에서 비가 몇 방울 떨어졌다. 마왕과 성좌들의 혈향이 묻은 검은 비였다. 비를 맞은 유중혁의 얼굴에도 새카만 물이 번져 흘렀다. 천천히 낮아진 유중혁의 시야가 이윽고 나보다 아래로 떨어졌다. 한 인간의 정신이 붕괴하는 모습을 나는 한 순간도 놓치지 않고 바라보았다.

고장 난 목소리. 삐걱거리는 기계처럼 유중혁이 더듬더듬 말했다.

"내, 가…… 어떻게, 해야…… 하, 지?"

나는 유중혁의 두 팔을 놓으며 말했다.

"내가 너의 이야기를 끝내줄게."

유중혁이 텅 빈 눈동자로 나를 올려다보았다. 하지만 나는 녀석을 보고 있지 않았다. 흐릿한 하늘 위로, 방금 업데이트가 완료된 서브 시나리오 창이 띄워져 있었다.

〈서브 시나리오(은밀한 모략가) - 회귀의 끝〉

클리어 조건: 유중혁을 죽이시오.

나는 바닥에 꽂힌 유중혁의 '진천패도'를 향해 손을 뻗었다.

2

1,863회차에 들어온 지도 하루가 지났다.

어젯밤부터 계속되는 새카만 비에 광화문 일대가 푹 젖었다. 비가 내린 직후부터, 폐건물 사이에 웅크리고 잠들었던 괴물들이 하나둘 깨어나기 시작했다. 처음 내가 본 코끼리를 닮은 녀석도 있었고, 거대한 문어를 연상시키는 녀석도 있었다.

제일 무시무시한 것은 대형 건물만 한 크기의 아기였다.

갸르르르르…….

'이계의 신격'이 모두 '꿈을 먹는 자'나 '형언할 수 없는 아득함'처럼 '네임드'인 것은 아니다. 그들 중 대부분은 '이름 없는 것들'이라 불리며, 자아조차 없는 상태로 존재한다.

기저귀 찬 아기가 도시를 불도저처럼 밀어대는 모습을 보며 나는 숨죽인 채 숨어 있었다.

솔직히 기저귀는 저 아기가 아니라 지금 나한테 필요할 것 같았다.

[성좌, '물병자리에 핀 백합'이 당신을 바라봅니다.]

힘을 비축하겠다며 대천사들이 잠든 지도 벌써 몇 시간.

웬만큼 힘을 회복했는지 코트에 꽂혀 있던 흰 백합이 파르르 떨었다.

가브리엘이었다.

"일어나셨습니까?"

[왜 그런 선택을 한 거야?]

"무슨 선택이요?"

[몰라서 물어?]

"딱히 다른 방법도 없었잖습니까."

멀리서 퍼거걱, 하고 뭔가 으깨지는 듯한 소리가 들렸다. 또 무슨 일이 터졌구나 싶은 순간, 토막 난 코끼리 괴물의 다리가 보였다. 강력한 힘에 찢겨나간 다리. 그 다리를 질질 끌면서 누군가가 이쪽으로 다가오고 있었다.

이 시나리오의 진짜 괴물, 유중혁이었다.

한숨처럼 다시 한번 꽃잎이 흔들렸다.

[죽일 것처럼 굴더니. 그럼 칼은 왜 쥐었던 거냐고.]

"혹시 자살할 수도 있잖아요. 뭐, 지금 상태로 봐서는 그럴 일은 없을 것 같지만.”

나는 유중혁의 ‘진천패도’를 허공에 홰홰 그으며 말했다. 당연한 이야기지만, 나는 아직 유중혁을 죽이지 않았다.

가브리엘은 잠시 말이 없더니 작은 목소리로 중얼거렸다.

[우리엘은 이런 녀석이 뭐가 좋다고…….]

“아, 우리엘은 잘 계십니까?”

[그런 녀석 내가 알 게 뭐야.]

좀 과하다 싶을 정도의 반응이었다.

내가 뭔가 더 물어보려는 순간, 또 다른 간접 메시지가 들려왔다.

[성좌, ‘붉은 코스모스의 지휘관’이 당신을 노려봅니다.]

까다로운 천사님께서도 깨어나신 모양이었다.

요피엘은 일어나자마자 곧장 사나운 투로 물어왔다.

[그자는 계속 살려두기로 한 건가?]

나는 대답 대신 유중혁이 가져온 코끼리 다리를 받아들었다. 살점이 아주 실하게 붙은 다리였다. 분명 설화도 풍부하게 스며들어 있겠지.

나는 텅 빈 눈으로 이쪽을 보는 유중혁을 잠시 마주 보았다.

요피엘이 다시 입을 열었다.

[살려두면 안 된다는 것은 알고 있을 텐데? 그대가 받은 시나리오는…….]

"유중혁을 죽이는 거였지요."

거짓말을 할 수 있다면 좋았겠지만 대천사를 속이기에는 늦었다. 내가 본 시나리오 창을, 내게 현현한 그들 또한 보았을 테니까.

—유중혁을 죽이시오.

그것이 '은밀한 모략가'가 내게 내린 시나리오였다.

나는 녀석을 죽여야만 본래의 '3회차'로 돌아갈 수 있다.

"이미 말씀드렸지만, 이 시나리오는 있는 그대로 해석해선 곤란합니다. 은밀한 모략가가 제안한 '죽음'이 우리가 생각하는 것과 같은 '죽음'일지 살펴볼 필요가 있습니다."

대천사들은 아무 말이 없었다. 아무래도 납득하지 못하는 눈치였다.

나는 마력 불꽃 위에 올려놓은 코끼리 다리 고기를 태연히 뒤집으며 말을 이었다.

"유중혁은 '죽음'을 겪을 수 없습니다. 대천사님들이라면 이미 알고 계실 텐데요?"

두 천사가 나를 바라보는 시선이 느껴졌다.

[그게 무슨 뜻이지?]

"이 녀석은 '회귀자'입니다."

초반 시나리오였다면 방금 내가 말한 정보는 필터링되었을 것이다. 하지만 지금은 다르다. 시나리오도 시나리오지만, 지금쯤 '회귀자'에 대한 소문이 꽤나 퍼져서 〈에덴〉의 고위급 성좌라면 익히 알 테니까.

붉은 코스모스 잎이 불안하게 흔들렸다.

[……설마?]

나는 고개를 끄덕였다.

"그는 영원히 생을 반복하는 존재입니다. 누구도 죽일 수 없습니다. 죽여도 그저 다른 회차로 넘어갈 뿐이니까요."

[그대가 어떻게 그 사실을 알지?]

"왜 우리엘이 저 같은 존재를 감시하고 있었을까요?"

대답할 수 없는 질문엔 질문으로 대응하는 것이 최선이다.

요피엘은 분노를 다스리듯 줄기를 떨며 말했다.

[그래서…… 이제부터 어쩌겠다는 거지? 저자를 죽이지 못하면 그대는 원래의 회차로 돌아갈 수 없다.]

나는 어깨를 으쓱하며 잘 구워진 고깃덩어리를 입으로 가져갔다.

"방법은 지금부터 생각해봐야죠. 시간이야 많으니까요."

내 태연한 반응에 두 송이의 꽃을 중심으로 심상치 않은 기류가 흘렀다. 혹여나 격을 발현하려나 싶어서 긴장했는데, 갑자기 묘한 소리가 들려왔다.

꾸르르르륵.

내 배에서 난 소리는 아니었다. 유중혁도 아닌 것 같았다.

……그렇다면?

고개를 숙이자 제각기 다른 곳으로 시선을 돌린 두 송이의 꽃이 보였다.

"……배고프세요?"

¤ ¤ ¤

쭈우욱.

[가브리엘, 언제까지 녀석을 방관할 거지?]

쭈우욱.

[방관 안 해. 내가 열심히 지켜보고 있다고. 우리엘만 아니었어도 진즉에 죽여버렸을 텐데…….]

페트병에 꽂힌 가브리엘의 백합이 줄기로 물을 쭉 빨아들이며 답했다. 그녀 곁에는 요피엘의 코스모스가 마찬가지로 물 담긴 페트병에 꽂혀 있었다.

얼마간 떨어진 곳에서 김독자가 유중혁을 향해 뭐라 뭐라 말하고 있었다. 그 모습을 멍하니 보던 가브리엘이 물었다.

[우리엘 녀석, 잘 있을까?]

[임무에 집중해라, 가브리엘.]

[아니, 걱정되잖아. 우리엘은 혼자 두면 늘 사고를 친다고.]

[우리엘을 그렇게나 좋아하는지는 몰랐군.]

[뭔 헛소리야! 그보다 돌아갈 방법은 아직 못 찾았어? 언제까지 저 녀석들이랑 붙어 있어야 돼?]

꽃잎을 파들파들 떠는 가브리엘의 모습에 요피엘이 답했다.

[방법을 찾고는 있는데, 아무래도 힘들 것 같다.]

[왜? 아무리 다른 세계선이라지만 여기에도 〈에덴〉은 있을 거 아냐. 이곳 서기관에게 도움을 요청하면…….]

[서기관에게서 답신이 없다.]

[뭐?]

[서기관뿐만 아니라, 〈에덴〉의 누구와도 연락이 안 된다.]

〈에덴〉과 연락이 안 된다……?

아무리 세계선이 바뀌었다지만 이상한 일이었다.

시나리오의 제약 때문에 본래 있던 '별자리의 맥락'으로도 돌아갈 수 없는 상황. 답답한 노릇이었다.

한숨을 내쉰 가브리엘이 물을 다시 쭉 빨아들이며 말했다.

[뭐야? 몇 시간 전까지 멱살 잡고 싸우더니…….]

멀찍이 떨어진 곳에서 김독자가 유중혁의 머리를 쓰다듬는 듯한 모습이 보였다.

그 광경을 보며 가브리엘은 왜인지 자신과 우리엘의 모습을 떠올렸다. 분명히 다르지만, 어딘가 닮은 데가 있을지도 모른다.

……전우애인가.

아주 잠깐, 가브리엘은 우리엘이 저 녀석들을 왜 좋아하는지 조금은 알 것 같았다.

⌘ ⌘ ⌘

"흙을 먹어라, 유중혁."

유중혁은 말없이 흙을 먹기 시작했다. 나는 깜짝 놀라 녀석의 뒤통수를 후려쳤다.

"먹으란다고 진짜 먹냐!"

시험 삼아 시켜봤는데 설마 진짜로 할 줄은 몰랐다. 내가 아는 '유중혁'이라면 절대로 있을 수 없는 일이었다. 하지만 '회귀 우울증'이 자아를 온전히 집어삼킨 탓에, 당분간 녀석은 이런 바보 상태일 것이다.

유중혁은 표정 없는 얼굴로 나를 올려다보았다. 나는 어쩐지 측은해져서 한숨을 내쉬며 말했다.

"평소에도 이렇게 얌전하면 얼마나 좋을까. 3회차 그 자식보다 네가 낫다 인마."

"……."

"……흙 뱉어."

순순히 흙을 뱉는 유중혁을 보며, 내가 아는 또 다른 유중혁을 떠올렸다.

그 녀석은 잘 있으려나. 또 회귀한다고 발광하지 않으면 좋을 텐데.

유상아에게 이것저것 맡겨놨으니 잘 되길 바랄 뿐이다.

"이제 저기 누워 좀 쉬어라, 유중혁 1863호."

내 말에 유중혁이 폐건물 쪽으로 터덜터덜 걸어갔다. 멀리 해가 지는 모습이 보였다.

95번 시나리오의 노을도, 여전히 노을이었다.

희붐하게 흩어지는 아지랑이를 보니 기이하게도 마음이 평화로웠다. 이상한 일이었다. 이토록 끔찍한 시나리오에서 이런 감상에 빠지다니.

「김독 자는 유중 혁 을죽 여 야해.」

……아니까 보채지 좀 마라.

다행히 '은밀한 모략가'가 내게 준 시나리오에는 기한이 없었다.

문득 고개를 돌리니 유중혁이 미련한 얼굴로 쪼그려 앉은 채 내 명령을 기다리고 있었다.

"그만 쉬라니까."

내 말을 알아들었는지 녀석이 곤히 눈을 감았다.

아마 시나리오가 시작된 이후, 단 한 번도 제대로 잠들어본 적 없을 것이다. 어쩌면, 지금 저 수면이 유중혁에게는 제대로 된 '첫잠'인지도 모른다.

모든 기억에서 해방된, 제대로 된 첫잠.

유중혁이 완전히 잠든 후 스마트폰을 켰다.

바탕화면에는 늘 그랬듯 멸살법 파일이 있었다. 그런데 뭔가 조금 달랐다.

—멸망한 세계에서 살아남는 세 가지 방법.txt

……뭐지? 분명 내가 가지고 있는 건 '3차 수정본'일 텐데?

순간 소름이 돋았다.

설마 내가 '원작'의 회차로 돌아왔기 때문인가? 그래서 수정본이 아니라 원작 내용으로 파일이 바뀌었나?

나는 혼란한 마음으로 일단 파일을 열었다.

내가 아는 멸살법의 원작 그대로였다.

차라리 잘된 일인지도 모른다.

앞으로 일들을 제대로 생각하려면 우선 이 회차에 관한 정보를 얻는 것이 중요하기 때문이다.

나는 빠르게 화면을 1,863회차로 넘기고는 모든 정보를 꼼꼼히 읽어나갔다.

「54번 시나리오에서 이현성을 잃었고」

나는 그 이야기를 읽고 또 읽었다.

「67번 시나리오에서 이설화가 사망했으며」

잃고, 또 잃어갈 뿐인 이야기를.

「**78번 시나리오에서 이지혜가 죽었다.**」

이 회차의 유중혁은 철저하게 혼자였다. 사실 이번 회차만 그런 것도 아니었다. 유중혁의 모든 회차는 그가 홀로 남기 위해 존재했으니까. 마지막까지 와서도, 결국 같은 삶이 되었을 뿐이다.

"……불쌍한 놈."

나는 멸살법의 에필로그를 모른다. 그럼에도 한 가지 확신할 수 있는 것은, 멸살법이 결코 해피 엔딩이 아니라는 것.

만약 내가 3회차로 돌아가지 않는다면 어떨까.

이곳에 남아서, 마지막 회차의 유중혁을 도와 시나리오를 클리어한다면.

「**제4의 벽이 말합니다. '*김 독 자그 건.*'**」

알아.

「***그 래.***」

이런 생각 자체가 '은밀한 모략가'에게 놀아나는 일이라는 것을.

아마 이것까지 예상하고 내게 시나리오를 주었으리라. 시나리오에 제한 시간이 없는 것은 그 때문이겠지.

이곳의 유중혁을 죽이고 본래의 세계로 돌아가든가.

아니면 이곳의 유중혁과 함께 시나리오의 '결'을 보든가.

정말 '이계의 신격'이나 할 법한 생각이었다. 우스운 것은 내가 정말로 그 제안에 흔들리고 있다는 사실이었다.

만약 여기서 '결'을 본다면, 내가 정말로 원하는 결말은 볼 수 없겠지. 그렇다고 여기서 놈을 죽인다면, 내가 알던 '원작'의 유중혁은 영원히 사라진다.

그런 생각을 하자니 머리가 아파왔다. 유중혁을 죽이려면 유중혁의 회귀를 끊어야 한다. 하지만 놈의 배후성은 말이 통하지 않을뿐더러 내가 알지조차 못하는 존재였다.

당장은 뾰족한 방법이 없어 차라리 다행인지도 모르겠다.

나는 한숨을 내쉬며 다시 멸살법을 스크롤했다.

그때, 등줄기에 서늘한 느낌이 스쳤다.

[성좌, '물병자리의 백합'이 당신에게 경고합니다!]

멀리서, 페트병에 꽂힌 두 송이의 꽃이 진동하고 있었다. 감각이 강하게 경종을 울렸다.

……설마 '이계의 신격'인가?

"여기 숨어 있었군, 유중혁."

반사적으로 등을 돌리려는 순간, 섬뜩한 예기가 느껴졌다. 지금 등을 돌리면 죽는다. 너무나 명확하게도, 그런 예감이 들었다. 성좌인 내 감각을 속일 정도의 은신술. 분명히 내가 가늠할 수 없는 경지에 오른 존재였다.

이런 존재가 근처에 있었다고?

"넌 뭐야? 유중혁 동료냐?"

목소리에서 기시감이 들었다. 내가 아는 목소리였다. 적이 위협을 느끼지 않을 만큼 천천히 고개를 돌렸다.

등 뒤에 익숙한 외형의 여인이 서 있었다.

나는 패닉에 휩싸였다.

……대체 어떻게?

그 생각밖에 들지 않았다. 왜냐하면 거기 있는 인물은 이 '회차'에서는 이미 죽은 사람이기 때문이다.

"뭐, 알 필요 없지. 어차피 죽일 거니까."

하얗게 웃는 해상제독 이지혜가 나를 향해 쌍룡검을 겨누고 있었다.

3

"섬멸해라, 쌍룡검雙龍劍."

이지혜의 말에 두 자루의 검에서 마력이 폭발했다. 푸른색 용을 닮은 강기가 내 목덜미를 뜯기 위해 날아들고 있었다.

쌍룡검.

충무공의 성유물이자 한반도에서 구할 수 있는 최강의 명검이 빛을 뿜었다. 경지에 오른 [검도]의 궤적을 보며, 나는 전심전력을 다해 [전인화]와 [바람의 길]을 발동했다.

"어쭈, 작아져? 어디서 굴러먹다 온 화신이야?"

해상제독 이지혜.

95번 시나리오까지 살아남은 그녀는 명실상부한 멸살법 최강의 100인 중 하나다.
하지만 그건 어디까지나 '살아 있을 때' 이야기였다.

내가 기억하는 '원작'이 맞는다면 1,863회차의 이지혜는 오래전에 죽었다.
그렇다면 지금 눈앞에 있는 이지혜는 대체 뭐란 말인가.

나는 쌍룡검의 궤적이 닿지 않을 고도까지 단번에 날아오르며 외쳤다.
"이지혜, 멈춰! 난 네 적이 아니야!"
"뭐야, 날 알아? 하긴 내가 좀 유명하긴 하지."
뻔뻔한 말을 중얼거린 녀석이 웅크린 발도 자세를 취했다.
나는 그 기술이 뭔지 알고 있었다.

순살瞬殺.

멸살법에서 손꼽히는 대인 기술 중 하나이자, 그 어떤 상대든 일검에 격살한다는 무시무시한 스킬.
"벌레처럼 작아졌다고 내가 못 벨 것 같아?"
귀살이 일렁이는 이지혜의 눈동자를 마주하는 순간 소름이 쫙 끼쳤다.
스슷.
이지혜의 신형이 순식간에 사라졌다. 보이지 않는 검이 내 목을 노리는 감각이 일었고, 바로 다음 순간 벌어질 일을 본능적으로 알 수 있었다.

나는 목청이 터져라 외쳤다.

"유중혁!"

집채만 한 그림자가 눈앞을 덮는가 싶더니, 철과 철이 부딪치는 강렬한 파찰음이 울려 퍼졌다.

내 앞을 막아선 유중혁과, 그 유중혁을 향해 쌍룡검을 들이댄 이지혜.

까가가가각!

저 단단한 '진천패도'의 칼날에 작은 흠집이 나 있었다. [순살]은 그만큼 강력한 기술이었다. 상대가 유중혁만 아니라면 말이다.

고오오오오.

1,863회차의 유중혁은 누구보다 살인 기계에 가깝다. 결정한 일은 번복하지 않고, 죽이겠다고 마음먹은 상대는 반드시 격살한다.

초월의 격을 발한 유중혁이 검을 휘둘렀고, 힘의 격차에 밀려난 이지혜가 지상으로 추락했다. 패도를 쥔 유중혁의 신형이 이지혜를 쫓아 낙하했다.

"유중혁! 멈춰!"

나는 지상에서 터지는 굉음을 향해 외쳤다.

뿌연 먼지 사이로, 쓰러진 이지혜와 검을 내리치는 유중혁이 보였다. 멈추라는 내 말에도 유중혁은 멈추지 않았다. 녀석의 근처로 개연성의 스파크가 밀려들고 있었다.

'회귀 우울증'이 풀리는 것이다.

"행복한 기억! 행복한 기억!"

유중혁의 신형이 멈칫했다.

"죽이지 마! 걔 죽이면 안 돼!"

어째서 이지혜가 살아 있는지는 모른다. 하지만 한 가지는 확실하다. 적어도 유중혁이, 그녀를 죽이게 두어서는 안 된다.

먼지 속에서 일어난 이지혜가 이를 갈며 외쳤다.

"무슨 뻘짓이야? 덤벼 패왕! 이번에야말로 개작살을 내줄 테니까!"

이지혜와 유중혁의 격돌은 이번이 처음이 아닌 듯했다. 아무리 생각해도 이해가 가지 않았다. 이지혜가 죽지 않고 살아남은 것도 이상한 일인데, 하물며 적이 되었다고?

"잠깐만! 너도 멈춰 이지혜! 우린 싸울 생각 없어!"

이지혜는 멈추지 않았다. 내 명령 때문인지 유중혁의 움직임은 한결 소극적으로 바뀌어 있었다.

이지혜의 칼날에 베인 유중혁의 살갗에서 피가 튀었다. 아무래도 회귀 우울증에 걸린 상태에서는 효과적인 방어 수단을 강구하지 못하는 모양이었다. 그렇다고 공격 명령을 내리면 아까처럼 이지혜에게 달려들 것이 분명하고…… 제기랄.

나는 [전인화]를 유지한 채 유중혁 어깨에 올라타서 이지혜를 향해 외쳤다.

"멈추라고 자식아! 유중혁은 네 사부잖아!"

"사부? 뭔 개소리야? 이딴 괴물, 사부로 둔 적 없어."

이지혜의 눈이 사납게 빛났다.

"내 사부는 훨씬 더 멋있는 사람이야."

이지혜의 칼날에서 오색의 아우라가 흘렀다.

나는 반사적으로 [전지적 독자 시점]을 발동했다. 무슨 공격을 하든, 방향이라도 알면 피하기는 좀 쉬워질 테니까.

[해당 인물에 대한 이해도가 부족해 스킬 발동이 취소됩니다!]

유중혁에 대한 이해도가 낮은 것은 그렇다 쳐도 이건 뭔가 이상했다. 이지혜가 그렇게 복잡한 인간은 아닐 텐데.

적어도 '내가 아는 이지혜'가 맞는다면…….

[등장인물 '이지혜'가 성흔, '칼의 노래 Lv.10'를 발동합니다!]

기어코 그렇게 나오시겠다 이거지. 그러면 이쪽에도 생각은 있다.

나는 '부러지지 않는 신념'을 강하게 움켜쥐며 성흔을 발동했다.

[성흔, '칼의 노래 Lv.5'를 발동합니다!]

내 칼날에서 솟아난 오색의 빛을 확인한 이지혜의 표정에 의아함이 스쳤다. 아직은 눈치채지 못한 모양이었다.

어차피 이 성흔은 확률 싸움. 어디 누가 더 운이 좋은지 보자고.

선수는 이지혜였다. 허공에 떠오른 문자열이 움직이며 충무공의 글귀가 흘러나왔다.

「초 10일. 맑다. 아침밥을 먹은 뒤 동헌에 나가 일을 하였다.」

빙고. 이지혜의 안색이 구겨지는 것이 보였다.

[칼의 노래]는 어디까지나 충무공의 일기를 바탕으로 전개되는 스킬. 재수가 없으면 아무 효과도 발동되지 않는다.

이번에는 내 차례였다.

「28일. 맑다. 활 10순을 쏘았는데 5순은 모두 맞고, 2순은 네 발 맞고, 3순은 세 발 맞았다.」

내 칼날에서 불화살이 쏟아졌다. 눈이 휘둥그레진 이지혜가 기겁하며 물러났다.

[성좌, '해상전신'이 경악한 눈으로 당신을 바라봅니다.]

옷깃에 붙은 불을 끈 이지혜가 발작적으로 외쳤다.

"너 뭐야! 어떻게 내 배후성의 성흔을 쓰는 거야?"

"궁금하면 대화를 하자고."

"팔다리 정도는 잘려야 똑바로 대답을 할 모양이네."

내 공격이 성질을 돋운 모양인지 이지혜의 얼굴이 조금 진지해졌다.

"어떤 배후성의 잡기인지는 모르겠지만, 그거 믿고 나대다 간 큰코다칠 거야."

이지혜가 허리춤에서 새로운 검을 뽑았다.

나도 아는 검이었다.

사인참사검.

지금껏 내가 읽은 어떤 회차에서도, 이지혜가 사인참사검을 손에 쥔 적은 없었다.

"북두성군이여! 힘을 주소서!"

이지혜의 외침에 하늘에서 몇 개의 별이 빛났다.

북두성군은 원래 총 일곱 명. 하지만 후반 시나리오로 들어서며 몇 명이 죽은 탓인지 빛나는 별은 네 개뿐이었다.

기이이이잉!

사인참사검이 눈부신 빛을 쏟아내며 성유물로 진화하고 있었다.

사인참사검은 성좌와 화신체의 링크를 베어, 아주 잠깐 그

연을 끊을 수 있는 무시무시한 권능이 있다.

이지혜가 무슨 짓을 하려는지는 뻔했다.

그런데 나를 본 이지혜의 표정이 괴이했다.

"너 링크가 없어?"

당연히 없지.

나는 지금 화신체와 본체가 하나인 상태다.

[마왕, '구원의 마왕'이 화신 '이지혜'를 바라봅니다.]

경악한 이지혜가 한 걸음 더 물러났다.

그럼 이제 내 차례인가.

나는 품속에서 이지혜가 손에 쥔 것과 똑같은 검을 꺼냈다.

기이이이잉.

"어, 어떻게? 대체 어떻게……!"

소인화의 영향으로 검의 정체를 알아채기가 쉽지 않았을 텐데도, 이지혜는 초인적인 관찰력으로 이 검이 뭔지 깨달은 눈치였다.

나는 눈부신 광휘를 뽐내는 사인참사검을 굳게 쥔 채 유중혁의 어깨에서 도약했다. 방심한 이지혜가 눈을 크게 뜬 순간, [바람의 길]의 궤적이 그녀의 머리 위를 가로질렀다. 터지는 스파크의 폭음 속에 이지혜가 고통스러워 비명을 지르며 주저앉았다.

"아아아악!"

그녀를 수호하던 '해상전신'의 별이 깜빡였다.

나는 이를 악문 채 물러섰다.

[성좌, '해상전신'이 당신에게 분노를 토합니다!]

얕았다.

잠깐이나마 '해상전신'과의 링크를 끊어 이지혜를 무력화할 계획이었는데 아무래도 실패한 것 같았다.

하얗게 탈색된 이지혜의 눈동자.

95번 시나리오에 이르러 설화급 성좌에 오른 충무공이 내 눈앞에 현신하려 하고 있었다.

나는 황급히 주변 물가를 확인했다. 여기서 [유령 함대] 본선이 소환되기라도 하면 모든 게 끝장이었다.

콰콰콰콰콰.

청계천 지류가 허공으로 솟구쳤다. 스파크와 함께 [유령 함대]의 환영이 하나둘 나타나기 시작했다.

빌어먹을.

나는 반사적으로 뒤쪽의 페트병, 정확히는 그곳에 꽂혀 있는 꽃들을 향해 시선을 돌렸다.

대천사의 힘을 빌려야 하나? 힘을 빌려주기는 할까? 눈앞의 이지혜가 적어도 '악'은 아닐 텐데.

"충무공. 그만 멈추십시오."

진중한 사내의 목소리. 언제 나타났는지 곰 같은 사내의 손이 이지혜의 어깨를 짚고 있었다.

[성좌, '해상전신'이 노여워합니다!]

[성좌, '강철의 주인'이 차가운 시선을 보냅니다!]

성좌들끼리 으르렁거리는 기 싸움. 충무공 쪽에서 먼저 물러섰다. 함대의 환영이 하나둘 사라지자 힘이 풀린 이지혜가 숨을 몰아쉬며 주저앉았다. 이지혜 앞으로 사내가 나섰다.

"그쪽 분도 거기까지 하시죠."

나는 멍한 얼굴로 사내를 바라보았다. 정말 오늘은 몇 번이나 놀라게 되는지 모르겠다.

"무슨 짓이야, 아저씨! 저 자식 유중혁 편이라고!"

"아직 제대로 알아본 게 아니잖아."

사내는 이지혜의 어깨를 짚었던 손을 내게 내밀었다.

"저는 이현성이라고 합니다. 성함을 여쭤봐도 되겠습니까?"

25번 시나리오든 95번 시나리오든. 3회차든 1,863회차든…… 이현성은 내가 아는 그대로의 이현성이었다.

조금 눈물이 날 것 같은 기분을 간신히 참았다.

"……김독자입니다."

고생을 많이 했는지 이현성의 이마에도 굵은 흉터가 있었다. 꽉 짜인 강철 같은 근육에 새겨진 셀 수 없이 많은 상흔.

나는 혼란스러운 머릿속을 진정시키려 애썼다. 이지혜와 마찬가지로 이현성 또한 지금까지 살아 있을 수 없는 인물이다.

1,863회차에서 유중혁은 모든 동료를 잃었으니까.

이현성이 말했다.

"김독자 씨. 저희는 당신과 적대할 생각이 없습니다. 저기 있는 '유중혁'이 필요할 뿐입니다."

사람 좋은 미소를 보이지만, 나는 그 미소 이면에 깔린 침착함을 어렵지 않게 읽어냈다. 이현성 역시 아흔네 개나 되는 시나리오를 헤쳐온 것은 마찬가지. 내가 조금이라도 위협이 되면 이지혜보다 더 철저하고 확실한 방법으로 제거하려 들 것이다.

나는 차분한 어조로 되물었다.

"왜 유중혁이 필요한 겁니까?"

"이번 시나리오를 클리어할 열쇠를 가지고 있으니까요."

95번 시나리오가 무엇인지 알기에, 이현성의 말이 진실이란 것도 알 수 있었다. 그런데 내가 궁금한 건 그게 아니었다.

"당신들 그룹에는 몇 명이나 있습니까?"

"예?"

"95번 시나리오까지 왔다면 그룹이 있을 텐데요."

"아, 그룹이라면 저랑 지혜가 전부……."

"한 번만 더 거짓말을 한다면 앞으로 당신 말은 신뢰하지 않겠습니다."

이현성의 표정이 굳어졌다. 나는 계속해서 물었다.

"리더는 누굽니까? 이현성 씨 당신인가요?"

이현성의 눈빛이 흔들렸다. 역시 몇 회차가 지나든 감정을 숨기는 데 능숙하지 못한 사내다.

"그건……."

흐려지는 말꼬리가 확신을 주었다. 이현성과 이지혜에게는 그룹이 있고, 리더는 그들이 아니다.

이 1,863회차는 내가 아는 1,863회차가 아니다.

확실한 가설이 서자 머릿속이 차분하게 가라앉았다.

뒤늦게 여러 가지가 이해되었다. 유중혁에 대한 이해도가 이상하게 낮은 이유도. 죽었어야 할 이지혜와 이현성이 살아 있는 이유도.

나 말고도 누군가가 있다.

원작에서 활약하지 않은 누군가가 이 회차에 있는 것이다.

"유중혁을 원한다면, 나를 당신들 리더에게로 안내해주십시오."

그러자 이현성이 고개를 저었다.

"그건 곤란합니다. 당신과 유중혁이 어떤 의도를 갖고 있는지 모르는 이상……."

"그렇게 경계할 필요 없습니다. 저야 뭐 보시다시피 약골이고, 유중혁은…… 지금이라면 안전합니다. 제 말을 꽤 잘 듣거든요."

"뭔 개수작이야! 저 자식이 누구 말을 듣는다고!"

유중혁에 대해 제법 잘 이해하는 모양인지 이지혜가 악을 썼다. 이현성 역시 불신 가득한 눈빛이었다.

"김독자 씨, 당신은 유중혁의 동료입니까?"

……동료라.

"그렇습니다."

"솔직히 믿을 수 없군요. 유중혁에겐 어떤 동료도 없는 걸로 압니다."

"증거를 보여드리죠. 유중혁."

유중혁이 나를 바라보았다.

"검 집어넣어."

유중혁이 '진천패도'를 고분고분 집어넣었다.

이지혜가 흠칫 몸을 떨며 외쳤다.

"거우 그 정도로……!"

"유중혁, 이리 와."

유중혁이 성큼성큼 다가오자 질겁한 이지혜가 이현성 뒤로 숨으며 외쳤다.

"현성 아저씨! 조심해! 저러다가 분명 공격할 거—"

"유중혁, 앉아."

유중혁이 고분고분 자리에 앉았다.

이지혜와 이현성의 입이 쩍 벌어졌다.

하긴 놀랍기도 할 것이다. 그들이 아는 유중혁이라면 이건 절대 있을 수 없는 일이니까. 조금 미안한 기분도 들었지만,

어제 처맞은 게 꽤 아팠으니 이 정도는 괜찮으리라 생각하기로 했다.

무슨 서커스라도 보는 듯한 눈으로 이쪽을 보는 두 사람을 향해 씩 웃으며 물었다.

"또 뭐 시켜보실 일 있습니까? 흙이라도 먹여볼까요?"

두 사람이 동시에 서로 마주 보았다. 손을 번쩍 든 이지혜가 뭐라 외치려는 순간, 이현성이 깊은 한숨을 쉬며 말했다.

"……저를 따라오시죠."

⌘ ⌘ ⌘

본거지는 그리 멀지 않은 곳에 있었다.

다만 도중에 나타난 '이름 없는 것들'로 인해 시간이 지체되었다. 폐건물 사이를 돌아다니는 이계의 신격들을 피해 다닌 지 두 시간 정도 지났을까. 멀리 그들의 본거지로 보이는 건물이 나타났다.

"저곳입니다."

그리고 그곳에서, 나는 나와 똑같은 코트를 입은 한 사내와 마주쳤다.

4

"여, 이지혜."

전형적인 양아치 말투로 이쪽을 향해 손을 흔드는 사내. 녀석의 어깨에서 흔들리는 백색 코트는 틀림없이 '무한 차원의 아공간 코트'였다.

그러니까, 내 것과 같은 코트였다.

[성좌, '물병자리에 핀 백합'이 눈살을 찌푸립니다.]

[성좌, '붉은 코스모스의 지휘관'이 불쾌감을 드러냅니다.]

코트 안주머니에서 꽃들이 요동쳤다.

설마 저 녀석이 리더라고?

밀려오는 충격에 순간적으로 현기증이 났다. 반사적으로 유중혁 쪽을 돌아보았지만, 바보가 된 유중혁이 내 심경을 공유할 수 있을 턱이 없었다.

나는 다시 사내 쪽을 바라보았다. 한쪽 손에 붕대를 둘둘 감고, 반쯤 문에 기대선 채 새하얀 머리카락을 밀어 올리며 큭큭 웃는 사내.

「김 독자 는 멍청 이이 다.」

아무리 생각해도 저놈이 리더일 리가 없다. 애초에 저 코트는 95번 시나리오쯤 되면 못 구할 것도 없고.

이지혜가 인상을 찌푸리며 말했다.

"김남운."

"어, 그래."

"나 아는 척하지 말랬지. 저리 꺼져."

"어, 어……."

이지혜의 말에 김남운이 머쓱한 얼굴로 주춤거렸다. 그런 김남운을 한심하다는 듯 일별한 이지혜가 말했다.

"그리고 사부 코트 그만 훔쳐 입어. 진짜 죽여버린다 너."

"……너도 한번 입어볼래?"

이지혜가 문을 쾅 박차고 건물 안으로 들어갔다. 그런 이지혜에게 압도된 듯, 눈 풀린 김남운이 그 뒷모습을 좇았다.

그러고 보니 원작에서 얘들 관계가 그랬지. 새삼 여러 가지가 새록새록 떠오른다. 이지혜에 이현성, 거기다 김남운이라…… 호기심과 함께 알 수 없는 두려움이 가슴속 깊은 곳에 똬리를 틀었다.

이 회차에, 대체 무슨 일이 있었던 걸까.

잠깐 정신이 팔린 사이 김남운이 나를 보며 말했다.

"뭐야 넌? 그 코트 내 거랑 똑같은 거 아냐?"

[등장인물 '김남운'이 당신에게 경계심을 드러냅니다!]

녀석과 처음 만났을 때가 떠올랐다. 지하철에서 머리가 터져 죽은 김남운. 만약 그때의 김남운이 살아 있다면 이런 느낌일까.

"어이 군인, 이 인간은 뭔…… 우왁, 씨바! 유중혁이잖아!"

내 뒤쪽에 있던 유중혁을 발견하고는 김남운이 재빨리 한 걸음 물러났다.

[성좌, '심연의 흑염룡'이 자신의 이빨을 드러냅니다!]

망상악귀 김남운.

이번 회차에서, '심연의 흑염룡'은 자신의 본래 화신을 찾아갔다.

자신을 향한 적의에 유중혁이 고개를 들자 김남운이 움찔하며 말했다.

"존나 멋있는 건 여전하군. 싸우러 온 거냐, 유중혁?"

감춘 한쪽 손을 바들바들 떠는 모습이 흥분한 것인지 두려워하는 것인지 알 수 없었다. 어쩌면 둘 다일지도 모른다.

이현성이 흉악해지려는 기류를 막아섰다.

"남운아, 이분들은 싸우러 온 게 아니야."

"뭐? 그럼 뭐 하러 왔는데?"

"그건……."

나는 둘의 대화를 듣다 말고 건물 안쪽으로 성큼 들어갔다.

"잠깐만요! 김독자 씨!"

뒤쪽에서 이현성의 목소리가 들려왔지만, 얼른 이 건물 내부를 확인하고 싶은 욕구가 더 컸다.

내 생각이 맞는다면…….

이 건물은 초반 회차의 유중혁이 구상한 그 '건물'이다.

문을 박차고 들어가자 탁 트인 거대한 실내가 보였다. 어지간한 대기업의 자재 창고만 한 크기.

옆에 있던 커다란 문에서 환자를 실은 침대차가 우르르 밀려왔다. 하나같이 응급 환자였다.

"거기 놀지 말고 환자들 이쪽으로 옮기세요!"

나는 얼떨결에 환자 실린 침대를 함께 밀었다. 하얀 가운을 입은 의원들이 모여들었다.

"설화 팩! 설화 팩 가져와!"

"이 환자 알레르기 있으니까 동물 관련 설화는 안 돼!"

모두 훈련된 의료 스킬을 가진 자들이었다.

그들을 이끄는 것은 작은 무테안경을 쓴 여인. 배와 허벅지가 꿰뚫린 환자의 상세를 살피며 여인이 내게 물었다.

"이 환자 어디서 다친 거죠?"

나는 그 얼굴을 가만히 바라보았다.

회차에 따라 '독희' 또는 '의선'으로 불리는 여인. 어떤 회차에서는 십악이지만, 어떤 회차에서는 유중혁의 연인인 사람.

내가 하얀 코트를 입어서 의원으로 착각한 모양이었다.

나는 환자의 상세를 보며 대답했다.

"아마 '이름 없는 것들'에게 당한 모양이군요. 상처 부위 오염도로 보아 촉수종에게 당한 것 같습니다."

"확실히…… 음?"

나를 보던 이설화가 천천히 눈을 깜빡였다.

[등장인물 '이설화'가 당신에게서 묘한 느낌을 받습니다.]

"……당신 누구죠?"

누구라고 해야 할까. 아니, 누구라고 말하면 알아들을까.

"거기 아저씨, 뭐 해? 빨리 따라와! 유중혁 잘 데리고!"

나는 멍한 얼굴의 이설화를 남겨두고, 유중혁과 함께 이지혜가 있는 계단으로 올라갔다. 건물 내벽이 투명한 재질이어서 그저 올라가는 것만으로도 전체 구조가 한눈에 들어왔다.

1층 응급실 정문으로 끊임없이 환자들이 쏟아져 들어오고 있었다. 이계의 신격, 또는 다른 성좌에 맞서다 중상을 입은 화신들. 이상한 일은 아니었다. 95번 시나리오쯤 되면 저런 비극은 일상이 된다.

나는 1,863회차의 95번 시나리오를 기억하고 있었다.

건물의 휼창으로 시선을 돌리자 폐허가 된 서울의 정경이 보였다. 연기를 내뿜는 성운들의 설화병기說話兵器와, 잠든 이계의 신격들의 모습. 그리고 그보다 더 위쪽에는 창공을 덮은 새카만 수정구가 있었다.

[묵시룡의 봉인구封印球]

저 봉인구가 바로 이 95번 시나리오의 핵심이자 목표였다.
흩어진 다섯 개의 열쇠를 획득해 '묵시룡'을 해방하는 것.
'묵시룡'이 풀려나면 지구에 멸망이 찾아오고, 시나리오를 완수한 이들은 자동으로 다음 시나리오로 넘어가게 된다.
그런데 이 1,863회차는 내가 아는 1,863회차와는 너무 달랐다.

—강서 쪽에 1급 괴수종이 등장했습니다!

건물을 울리는 전파음. 계단을 올라가자, 환한 패널로 빛나는 상황실의 정경이 얼핏 보였다.

—서초에 파견 중인 인원은 빠르게 철수하기 바랍니다! 염화炎火의 대천사가 등장했습니다!

—노원 쪽 성검 '아스칼론' 발견! 현재 '이름 없는 것들' 십여 개체와 교전 중! 지원 바랍니다!

무수한 메시지가 오가고, 그 모든 상황을 관리하는 인물이 있었다.

꼬질꼬질한 파마머리.

다크서클이 짙게 내려온 눈, 헤드셋을 머리에 쓴 소년.

아니, 더 이상 소년이 아니구나. 나는 어쩐지 먹먹한 심정으로 녀석을 바라보았다.

은둔한 그림자의 왕, 한동훈.

내가 살던 회차에서는 '왕'이 되지 못한 그 아이가, 자신의 재능을 가장 빛낼 수 있는 장소에 앉아 있었다.

빠르게 전력 계산을 끝낸 한동훈의 손끝에서 흰 빛이 흘러나왔다.

—노원 쪽은 민지원 씨의 화랑대와 차상경 씨의 미륵불彌勒佛이 맡아주셨으면 합니다.

—〈올림포스〉 쪽 화신들이 선점하기 전에 우리가 먼저 쳐야 합니다.

—성검 '아스칼론'을 반드시 확보해야 합니다. 서두르세요!

메시지로 오가는 익숙한 이름들.

민지원과 차상경. 각각 '매금지존'과 '외눈 미륵'을 성좌로 둔 그들도, 95번 시나리오까지 무사히 살아남은 것이다.

"뭘 그렇게 훔쳐봐?"

곁에서 나를 감시하던 이지혜가 쿡 찌르듯 말했다. 뭐라 대답해야 할까 망설이다가 솔직한 감상을 말했다.

"생각한 것보다 놀라워서."

내 대답이 의외였는지 잠깐 머뭇거리던 이지혜가 코를 쓱 문질렀다.

"뭐, 우리 사부가 좀 대단하긴 하지. 모두 사부 덕분이야. 그 사람 혼자 해낸 거니까."

이지혜, 이현성, 이설화, 민지원, 차상경, 한동훈…… 거기다 김남운까지. 원작의 1,863회차에서는 죽었어야 할 사람들이 모두 살아 있었다. 그뿐만 아니라 무장 수준도 높고 세력 크기도 만만치 않았다. 어떤 의미에서는 내가 살던 3회차보다 높은 수준…… 아니, 내가 줄곧 바라던 정도의 수준이었다.

지끈거리며 머리가 아팠다.

내가 모르는 누군가가 1,863회차의 역사를 바꿔놓았다. 일어났어야 할 비극은 일어나지 않았고, 인류는 투쟁하고 있었다.

유중혁은 아직 그 어떤 동료도 잃지 않았다.

어쩌면 나는 3회차로 돌아가지 않아도 여기서 제대로 된 결말을 볼 수 있는 게 아닐까.

이지혜가 말했다.

"우린 사부와 함께 시나리오의 끝까지 갈 거야."

그 말을 듣는 순간, 차갑고 섬뜩한 감각이 가슴 어귀를 스쳤다.

분명 저 풍경 속에는 모든 것이 있다. 단 한 가지를 빼면 말이다.

뒤를 돌아보자 유중혁이 표정 없는 얼굴로 서 있었다. 저 광경을 보고 있는지 아닌지 알 수 없었다. 슬픈지 기쁜지도 알 수 없었다.

내가 알 수 있는 것은 나 자신에 관한 것뿐이었다.

"너흰 왜 유중혁을 싫어하지?"

"나쁜 놈이니까."

"왜 나쁜 놈인데?"

"진짜 몰라서 묻는 거야?"

"몰라."

"사람도 함부로 죽이고, 자기 목표를 위해서는 어떤 짓도 서슴지 않으니까."

모두 맞는 말이었다. 나는 물었다.

"그게 전부야?"

"그거 말고 다른 이유가 더 필요해?"

맞다. 어쩌면 그것으로 이유는 충분할지 모른다. 하지만…….

「김독자는 생각했다. '넌 왜 유중혁이 그래야 했는지 모르잖아.'」

나는 천천히 심호흡했다. 이것은 이지혜의 잘못이 아니었다. 누구도 잘못한 사람은 없었다. 오히려 모두 너무나 잘하고 있었고, 그렇기에 나는 화가 났다.

"네가 말하는 '사부'는 대체 누구지?"

"건물 최상층에 있어. 저기 있는 엘리베이터 타고 가."

나는 고개를 끄덕인 후 엘리베이터 쪽으로 이동했다. 유중혁이 나를 따라오자 이지혜가 칼을 빼 들며 말했다.

"유중혁은 여기 두고 가."

예상한 일이었다. 나는 텅 빈 표정의 유중혁과 이지혜를 번갈아 보았다. 알림음과 함께 엘리베이터가 도착하는 소리가 들렸다.

나는 엘리베이터에 타기 전, 유중혁에게 다가가 말했다.

"유중혁, 행복한 생각 하면서 기다려."

유중혁이 작게 고개를 끄덕였다.

"하지만 만약 누군가가 네게 위해를 가하면…… 가장 불행하던 시절의 기억을 떠올려."

"너 지금 뭐 하는 거야?"

내 말에서 뭔가 이상한 뉘앙스를 느꼈는지 이지혜가 끼어들었다.

나는 무시하고 엘리베이터에 올라탔다.

"야! 대답하라니까! 방금 유중혁한테 한 말 뭔 뜻인데!"

이지혜에게 이곳이 얼마나 소중한 장소인지는 잘 알겠다. 그리고 당연하게도, 누군가의 소중함은 곧 약점이다.

"궁금하면 걔 한번 건드려보든가. 나라면 안 그러겠지만."

엘리베이터 문이 닫혔다.

3, 4, 5…….

살짝 무거워지는 중력과 함께 건물 층수가 바뀌었다. 숫자가 바뀌는 만큼 내 머릿속도 그 어느 때보다 빠르게 움직였다.

누굴까.

가능성 있는 후보는 몇 있었다. 미래의 정보를 읽을 수 있기에 미래 개변이 가능한 이.

안나 크로프트, 또는 특정 성운의 소수 성좌들.

하지만 그중 누구도 이런 일을 할 수 있을 것 같지 않았다. 아무리 그들이 뛰어나다고 해도, 결국 원작에 속한 존재. 자기 힘만으로 원작의 변화를 만들어낼 수 있을 리 없었다.

9, 10, 11…….

그렇다면 답은 하나뿐이었다.

나 말고 원작 밖의 존재가 또 있는 것이다.

하지만 그렇다 해도 여전히 이상한 점은 있었다. 설령 원작 밖의 존재가 왔더라도 95번 시나리오까지 이토록 완벽하게 진행할 수 있을 턱이 없었다. 그것도 나와 비슷한 방식으로.

순간 발끝부터 소름이 올라왔다.

……설마?

다른 회차에도 유중혁이 있다.

그렇다면 '나'는 어떨까?

띵.

엘리베이터 알림음이 울렸다. 나는 고개를 저었다.

멸살법 수정본에 따르면, 유중혁의 다른 회차에는 '나'는 존재하지 않았다. 그 후 몇 회차를 거쳐도 없었다. 있었더라면 수정본의 이야기 자체가 달라졌을 테니까. 그러니 이 너머의 존재는 '나'는 아닐 가능성이 크다.

다만 한 가지. 은밀한 모략가가 남긴 말이 신경 쓰였다.

【너와 같은 언약을 행한 존재가 있었지.】

—문이 열립니다.

문이 열리자 호텔 스위트룸을 연상시키는 방이 나타났다. 불이 꺼져 어둑했다. 부드러운 카펫이 깔린 바닥. 새카만 의자에 앉은 인형人形이 보였다.

"당신이 이현성이 말한 그 사람이구나."

탁, 하는 소리와 함께 은은하게 불이 켜졌다. 어슴푸레한 시야 속에 제일 먼저 보인 것은 탁자에 놓인 한 자루 검이었다. 새하얀 광택을 자랑하는 검. 나는 그 검을 잘 알았다.

왜냐하면 내가 가진 '부러지지 않는 신념'이니까.

물끄러미 검을 보고 있으니 의자에 앉은 인물이 말했다.

"좋은 검이지. 이름 그대로 진짜 안 부러지거든."

"알아. 나도 쓰고 있으니까."

"그래?"

의자의 인물은 검은 반가면을 쓰고 있었다. 나는 반가면 너머로 보이는 눈동자를 응시했다.

시나리오의 풍파를 겪으며 조금 변하긴 했지만 틀림없었다.

[전용 스킬, '등장인물 일람'을 발동합니다!]

본래라면 먹히지 않아야 할 스킬이었다. 이 녀석에게는 몇 번이나 사용해봐서 잘 알고 있다. 그럼에도 다시 한번 사용해 본 것은 왜일까.

[해당 인물의 관련 정보가 지나치게 많습니다. '등장인물 일람'이 '요약 일람'으로 변환됩니다.]

어쩌면 발동하지 않기를 바랐기 때문은 아닐까.

눈앞에 줄줄이 떠오르는 정보를 보며 나는 어쩐지 마음이 무거워졌다. 아마 그녀는 모를 것이다. 지금 내가 느끼는 지독한 외로움이 어떤 것인지.

"좋아, 너는 어디서 나타난 누구지? 나는 김독자란 이름은 들어본 적이 없어."

처음부터 눈치채야 했다. 나를 제외하고 유일하게 멸살법의 존재를 아는 여자. 애초에 이만한 일을 할 가능성이 있는 존재는 그녀뿐이었다.

하지만 어떻게?

무의미한 의문이었다. 그건 지금부터 알아가야 할 부분이니까. 하지만 한 가지 알 수 있는 사실도 있었다.

이 여자는 내가 알던 3회차의 그녀가 아니다.

여자의 희미하게 흔들리는 단발을 보며 물었다.

"너는 한수영의 '아바타'인가?"

55

Episode

행복한 기억

Omniscient Reader's Viewpoint

1

언젠가 한수영이 말했다.

—처음 [아바타]를 썼을 때 만든 분신이 있는데…… 기억을 너무 많이 줘버렸는지 갑자기 통제 불능이 되어서 회수를 못 했어.

"[아바타]라…… 재미있네. 그 얘긴 어디서 들었지?"

[등장인물 '한수영'이 당신에게 호기심을 가집니다.]

[등장인물 '한수영'에 대한 이해도가 상승합니다!]

한수영의 분신이 흥미롭다는 듯 나를 바라보았다.

그 눈빛이 너무나 생생해서 한순간 이 존재가 정말 분신일까 의심이 들 정도였다. 실제 한수영이었더라도 저렇게 태연하지는 못할 텐데.

"네 본체랑 친분이 좀 있어서. 걔가 입이 좀 가벼워."

"흠…… 유치한 도발이지만 이번만 넘어가줄게. 그리고 네 생각은 틀렸어. 나는 한수영의 '분신'이 아니라 진짜 한수영 그 자체니까."

"뭐?"

생긋 웃는 입 모양이 정말 영락없이 한수영의 그것이었다.

"나는 걔가 가지지 못한 기억을 갖고 있거든."

"기억? 무슨 기억?"

"게다가 걔와는 다르게 입도 아주 무거워."

나는 허리춤의 칼자루를 쥐며 말했다.

"내가 듣기로 분신은 머리를 잘려도 살아 있다더군."

어차피 여기까지 온 이상 나도 시간 끌 생각은 없었다. 오른손에 쥔 '부러지지 않는 신념'이 거칠게 울음을 토했다.

[마왕, '구원의 마왕'이 화신 '한수영'을 바라봅니다.]

내가 발출한 설화급 '격'에 방 전체가 둔중하게 흔들렸다. 아래쪽에서 시끄러운 소리가 들려왔지만 한수영은 전혀 긴장한 눈치가 아니었다.

"마왕? 생각보다 거물이네."

그리고 다음 순간, 나는 그녀의 여유를 깨달았다.

<u>츠츠츠츠츳</u>!

방 전체에 드리워진 개연성의 그물.

내가 발출한 격이 급격하게 잦아들었다.

[해당 지역은 '시한부 불가침 구역'입니다.]

[앞으로 1시간 동안 해당 지역에서의 전투는 금지됩니다.]

'시한부 불가침 구역' 설정이라.

"도깨비와 거래했나?"

"유중혁을 통제할 수 있는 녀석이 왔는데, 이쯤은 해야지."

나는 더 이상 눈앞의 존재가 단순한 '분신'이라 생각하지 않기로 했다. 어쩌면 이 녀석 말대로 이쪽이 진짜 '한수영'일지 모른다.

그리고 바로 그 순간, 시스템 메시지가 들려왔다.

[등장인물 '한수영'이 '진실의 눈동자'를 발동했습니다!]

[진실의 눈동자]. 적어도 '특성 간파'에 한해서는 안나 크로프트의 '대악마의 눈동자'에 비견되는 스킬이었다. 그 짧은 사이에 한수영은 내 정보를 읽어내려 시도한 것이었다.

[전용 스킬, '제4의 벽'이 발동합니다!]

['제4의 벽'이 '진실의 눈동자'를 완전히 파훼…….]

튀어 오르는 스파크와 함께 한수영이 황급히 스킬을 취소했다.

"……귀찮은 스킬을 가지고 있네."

한수영은 욕심을 부리지 않았다. 유중혁처럼 억지로 [제4의 벽]을 뚫으려 하지도 않았고, 안나 크로프트처럼 당황하는 모습도 없었다. 그런 침착함조차 내가 아는 한수영에게는 없는 것이었다.

한수영은 정말로 재미있다는 듯 웃었다.

"내 머리는 나중에 자르고, 우리 게임 하나 할까? '신성한 삼문답'이라고 알아?"

언젠가 내가 〈올림포스〉의 아리아드네와 했던 문답 교환이었다.

"나나 그쪽이나 서로 궁금한 게 있잖아? 하나씩 교환해보자고."

무슨 꿍꿍이인지는 알 수 없었다. 하지만 내게도 기회가 될 수 있다는 건 분명했다.

나는 고개를 끄덕이며 말했다.

"좋아."

"그 대신 규칙을 하나 만들자. '거짓말'을 할 수 있게 하는 거야."

"그러면 '삼문답 교환'이 무슨 소용이 있지?"

"재미있잖아."

한수영의 고양이 눈이 부드러운 곡선을 그렸다. 무슨 생각인지 읽어내기는 어렵지 않았다. 나는 씩 웃으며 답했다.

"그래, 좋아."

내 대답과 함께 허공에서 메시지가 떠올랐다.

[신성한 삼문답이 시작됩니다.]

— 양측은 세 가지 질문과 대답을 교환할 수 있습니다.

— 양측은 각각 한 번씩 대답을 거부할 수 있습니다.

— 질문과 대답이 온전히 교환되기 전까지 문답은 끝나지 않습니다.

"내가 먼저 하지."

— 첫 번째 질문권을 사용합니다.

"'은밀한 모략가'와 계약한 '이계의 언약'의 내용을 말해."

내 첫 질문에 한수영의 눈빛이 조금 흔들렸다.

[등장인물 '한수영'에 대한 이해도가 상승했습니다!]

이 문답의 핵심은 상대방이 피해가기 힘들 만큼 '구체적인 질문'을 만들어내는 것. 그리고 넘겨짚을 수 있는 정보를 최대한 활용하는 것이다.

한수영이 토라진 듯 말했다.

"거기까지 알고 있어? 쉽지 않네."

"물은 말에나 대답해."

"그렇다는 건 그쪽도 '이계의 언약'을 맺었다는 뜻인가."

역시나 눈치가 빠른 녀석이다. 그건 3회차의 한수영과 비슷하군.

한수영이 말을 이었다.

"나는 '어떤 세계'의 완성을 걸고 '은밀한 모략가'와 계약했어. 그가 원하는 것을 들어주면 그쪽도 내가 원하는 세계의 완성을 도와주기로 했지."

— 첫 번째 대답을 얻었습니다.

직관적이지는 않지만 아주 영양가 없는 대답은 아니었다.

중요한 것은 저 대답의 진위 여부였다.

[전용 스킬, '거짓 간파 Lv.6'를 발동합니다!]

[등장인물 '한수영'이 '포커페이스 Lv.10'를 발동했습니다!]

['포커페이스'의 영향으로 '거짓 간파'가 무력화됩니다!]

역시 그 스킬을 쓸 줄 알았다.

[등장인물 일람]을 통해 확인한 녀석의 스킬 목록에는 [포커페이스]가 있었다. 저 스킬이 있는 한 [거짓 간파]를 통해

대답의 진위를 가려내기는 불가능하다. 물론 내게 해결책이 없는 것은 아니었다.

[전용 스킬, '전지적 독자 시점'을 발동합니다!]

[해당 인물에 대한 이해도가 충족되어 '전지적 독자 시점' 2단계를 발동합니다!]

녀석이 '등장인물'이 된 이상 나는 질문한 것만으로도 생각을 읽을 수 있다. 그런데 다음 순간.

…….

「그럴 줄 알았어.」

「내가 말했지.」

「왁, 내 발 밟지 마!」

「뭘 훔쳐보는 거야?」

…….

순간적으로 들려온 수백 개의 목소리에 머리가 터질 것 같은 고통을 느꼈다. 경악성을 내뱉을 틈도 없이 황급히 스킬을 취소해야 했다.

[전용 스킬, '전지적 독자 시점'이 해제됩니다.]

멍한 눈으로 한수영을 바라보니 녀석은 특유의 미소를 짓고 있었다.

"혹시나 했는데 역시나. 그런 스킬 있을 것 같더라."

"……방금 그건 뭐지?"

"그거, 두 번째 질문으로 쳐도 될까?"

나는 반사적으로 입을 다물었다. 한수영이 짓궂게 웃으며 말했다.

"뭐, 이건 서비스로 대답해줄게. [아바타] 스킬을 응용한 거야."

그제야 무슨 일이 벌어졌는지 알 것 같았다. 방금 한수영은 '분신'을 이용해 자신의 자아를 수백 개로 쪼갠 것이다.

한수영의 의기양양한 표정을 보며 나는 오랜만에 심장이 뛰는 것을 느꼈다. 이제껏 이런 적수를 만난 적은 없었다.

한수영이 입을 열었다.

"이번엔 내가 묻지."

— 화신 '한수영'이 첫 번째 질문권을 사용합니다.

"너 '멸살법'이라는 소설 쓴 적 있지?"

어떤 질문은 질문 그 자체로 정보를 함축하고 있다.

이 녀석이 나를 어떻게 생각하는지는 확실히 알겠다. 여기선 내 특기를 좀 발휘해야겠군.

"맞아. 내가 쓴 거야."

[등장인물 '한수영'이 '거짓 간파 Lv.10'를 사용합니다!]

[전용 스킬, '포커페이스 Lv.5'를 발동합니다!]

미안하지만 [포커페이스] 스킬은 나도 있다. 이 회차로 넘어오기 직전에 '도깨비 보따리'에서 필요한 스킬을 잔뜩 구입했거든.

['포커페이스'의 영향으로 '거짓 간파'가 아슬아슬하게 무력화됩니다!]

그 메시지에 한수영의 입꼬리가 희미하게 올라갔다.

"너 진짜 재밌네."

재미있는 건 이쪽도 마찬가지다.

⌘ ⌘ ⌘

"이자가 정말 유중혁인가요?"

믿을 수 없다는 듯 입술을 매만지던 이설화가 물었다.

그녀의 앞에 선 것은 말로만 듣던 '철혈의 패왕 유중혁'. 마치 등신대 간판처럼 서 있는 유중혁은 그녀를 본체만체 멍한 눈으로 허공을 응시하고 있었다. 그 짧은 새 유중혁 주변으로 사람들이 몰려와 있었다.

먼저 핀잔을 준 것은 이지혜였다.

"다들 구경이라도 났어? 화면으로 자주 봤으면서 왜들 그래?"

"신기해서 그러지. 이렇게 가만히 있는 건 처음 보잖아. 어떻게 한 거지? 독을 썼나?"

심지어 상황실에 앉아 있던 한동훈도 패널창을 띄워 유중혁을 관찰했다. 슬그머니 다가온 김남운은 유중혁 곁에 서서 미묘한 포즈를 취했다.

찰칵. 찰칵.

그 모습을 보던 이지혜가 눈살을 찌푸렸다.

"……너 지금 뭐 하냐?"

화들짝 놀란 김남운은 어차피 들킨 거 어쩔 수 없다는 듯 폰을 허공으로 띄웠다. 그러자 김남운의 그림자에서 뻗어나온 손이 김남운을 대신해 스마트폰을 쥐었다.

"야, 너도 같이 찍자. 이런 기회 흔치 않다고."

"뭐야, 이거 안 놔? 사진을 왜 찍어?"

손목을 잡힌 이지혜가 으르렁거렸다.

찰칵, 하는 소리와 함께 사진이 찍혔다. 사진에는 무표정의 유중혁과 낄낄 웃는 김남운, 그리고 성질을 부리는 이지혜의 모습이 담겨 있었다.

"거기 군인! 옆에 서 있지 말고 비켜! 우리 사진 찍잖아!"

멀뚱히 서 있던 이현성이 한 소리를 듣자 이설화가 다가가서 김남운의 머리를 쥐어박았다.

"남운이 너 현성 씨한테 존댓말 하라고 했지?"

"아 싫어, 나한테 잔소리 좀 하지 마!"

찰칵.

"근데 이 사람 진짜 안전한 거 맞니?"

"내가 한번 찔러볼까?"

"그만 짓 하지 마. 아까 올라간 놈이 이상한 트리거 걸고 갔어. 자칫하면 몰살이야."

찰칵.

"트리거? 무슨 트리거?"

"위해를 가하면 폭주하도록 지시한 것 같아."

"흠, 위해라…… 그럼 이건 어때?"

김남운이 씩 웃으며 유중혁 어깨에 손을 턱 얹었다. 유중혁은 아무 반응도 없었다.

"뭐야, 이 정도는 괜찮은가? 그럼 이건?"

텅 빈 유중혁을 둘러싼 채 사람들이 웃고 떠들었다. 신기해하는 사람도 있었고, 즐거워하는 이도 있었다.

찰칵.

몇 번이나 찍히는 사진 속에서 유중혁의 표정이 조금씩 변하고 있었다. 텅 빈 동공의 깊숙한 곳에서 일렁이는, 아주 희미한 감정. 하지만 제대로 된 의식이 없는 유중혁은 그 감정이 무엇인지 알 길이 없었다.

"어, 뭐야. 방금 움직인 것 같은데?"

"잘못 본 거 아냐?"

"아냐! 진짜로……."

그가 아는 것은 김독자가 남긴 말뿐이었다.

행복한 기억을 떠올려라.

—경고! 경고! '염화의 대천사'가 접근하고 있습니다!

허공에서 들려온 경고음에 유중혁에게 붙어 있던 이들이 깜짝 놀라 고개를 들었다. 김남운이 제일 먼저 소리쳤다.

"뭐? 시발! 그 미친년이 여길 왜 와?"

"엿 됐다. 다들 준비해. 현성 아저씨는 빨리 올라가서 사부한테 알려줘요!"

사람들이 흩어졌지만 유중혁은 여전히 제자리에 서 있었다. 몇몇 사람이 방해된다는 듯 그를 치고 지나갔다.

행복한 기억을 떠올려.

급박하게 돌아가는 상황 속에서 유중혁은 허공에 떠오른 거대한 패널 화면을 보고 있었다.

홍염 속에 불타오르는 눈부신 천사가, 귀기 어린 안광을 빛내며 전진하고 있었다. 천사의 불타는 검이 움직일 때마다 일대의 폐허가 불바다가 되었다.

유중혁은 고개를 갸웃했다. 텅 빈 기억 속에서, 유중혁은 그 천사를 본 적이 있다.

행복한 기억.

이상하게도 그 기억은 낯설면서도 익숙했다. 마치 중간에 두꺼운 벽이라도 들어선 것처럼 멀고 차가운 기억들.

그 기억 속에서 그녀는 작은 인형이었다.

—성좌, '악마 같은 불의 심판자'가 히죽 웃습니다.

—성좌, '악마 같은 불의 심판자'가 당신이 불필요한 희생을 일으키지 않기를 바랍니다.

그것은 그의 기억이 아니었다. 그것은 누군가의 벽에 남겨진 기록일 뿐이고, 그는 그것을 훔쳐보았을 뿐이었다. 그 기억은 그에게는 존재하지 않는 세계의 일. 허구虛構였다.

—성좌, '악마 같은 불의 심판자'가 당신의 전우애에 감동합니다.

그럼에도 어째서 그 허구를 이토록 또렷이 기억하는지 유중혁은 이해하지 못했다.

—성좌, '악마 같은 불의 심판자'가 당신에게 볼을 비빕니다.

불타는 대천사가 화면 속에서 그를 보고 있었다.

유중혁은 처음 말을 배운 아이처럼 중얼거렸다.

"……우, 리엘."

2

한수영과의 대담이 시작된 지 이십여 분이 흘렀다.

나는 삼문답을 통해 몇 가지를 추론해냈다.

하나. 1,863회차의 한수영은 '이계의 언약'을 통해 은밀한 모략가와 계약했다.

둘. 1,863회차의 한수영은 3회차의 분신이 아닐 수도 있다.

셋. 1,863회차의 한수영은 3회차의 한수영보다 많은 정보를 가지고 있다(그리고 조금 더 똑똑하다).

그 정보를 조합해서 몇 가지 더 추론해볼 수 있었다.

가령 이 한수영은 나와 같은 3회차에서 이곳으로 왔을 가능성이 높다는 것. 그리고 내가 모르는 방법을 통해 미래에 대한 정보를 계측하고 있다는 것.

나는 한수영에게 말했다.

"덕분에 좋은 정보를 알았어. 이제 남은 건 내 마지막 질문인가?"

"흠, 그건 대답 안 하면 안 될까? 난 이제 너에 대해 충분히 알았거든."

"그래? 알아낸 게 뭐지?"

"그게 세 번째 질문?"

"아니."

한수영이 쩝 입맛을 다시며 웃었다.

"3회차에서 온 김독자. 그곳의 '나'는 어땠지?"

네 질문권은 다 끝났다고 말하려는 순간, 서늘한 감각이 스쳤다.

……내가 3회차에서 온 걸 어떻게 알았지?

"아, 표정을 보니 맞나 봐? 찍었는데."

"거짓말하지 마. 알고 말한 거잖아."

"아하하, 안 속네."

허공에서 한수영과 나의 눈빛이 부딪쳤다. 아랫입술을 축인 한수영이 물었다.

"3회차의 나…… 조금 나사가 빠져 있지 않아? 내가 기억을 너무 많이 가져가서 말야."

"나름대로 잘하고 있어. 지금은 네 걱정이나 하지 그래?"

"걜 감싸주는 거야? 그럼 정보 좀 나눠주지 그랬어? 소설을

다 읽었으니 그 정도 아량은 보여줄 수 있잖아?"

"무슨 소릴 하는지 모르겠군."

"그런 소설을 다 읽은 녀석은 어떤 녀석일지 정말 궁금했는데, 기대 이상이야. 김독자."

3회차의 한수영도 만만치 않지만, 이 녀석은 정말 보통이 아니다.

"난 작가라고 말했을 텐데."

한수영이 깔깔거리며 웃었다.

"넌 작가가 아냐. 넌 그 소설을 쓰기엔 너무 명석하거든. 날 속이기엔 너무 멍청하지만 말이야."

"겨우 그런 이유로……."

"그리고 난 멸살법의 작가가 어떤 존재일지 짐작하고 있어."

하마터면 그 작가가 누구인지 물어볼 뻔했다. 하지만 함정일지 아닐지 모르는 판국에 섣불리 이쪽의 허점을 드러낼 수는 없었다.

나는 인상을 찌푸리다가 다른 질문을 했다.

"내가 작가가 아니라고 생각했다면, 애초에 그 질문은 왜 한 거지?"

"글쎄, 왜 그랬을까?"

한수영은 여전히 여유로운 미소를 잃지 않은 채였다.

짐작하기는 어렵지 않았다. 한수영은 멸살법을 쓴 적이 있느냐고 물었다. 그리고 나는 거기에 대답함으로써 멸살법을 안다고 시인해버린 셈이고…… 젠장.

나는 이쯤에서 이야기를 끊고, 제일 중요한 질문을 던지기로 했다.

"마지막 질문을 하겠다."

—세 번째 질문권을 사용합니다.

"어떻게 95번 시나리오까지 살아남았지? 넌 분명 멸살법을 99화까지밖에 읽지 못했을 텐데—"

아래층에서 굉음이 발생한 것은 그때였다. 경고음과 함께, 스위트룸 비상계단으로 허겁지겁 올라온 이현성의 목소리가 들렸다.

"대장님! 큰일 났습니다!"

그와 동시에, 품속에 있던 두 천사가 간접 메시지를 보냈다.

[성좌, '물병자리에 핀 백합'이 뭔가에 경악합니다!]

[성좌, '붉은 코스모스의 지휘관'이 당신에게 경고합니다!]

한수영의 눈빛에 이채가 스쳤다.

"너 그 꽃……."

나는 녀석의 말을 무시하고 외창 쪽으로 달려갔다.

정확히 무슨 일이 벌어졌는지는 모른다. 하지만 내 생각이 맞는다면…….

고오오오오.

창밖으로 거대한 용의 그림자가 날아올랐다. 설마 누군가 묵시룡을 깨운 건가 싶었지만, 그럴 리 없었다. 창공에서 날갯짓하는 거대한 드래곤을 보며 나는 숨을 삼켰다.

그래, 왜 안 보이나 했다.

"모두 피해요! 나 혼자서는 무리야!"

새하얀 털코트에 휩싸인 여자가 그곳에서 거대한 드래곤을 이끌고 있었다.

비스트 로드 신유승.

이젠 아이 티를 완연히 벗은 그녀가, 95번 시나리오에서 일행들을 지키고 있었다.

1급 괴수종을 넘어 특급 괴수종으로 진화한 키메라 드래곤이 크게 숨을 내뱉었다. 그러나 덮쳐오는 불길은 브레스에도 꺼지지 않았다. 오히려 독기를 제물 삼아 더욱 활활 타오르는 불길.

나는 저 불길을 알고 있었다.

〈에덴〉의 가장 밑바닥에서 타오르는 불꽃, 지옥염화.

한수영의 개입으로 미래가 바뀐 것은 알고 있었다. 하지만

이 1,863회차는 내가 알던 1,863회차와 비슷한 점도 있었다.

가령 이 타락한 세계에서, 마지막으로 살아남은 대천사의 이름 같은 것.

"우리엘."

[성좌, '악마 같은 불의 심판자'가 진노합니다!]

폭발하는 기류와 함께 건물 외창이 통째로 깨어져나갔다.

신유승의 키메라 드래곤이 추락하고 있었다. 나는 창을 타넘어, 바람을 꿰뚫고 도약했다. 힘없이 추락하던 신유승이 내 품에 들어왔다. 깜짝 놀란 신유승이 나를 올려다보았다.

"누구……."

"잠시 지혈 좀 하겠습니다."

나는 [점혈] 스킬을 발동해 설화가 새어나오는 신유승의 목과 팔을 점혈했다. 그런데 그때, 내 안에서 뭔가 꿈틀거리더니 투명한 문자열이 손끝에 떠올랐다.

「'제4의 벽'이 장난스러운 표정을 짓습니다.」

나는 녀석이 무슨 짓을 하려는 것인지 눈치챘다.

'하지 마.'

「'제4의 벽'이 시무룩한 표정으로 말합니다. '칫.'」

이 세계의 사람들에게 내 회차의 이야기를 알리고 싶지 않았다. 분통하고, 억울했지만. 그래도 어쩔 수 없는 것도 있다고 생각했다.

탓.

가볍게 착지한 후 신유승을 바닥에 내려놓자, 한수영을 어깨에 태운 이현성도 지상으로 내려왔다.

비틀거리며 일어난 신유승이 한수영을 향해 입을 열었다.

"……대장, 미안해요."

"괜찮아."

이현성 어깨에서 뛰어내린 한수영이 신유승의 어깨를 탁 두들기며 앞으로 나왔다. 그 광경을 보며 무척 이상한 기분이 들었다.

원래 저 자리에 있어야 하는 존재는 유중혁이었다.

"코트."

한수영이 손을 내밀자 달려온 이지혜가 김남운에게서 빼앗은 하얀색 코트를 쥐여주었다.

"여기요, 사부."

휘리릭 감긴 코트가 한수영 체형에 알맞게 줄어들었다. 기분 탓인지 모르겠지만, 내 코트보다 멋있는 것 같기도 했다.

한수영은 코트 깃을 세우며 광화문을 바라보았다.

자욱한 먼지 속에서 타오르는 지옥도. 염화에 불타는 성좌들이 무력하게 비명을 질러댔다. 별들의 잔해가 하나둘 재가 되어 스러지고 있었다. 멸악의 대천사, 우리엘이 강림한 현장이었다.

나는 넘실거리는 먼지 너머의 불꽃을 보며 한수영에게 물었다.

"설마 내가 아는 그 이유 때문에 우리엘이 여기로 온 건가?"

"네가 아는 이유가 뭐지?"

"〈에덴〉의 멸망."

"그럼 맞는 것 같네."

오가는 대화에 품속의 꽃들이 부르르 떨었다.

[성좌, '물병자리에 핀 백합'이 그게 무슨 뜻이냐고 묻습니다!]

[성좌, '붉은 코스모스의 지휘관'이 당신을 노려봅니다.]

대천사들은 모를 것이다. 1,863회차에서 〈에덴〉이 어떤 꼴이 되었는지. 사실은 계속 몰랐으면 했다.

새하얀 불꽃이 넘실대는 광화문 곳곳에서 다가오는 괴생물체들이 보였다.

이름 없는 것들.

우리엘의 격에 부나방처럼 이끌린 존재들이 하나둘 이쪽으로 몰려들고 있었다. 나는 한수영에게 물었다.

"도움이 필요한가?"

"도와주면 고맙지. 아무래도 염화의 대천사는 상대하기 까다롭거든."

내 명령을 기다리는 유중혁이 나를 바라보고 있었다.

한수영이 계속해서 말했다.

"이대로라면 하나쯤 죽을 수도 있고."

나는 입술을 깨물었다. 이 회차는 나의 회차가 아니었고, 유중혁은 이 회차에서 어떤 동료도 갖지 않았다.

"유중혁. 우리엘을 막아."

내 말에 유중혁의 신형이 움직였다. 사실 이런 짓은 정말로 하고 싶지 않았다. 유중혁을 발견한 우리엘이 이성을 잃고 고함을 질렀다.

아아아아아아아!

그럴 수밖에 없을 것이다.

이 회차의 〈에덴〉이 멸망한 이유 중 하나가 바로 눈앞에 있었으니까.

분노한 우리엘의 [지옥염화]가 파도를 이루자 유중혁의 [파천검도]가 빛살을 뿌리며 파도를 베어냈다. 무시무시한 격과 격의 충돌이 창공에 어마어마한 진공파를 발생시켰다. 3회차의 유중혁이나 우리엘이 저 광경을 본다면 믿지 못하겠지.

나도 보고 싶지 않았다.

저 광경은 줄곧 내 머릿속에만 있기를 바랐다.

품속 꽃의 진동이 한결 심해졌다. 기어코 참다못한 가브리엘이 진언을 토해냈다.

[우리엘이 왜 저 녀석을 공격하는데! 빨리 사실을 말해!]

나는 입을 꾹 다물었다.

[빨리 말하지 않으면—]

"말한다고 해서 무슨 소용이 있겠습니까."

바꿀 수 있는 것은 없다. 아니, 어쩌면 바뀌서도 안 된다.

저 싸움은 1,863회차의 인과로 인해 발생했다.

우리엘의 분노는 정당했고, 유중혁은 그 분노를 마땅히 감내해야 했다.

나는 주먹을 으스러지도록 쥔 채 그 광경을 바라보았다. 곁에서 한수영이 감탄한 목소리를 냈다.

"유중혁을 조종할 수 있다는 말, 진짜였네. 솔직히 안 믿었는데."

"나머지는 막을 수 있는 거냐?"

"문제없어. 아, 그리고 도와준 보답을 하나 할까 하는데."

한수영이 말을 이었다.

"아까 나한테 물었지? 어떻게 내가 이 시나리오까지 살아남을 수 있었느냐고."

[등장인물 '한수영'이 설화, '예상표절豫想剽竊'을 이야기합니다.]

"이게 그 대답이야."

한수영의 몸에서 흰 빛이 새어나왔다. 새하얗게 빛나는 그녀의 눈동자는, 다가오는 괴수들의 패턴을 읽어내고 있었다.

……미래시?

틀림없었다. 어떤 원리인지는 모르겠지만, 그건 분명히 [미래시]와 흡사한 능력이었다. 그것도 원작에는 없던 능력.

「태양 아래 새로운 것은 무엇도 없으니. 앞으로 쓰여질 것은 모두 이미 쓰여진 것의 변용이다.」

한수영에게서 흘러나오는 설화가 고스란히 들려왔다.

'부러지지 않는 신념'을 발동해 다가오는 괴수들의 목을 가볍게 날려버린 녀석이 웃었다.

"나는 일류 작가야. 그리고 멸살법은 기껏해야 클리셰를 집합한 소설일 뿐이지. 전개를 예측하는 게 뭐 어렵겠어? 결국은 패턴의 반복일 뿐인데."

그 말을 실천하듯, 한수영은 다가오는 괴수들의 패턴을 능숙하게 읽어 사냥을 거듭했다. 나는 잠시 그 광경을 지켜보다가 짓씹듯 말했다.

"겨우 그 정도로 살아남았다고?"

분명 뛰어난 능력이라는 것은 인정한다.

"멸살법은 복잡한 설정으로 가득 찬 이야기야. 네가 아무리 작가라 해도, 할 수 있는 게 있고 할 수 없는 게 있어."

"그래, 네 말이 맞아."

다음 순간, 한수영의 몸에서 빛이 솟아나며 무수한 분신이 뛰쳐나왔다. 열, 스물, 서른…… 순식간에 일백 명을 넘긴 분신이 모두 '부러지지 않는 신념'을 쥐고 있었다.

"내가 하나였다면 그랬겠지."

한수영이 손에 쥔 검을 휘두르자 수백 명의 한수영이 동시에 전장으로 뛰어들었다. 그들은 죽음을 두려워하지 않고 '이름 없는 것들'을 차분히 베어나갔다. 한수영은 계속해서 분열했다.

"하지만 그게 두 사람이 되고, 세 사람이 된다면 어떨까."

한 사람의 인간과 백 사람의 인간이 할 수 있는 일이 다르고,

백 사람의 인간과 천 사람의 인간이 할 수 있는 일이 다르다.

"그거 알아? 한 사람이 평생에 걸쳐 해낼 일을, 만 명의 사람은 이틀이면 할 수 있다는 거."

[전용 스킬, '전지적 독자 시점'을 발동합니다!]

과부하가 걸릴 정도로 많은 목소리가 한꺼번에 밀려들었다. 들려온 목소리들은 이내 하나의 이미지를 만들어냈다. 나는 그것이 한수영의 머릿속 풍경이라는 사실을 깨달았다.

무수한 한수영이 그곳에서 머리를 맞대고 세계를 구상하고

있었다.

…….

「이건 틀렸어.」

「다음 전개는 이거야. 분명 녀석이 등장할 거라고.」

「아니, 이쪽이 맞아. 대천사 우리엘은…….」

「다수결로 하자.」

…….

무수한 한수영이 그려낸 세계의 시뮬레이션.

어쩌면 회귀자는 유중혁만이 아니었다. 누군가의 머릿속에서, 수백만 개의 세계가 쉴 새 없이 태어나고 또 부서지고 있었다.

아주 작은 실수를 했다는 이유로.

혹은 아주 작은 흠결이 있다는 이유로.

극도의 결벽을 추구하는 이야기가 차곡차곡 쌓여가는 광경.

나는 한순간 한수영이 그리는 이야기에 빠져들었다. 그 이야기의 생멸生滅이 너무나 안타깝고, 또 너무나 아름다워서.

어떤 것은 동의할 만한 전개였고, 또 어떤 것은 나조차 생각지 못한 전개였다.

인정하고 싶지 않지만 인정할 수밖에 없었다.

어떤 복제複製는, 원작을 넘어선다.

오직 완벽한 '단 하나의 전개'를 만들어내기 위한 노력.

그리고 이 세계는 그런 한수영이 계획한 결과물이었다.

나는 고개를 들어 유중혁을 바라보았다. 상의가 찢어지고 살갗에서 피가 튀어도 무심히 칼질을 반복하는 유중혁. 그리고 그런 유중혁에게 맞서 싸우는 우리엘.

그 어떤 동료도 죽지 않고.

그 어떤 멸망도 찾아오지 않으며.

모두 힘을 모아 '마지막 시나리오'에 도달할 수 있는 세계.

빌어먹게도, 나는 동의할 수밖에 없었다.

그리고 이 세계가 완성되기 위해 유중혁은…….

한수영이 나를 보았다. 내가 생각하는 것을 이미 이해하고 있다는 듯한 눈빛이었다.

"너도 지금쯤 알았겠지. 이 세계에 녀석은 필요 없다는 걸."

원작을 넘어선 세계를 꿈꾸는 표절 작가가, 나에게 말했다.

"나는 유중혁을 죽일 방법을 알고 있어."

3

유중혁을 죽일 방법을 알고 있다.

한수영은, 방금 그렇게 말했다.

나는 망설이다가 입을 열었다.

"꼭 그런 짓을 하지 않아도 될 텐데. 완벽한 이야기가 최고의 이야기는 아니야."

멀리서 유중혁과 우리엘의 충돌로 인해 한바탕 굉음이 터져나왔다. 창공에서 터지는 빛이 한수영의 두 눈을 새하얗게 물들였다.

"아니, 유중혁은 이 시나리오에서 죽어야 해. 그래야 내가 바라던 세계가 완성되니까."

"네가 바라는 세계가 대체 무슨……."

"내 머릿속을 들여다봤잖아? 아직도 그런 말이 나와?"

다시 한번 터진 굉음에 내 목소리가 묻혔다. 애초에 의미 없는 질문이었다. 한수영 말대로, 나는 녀석이 꿈꾸는 세계의 단면을 보았으니까.

한 치의 빈틈도 없는 이상향. 나와는 완전히 다른 방식으로 원작을 소화해낸 존재만이 내놓을 수 있는 대답.

나는 고개를 돌려 우리엘과 유중혁의 전투를 지켜보았다. 한수영이 꿈꾸는 세계에서, 이 전투의 해답은 다음과 같았다.

「이곳에서 염화의 대천사는 죽는다.」

기다렸다는 듯, 일행들이 우리엘과 유중혁의 격전지를 중심으로 모여들었다. [순살]을 준비하는 이지혜. [태산 부수기]를 충전하는 이현성. '심연의 흑염룡'을 불러내려는 듯 붕대를 푸는 김남운도 보였다.

나는 '부러지지 않는 신념'을 쥐었다. 움직임을 눈치챈 한수영이 나를 노려보았다.

"잠깐, 너—"

분명 이 세계를 만든 것은 나나 유중혁이 아닌 한수영이다.

근데…… 그래서 뭐?

[마왕, '구원의 마왕'이 자신의 '격'을 개방합니다.]

내가 읽고 싶은 이야기는 이런 게 아니었다.

쿠드드드득.

마왕의 격을 상징하는 작은 뿔이 머리 위로 돋아났다. 날개까지 현신하고 싶었지만 불완전한 '마계의 봄'으로는 그만한 격을 일으킬 수 없었다.

한수영은 놀란 눈치지만 날 제지하지는 않았다. 아마 내 힘만으로는 저 싸움을 말리는 것이 불가능하다고 생각하겠지.

나도 알고 있다. 그런데 지금 나는 혼자가 아니다.

"가브리엘, 요피엘."

[성좌, '물병자리에 핀 백합'이 당신을 바라봅니다.]

[성좌, '붉은 코스모스의 지휘관'이 당신을 바라봅니다.]

"도와주십시오."

[대천사가 이번 현현에는 전보다 많은 개연성이 요구된다고 말합니다.]

"상관없습니다."

파츠츠츠츠츳!

허락과 동시에, 두 천사의 격이 내 배후에 들어섰다. 날개뼈가 부서질 듯한 통증과 함께, 피부를 찢고 뭔가 자라나는 것이 느껴졌다.

[대천사의 '격'이 당신과 함께합니다.]

성좌들을 해치웠을 때처럼, 어깻죽지를 뚫고 자라난 여섯 장의 날개.

[마왕의 '격'과 대천사의 '격'이 당신의 내부에서 충돌을 일으키고 있습니다.]

상성이 맞지 않는 설화들이 내 안에서 섞이지 못하고 비명을 질러댔다. 마왕의 힘에 덧입혀진 대천사의 격. 상식적으로 불가능한 격의 파장이 전장을 휩쓸고 지나갔다.

"뭐야, 저 격은……!"

놀랄 수밖에 없을 것이다.

지금 이 세계에 살아남은 대천사는 우리엘뿐. 그런데 지금 내게서 느껴지는 격은 정확히 대천사의 그것이었다.

[마왕, '검은 갈기의 사자'가 당신을 보며 완악합니다!]

[마왕, '정욕과 격노의 마신'이 당신을 주목합니다!]

마왕과 대천사의 격이 한 존재에게 깃들었으니, 선악의 설화를 가진 녀석들은 경악하기도 하겠지. 내가 알기로 멸살법의 세계에서 이런 파장을 만들 수 있는 존재는 이제껏 하나뿐이었으니까.

[마왕……!]

존재를 느낀 우리엘이 이쪽을 돌아보았다. 그녀를 향해 입을 열려는 순간, 내게 강림한 가브리엘이 선수를 쳤다.

[우리엘! 멈춰! 이게 대체 무슨 짓이야!]

웅장한 대천사의 진언에, 분노로 이글거리던 우리엘의 눈동자에 순간적으로 이성의 빛이 돌아왔다.

[……가브리엘?]

[정신 차렸어? 뭐야, 너 대체 왜 그러고 있는 건데!]

화색을 띤 가브리엘이 나를 통해 진언을 이어갔다.

차갑게 가라앉는 우리엘의 눈을 보고, 나는 뒤늦게 아차 싶었다.

[이것 봐, 네가 좋아하던 녀석들이라고! 유중혁이랑 김독자! 나한테 맨날 떠들어댔잖아!]

현신한 가브리엘의 격이 우리엘에게 접근하려는 순간, 우리엘의 입술이 열렸다.

[뭐라고 지껄이는 거냐? ■■■아.]

당황한 가브리엘의 몸이 허공에서 굳었다. 우리엘이 계속해서 말했다.

[살아 있었구나, 가브리엘. 그것도 마왕 놈한테 빌붙어서.]

[뭐, 뭔 소리야?]

아아아아아아아!

폭주한 우리엘의 마력이 광화문 일대에 폭풍을 불러왔다. [지옥염화]의 불길이 일대를 지옥도로 바꾸어놓고 있었다. 고열에 닿은 유중혁의 코트가 녹아내리는 것이 보였다.

그어어어어어!

후폭풍에 휩쓸린 '이름 없는 것들'이 고기 조각이 되어 흩날렸다.

나는 이를 악문 채 소리쳤다.

"가브리엘!"

얼빠져 있던 가브리엘이 뒤늦게 내게 자신의 힘을 돌려주었다.

[……이 설명은 나중에 반드시 듣겠어.]

솔직히 말해서 설명할 자신은 없었다. 1,863회차에 〈에덴〉에서 벌어진 전사를 줄줄이 늘어놓을 수도 없는 노릇이니까.

3회차에서 온 대천사가 그 정보를 알았을 때 어떤 후폭풍에 휩싸일지도 알 수 없었지만, 그보다 가브리엘이 받을 정신적 충격이 어떨지 짐작이 가지 않았다.

왜냐하면 1,863회차의 가브리엘은 〈에덴〉을 배신했으니까.

"유중혁!"

땅을 박차는 순간, 날아드는 [지옥염화]의 불길을 유중혁이 [파천검도]로 베어냈다. 나는 불길의 틈새로 뛰어들었다.

츠츠츠츠츳!

품속에 있던 가브리엘과 요피엘의 꽃잎이 세 장씩 허공에 흩날렸다. 엄청난 격의 충전이 이루어지며 속에서 울컥 뭔가 올라왔다. 충돌하는 마력의 반탄력을 이용해 나는 단숨에 우리엘을 향해 접근했다.

미안합니다, 우리엘.

나는 양손으로 우리엘의 머리를 붙잡았다. 대천사의 격과 마왕의 격을 함께 머금은 [백청강기]의 마력이 우리엘의 머리통에 작렬했다. 우리엘은 고통스러운 듯 인상을 찌푸리면서도 전혀 주눅 든 기세가 아니었다. 오히려 그녀의 불꽃이 조금씩 나를 잠식하고 있었다. 아득한 고열에 날갯죽지와 뿔이 조금씩 녹아내렸다. 먼저 신음을 뱉은 것은 내 쪽이었다.

이것이 〈에덴〉 최강의 전투 천사가 가진 힘이었다.

잔인한 미소를 머금은 우리엘이 손에 '업화의 불꽃'을 불러냈다. 세상에서 가장 뜨거운 불꽃의 정수. 날카롭게 빚어진 불꽃의 칼날이 내 심장을 노리고 쏘아지는 순간.

"요피엘!"

내 손끝에서 엄청난 스파크가 튀기며, 우리엘의 전신이 헤일로를 연상시키는 원형의 구속구로 묶였다. 경악한 우리엘이 뭐라고 외치자, 새하얀 구속구가 그녀를 꽉 죄어들었다.

쿠드드드득.

우리엘의 격은 순식간에 줄어들었고, 주변을 뒤덮은 불길도 급격하게 꺼져갔다.

우리엘은 〈에덴〉에서도 손에 꼽히게 강한 대천사. 어떤 천사도 악마 퇴치에서 그녀의 격을 따라갈 수 없었다.

하지만 상대가 같은 대천사라면 어떨까.

대천사 요피엘.

악마 퇴치를 업으로 삼는 다른 천사와 달리, 요피엘은 특수한 능력을 하나 더 가지고 있었다.

[선악의 구속구]

타락한 천사를 사냥할 때 사용하는 요피엘의 성흔이, 우리엘을 상대로 힘을 발휘하고 있었다.

콰드드드드득.

우리엘이 격을 발출하려 할수록 구속구는 더 강한 힘으로 그녀를 옥죄었다. 끅끅거리며 힘을 발산하던 우리엘이 마침내 반항을 그만두고 쓰러졌다.

구속구에 갇힌 대천사는 일주일 동안 깊은 잠에 빠져들게 된다.

나는 잠든 우리엘을 안아 들고 유중혁과 함께 불길 밖으로 나섰다. 자욱한 연기가 걷히자, 이쪽을 보고 선 일행들이 보였다. 누군가는 경악한 눈으로, 또 누군가는 감탄한 얼굴로……

그리고 또 누군가는, 희미한 적의가 깃든 눈으로 나를 노려보고 있었다.

나는 한수영을 보며 말했다.

"이건 네가 그리던 세계에는 없던 일이겠지."

"여기서 우리엘이 죽든 안 죽든 큰 그림에는 영향 없어. 너도 봤으니 알잖아? 내 구상은 완벽하다는 걸."

하얀 코트를 휘날리며 한수영이 나를 향해 저벅저벅 걸어왔다. 이윽고 코앞까지 다가온 한수영이 나를 올려다보았다. 그녀는 불타버린 천사의 날개와, 뭉개진 마왕의 뿔을 보며 물었다.

"김독자, 네가 바라는 세계는 뭐지? 그 이야기를 끝까지 읽은 너라면, 분명 바라는 세계가 있을 텐데 말이야."

방금 한수영의 말은 내가 아주 잘 아는 대사였다.

「"네가 원하는 세계는 뭐지?"」

유중혁이 새로운 동료를 영입할 때 늘 하는 대사였다.

나는 한수영을 향해 말했다.

"난 네 동료 따윈 되지 않아."

"이 이야기를 완성시키려면 네가 필요해."

한수영은 유중혁 쪽을 일별하며 계속해서 말했다.

"그리고 너도 새로운 이야기의 완성이 필요할 텐데?"

마치 내가 이 세계에 왜 왔는지 안다는 듯한 말투였다.

나는 살아남은 일행들 얼굴을 하나하나 살폈다. 이현성, 이지혜, 이설화, 신유승, 김남운…… 이제껏 이들이 모두 살아남아 여기까지 온 회차는 없었다.

하지만.

"이 이야기의 무엇이 새롭다는 거지?"

나는 유중혁을 보고 있었다.

유일하게 이 세계에서 선택받지 못한 인물. 세계를 구하기 위해 수천 번의 회차를 반복했으나, 이번에는 그 세계를 위해 죽어야만 하는 인물.

한수영의 세계 또한 결국에는 누군가가 죽어야 하는 세계일 뿐이다. 그리고 그런 세계는 굳이 한수영의 세계가 아니라도 무수히 많이 존재한다.

"너는 원작을 가져와서, 전개 순서를 바꾸고 주인공 자리에 다른 사람 이름을 써넣었을 뿐이야."

어떤 복제는 원작을 뛰어넘을지도 모른다. 하지만 결코 원작은 될 수 없다.

"그런 행위를 두고 뭐라고 부르는지 알아?"

여유 있는 미소라도 보일까 싶었지만 지금은 그럴 기분이 아니었다. 이글거리는 눈으로 나를 보던 한수영이 말했다.

"이곳은 네가 있던 회차가 아냐. 건방지게 지껄이지 마."

한수영은 더는 내 말을 듣지 않고 돌아섰다.

"딱 일주일 주겠어. 그때까지 결정하는 게 좋을 거야. 날 도울지 돕지 않을지. 내가 듣고 싶은 건 그게 전부야."

한수영을 따라 일행들이 하나둘 건물 안으로 들어갔다. 환자를 이송하는 이설화와 그녀를 돕는 이현성. 이지혜와 김남운이 내 쪽을 흘끗거리며 멀어지는 게 보였다.

이곳은 내 회차가 아니었다.

내 회차의 사람들은 나를 기다리고 있을 것이고, 나는 이곳의 유중혁을 죽여야만 내 회차로 돌아갈 수 있었다.

나는 유중혁을 돌아보았다. 코트 곳곳에 구멍이 숭숭 뚫린, 여전히 미련한 눈의 유중혁이 그곳에 있었다.

……하지만, 정말 그게 유일한 방법일까?

¤ ¤ ¤

어둠 속에서 눈을 떴을 때, 한수영은 식은땀을 흘리고 있었다. 희미하게 튀는 스파크가 그녀의 몸을 감싸고 있었다. 온몸이 얼어붙을 듯 차가웠다.

ㅊㅊㅊㅊㅊ…….

한수영은 숨을 삼키며 자리에서 일어났다. 그녀는 허겁지겁 스마트폰을 켜 자신의 소설 파일을 열었다.

《SSSSS급 무한 회귀자》.

「유준현은 생각했다.」

「두려워.」

「그냥 여기까지 하면 안 될까?」

하필 저장된 페이지도 그런 내용이었다. 그럼에도 한수영은 꿋꿋이 그것을 읽었다. 읽지 않으면 그 모든 내용이 사라져버리기라도 할 것처럼, 그것을 읽고 또 읽었다.

츠츠, 츳…….

그렇게 얼마나 읽었을까. 조금씩, 그녀의 곁에서 튀던 스파크가 줄어들기 시작했다. 가까스로 한숨이 나왔다. 조금만 늦었어도 존재 자체가 스파크에 삼켜질 뻔했다.

처음 있는 일은 아니었다. 기억 전체를 갉아먹는 개연성의 후폭풍. 과도한 [아바타] 사용의 부작용인지, 아니면 멸살법과 관계된 것인지는 알 수 없었다.

[<스타 스트림>이 화신 '한수영'을 지켜봅니다.]

한수영은 입술을 깨문 채 천천히 몸을 풀었다. 부작용으로 굳었던 어깨와 손목을, 관절을 하나씩 점검했다.

훔쳐보는 무수한 성좌들의 시선이 느껴졌다.

볼 테면 얼마든지 봐라. 난 겨우 여기서 끝나려고 시작한 게 아냐.

한바탕 몸을 풀고 나자, 살을 에는 추위는 한결 가셨다. 한수영은 코트를 입고 창밖을 내다보았다.

김독자와 일행들의 모습이 보였다.

첫날만 해도 서먹서먹하던 그들은 고작 며칠 사이 말을 트는 사이가 됐다. 기이한 일이었다. 아흔네 개의 시나리오를 거치며 불신으로 가득해졌던 사람들이, 저 녀석한테는 금방 마음을 열었다.

김독자. 이 계획의 마지막에 나타난 변수.

어째서 '은밀한 모략가'는 이 시점에 또 다른 언약자를 보냈을까.

한수영은 답을 알 수 없었다. 다만 확실한 것은, 저 김독자라는 녀석을 이용해야 한다는 것이었다.

광장 한쪽 구석에는 무표정한 얼굴의 유중혁이 서 있었다.

그 모습을 잠시 지켜보던 한수영이 창밖으로 뛰어내렸다. 가벼운 몸놀림으로 유중혁 바로 곁에 착지한 한수영이 입을 열었다.

"이제 이틀 뒤네."

유중혁은 대답이 없었다. 한수영은 천천히 유중혁 쪽을 돌아보았다. 아무것도 듣지 못하는 듯, 텅 빈 눈동자. 그 눈을 보던 한수영이 유중혁에게 성큼 다가갔다.

"너 진짜 의식이 없는 거야?"

홱 쏘아진 한수영의 손이 유중혁의 턱 끝을 잡았다. 유중혁은 아무런 반응도 없었다.

"우습네. 하필 지금 와서 그런 꼴이 되다니…… 죽어주기로 약속한 것까지 잊진 않았지?"

가까이서 본 유중혁의 얼굴에는 상흔들이 도드라져 있었다. 지금까지 있었던 그 어떤 회차보다 더 외로운 싸움의 흔적들. 한수영은 그런 유중혁을 가만히 들여다보았다. 유중혁의 까만 동공 위에 그녀의 표정이 비쳤다. 동정하는 것 같기도 하고, 분노하는 것 같기도 한 얼굴.

턱을 놓은 한수영이 품에서 담배를 꺼냈다. 츳, 하며 튀는 불꽃과 함께 매캐하게 올라오는 연기. 멀리서 김독자를 둘러싸고 뭐라 뭐라 소리치는 일행들의 모습이 보였다. 한수영이 후 담배 연기를 뿜으며 말했다.

"세상도 참 불공평하지. 누군 말 몇 마디로 저렇게 쉽게 친해지는데, 누군 그렇게 돌고 돌아도 제대로 섞이질 못하니."

"……."

"나한테 준 기억들을 좀 잘 써보지 그랬어? 너도 충분히 할 수 있었을 텐데. 아니, 됐다. 네가 가능할 턱이 없지."

후두둑 떨어진 담뱃재를 한수영이 자근자근 밟았다.

"기억 못 해도 죽일 거니까 나 원망하진 마. 난 네가 해달라는 거 다 해줬어."

그 말을 마지막으로 한수영은 일행들을 향해 걸어갔다. 유중혁은 공허한 눈으로, 멀어지는 한수영을 보았다.

텅 빈 유중혁의 동공에, 조금씩 희미한 빛이 돌아오고 있었다.

4

한수영의 본부에 머무른 지도 이틀이 지났다.

그사이 나는 몇 가지 일에 골몰했다.

하나는 한수영이 말한 '유중혁의 죽음'이 정확히 무엇을 뜻하는지 밝혀내는 것.

둘은 한수영이 그것을 통해 궁극적으로 뭘 얻고자 하는지 알아내는 것.

어느 쪽이든 알아내기 쉬운 정보는 아니었다. 게다가 골치 아픈 문제는 그것만도 아니었다.

[정말 멸망했다고? 우리 〈에덴〉이?]

나는 흉흉한 기세를 내뿜는 가브리엘을 보며 되물었다.

"그렇습니다. 3회차의 메타트론한테 아무런 언질도 못 들으셨습니까?"

[서기관이 〈에덴〉의 멸망을 알고 있었다는 거야?]

나는 고개를 끄덕였다.

"돌아가시면 직접 물어보십시오. 무사히 돌아갈 수 있을 때 이야기겠지만 말입니다."

그 말에 가브리엘과 요피엘의 줄기가 파들파들 떨리기 시작했다. 화를 내려는 건가 싶었는데 아무래도 자기들끼리 얘기를 나누는 것 같았다.

나는 품속에서 우리엘의 인형을 꺼냈다. [선악의 구속구]에 의해 금제가 걸린 우리엘의 화신체는 앞으로 닷새간은 힘을 사용할 수 없었다.

['제4의 벽'이 당신을 들여다봅니다.]

어쩌면 [제4의 벽]의 힘을 빌려서 3회차의 기억을 전해줄 수도 있을 것이다. 하지만 그 기억을 보고 감동한 우리엘이 내 편이 되어줄 거라 믿을 수는 없었다. 그거야말로 판타지에서나 일어날 법한 일이었다.

아마 그 기억을 다 보고 나면 우리엘은 이렇게 말하겠지.

「■■, 그래서 어쩌라고?」

내가 가진 3회차의 기억은, 끔찍한 1,863회차를 겪으며 살아온 우리엘에게 그저 소설 속 이야기처럼 들릴 것이다.

"김독자 씨, 같이 사냥 가기로 하셨죠?"

고개를 드니 강철 건틀릿을 낀 이현성이 서 있었다.

"제가 같이 가도 괜찮습니까?"

"예, 뭐…… 전쟁터에서 주운 탄환에 피아 식별 같은 건 큰 의미가 없으니까요."

그렇게 말하며 머쓱하게 웃는 이현성. 3회차든 1,863회차든, 저 이상한 비유는 여전하다. 나는 속으로 이현성이 지금까지 영창을 몇 번이나 다녀왔을지 계산해보았다.

[등장인물 '이현성'에 대한 이해도가 상승했습니다.]

[등장인물 '이현성'이 당신에게 미약한 호의를 드러냅니다.]

이렇게 되고 보니 첫 번째 시나리오 생각도 나고, 기분이 조금 싱숭생숭했다.

나는 이현성의 경계심을 덜어주기 위해 괜히 한마디를 덧붙였다.

"너무 경계심이 없으신 것 아닙니까? 저는 유중혁 동료인데요."

"음…… 대장께서도 딱히 언질이 없으셨고, 그리고 뭐랄지, 독자 씨는 그리 나쁜 사람이 아닐 거라는 예감이 듭니다. 아흔네 번의 시나리오를 거치는 동안 얻은 직감이랄까요."

원작 내내 이현성의 저 직감은 대부분 빗나간다. 나는 이현성이 저런 소리를 할 때마다 이제 곧 유중혁이 뒤통수를 맞아 뒈지겠구나 하는 생각을 했다.

"여, 왔어? 어디 실력 좀 보자고."

함께 사냥을 나가는 이는 김남운과 이지혜였다. 큰 회색 후드를 덮어쓴 이지혜가 못마땅하다는 듯 나를 일별했다.

"빨리 와. 출발할 거야."

나는 일행을 따라 본부를 나섰다.

이번 사냥의 목적은 본부 주변에 잔재하는 '이름 없는 것들'을 청소하고 아이템을 수거하는 것이었다. 물론 명목상 그렇다는 것이고, 나는 한수영이 왜 이 사냥을 지시했는지 알고 있었다.

—전방에 두 마리 옵니다. 하나는 촉수종, 하나는 복합종이에요.

허공에서 들려오는 한동훈의 메시지와 함께, 이지혜가 칼을 빼 들었다. 발동한 [순살]이 촉수들을 모조리 베어내자, 이어서 달려든 김남운이 [흑염]을 사용해 촉수종의 본체를 불태웠다. 원작을 볼 때도 느꼈지만 저 둘은 손발이 굉장히 잘 맞는 편이었다. 끔찍한 비명과 함께 괴물이 산화하자, 김남운이 이죽거리며 이지혜에게 다가갔다.

"나이스 어택."

김남운이 짐짓 쿨한 얼굴로 이지혜를 향해 오른손을 들었다. 차가운 눈빛의 이지혜가 김남운을 향해 칼을 내질렀다. 칼날은 김남운의 뺨을 스쳐 [흑염] 속에서 촉수를 재생하던 '이름 없는 것들'의 본체를 꿰뚫었다.

이지혜는 다음 사냥감을 향해 움직였다. 김남운이 그 뒤를 쫓았다.

"야, 같이 가!"

길영이랑 유승이가 자라면 저런 콤비가 될까. 돌아간다면 그런 광경을 볼 수 있을지도 모른다.

"독자 씨?"

"아, 네. 저쪽은 제가 맡겠습니다."

나는 황급히 '부러지지 않는 신념'을 뽑아 들고 [바람의 길]을 발동했다. 쐐액거리며 날아드는 촉수들이 내 빈틈을 파고들었다. 일부러 [전인화]를 사용하지 않고 있기 때문에, '이름 없는 것들'을 상대하기가 조금 까다로웠다.

"크큭, 약하잖아?"

양손에 [흑염]을 거머쥔 김남운이 꺼림칙한 미소를 지은 채 '이름 없는 것들'을 두들겨 패기 시작했다.

"잘 보고 배우라고!"

확실히 대단한 전투력이었다. 지금의 김남운이라면 '심연의 흑염룡'의 힘을 절반 정도는 끌어 쓸 수 있을지도 모른다. 나는 그런 김남운을 조용히 응원해줬다.

"잘하네. 저기 또 온다."

"하하핫, 내게 맡기라고!"

콰아아아아!

"흠, 아무리 그래도 저기 재는 힘들겠지?"

"무슨 소리! 하하하핫! 죽어라!"

"이야, 그렇다면 저기 저 녀석도……."

뒤늦게 뭔가 눈치챈 김남운의 눈썹이 꿈틀거렸다. 곁에서 이현성이 입꼬리를 실룩거리고 있었다. 멀리서 괴수를 잡던 이지혜가 한심하다는 듯 혀를 찼다. 표정이 일그러진 김남운이 나를 향해 주먹을 치켜드는 순간, 녀석에게 일러주었다.

"이지혜는 허세 부리는 거 안 좋아해."

김남운의 얼굴이 놈의 머리카락처럼 희게 변했다. 동공은 거의 지진이라도 일어난 것처럼 떨리고 있었다. 사실 제일 가관인 것은 눈이 휘둥그레진 이현성이었다.

이 양반 눈치 없는 건 어느 회차나 마찬가지군.

멀리 떨어진 이지혜와 나를 번갈아 보면서 눈을 굴리던 김남운이 더듬거리며 입을 열었다.

"네, 네가 그걸 어떻게 알아?"

"모르는 게 이상하지. 머리부터 염색하고 붕대도 풀어. 반장갑을 끼려면 양쪽을 다 끼든가. 사냥 후에 '나이스 어택' 같은 소리도 하지 마."

[성좌, '심연의 흑염룡'이 당신을 싫어합니다.]

"저 뒤에 있는 재처럼 하는 게 더 도움이 될 거다."

얼굴이 시뻘게진 김남운이 내 뒤쪽의 사내를 바라보았다. 멍한 얼굴의 유중혁이 거기 있었다. 꼬질꼬질한 코트에 씻지도 않은 모습이지만 녀석의 잘생김까지 가리지는 못했다.

"저 녀석은 '악'이다. 멋있긴 하지만."

라고 '망상악귀' 김남운이 말했다. 나는 피식 웃으며 답해주었다.

"너무 나쁜 놈으로 몰고 가진 마. 좋은 구석도 있는 놈이야."

"하, 누가 한 패거리 아니랄까 봐. 근데 넌 어쩌다 유중혁이랑 같이 다니게 된 거냐?"

김남운이 의심스럽다는 눈으로 나를 들여다보자, 이현성이 말했다.

"독자 씨께서 다른 세계선에서 오셨다는 이야기는 들었습니다."

아마 한수영이 나에 대해 이야기한 모양이었다. 깜짝 놀란 김남운이 손가락질하며 물었다.

"다른 세계서언? 그건…… 평행우주……?"

"비슷해."

간단한 생물 지식도 없는 김남운이 평행우주를 안다는 사실에 탄복했다. 확실히 이 회차는 내가 기억하는 회차와 다른 데가 있었다.

"뭐야, 그래서 지금까지 안 보였던 거구나. 그래서? 여긴 왜 온 거냐?"

"신났구나. 그런데 안타깝게도 알려줄 수가 없네."

"칫, 그럼 그 세계에서 난 뭐 하고 있어? 혹시 내가 리더라든가?"

"넌 죽었어."

김남운의 안색이 다시 하얗게 탈색되었다.

"농담이야. 거기서 건프라 만들고 있어. 되게 행복해하던데."

"건프라? 오오……."

어느샌가 다가온 이지혜가 김남운의 뒤통수를 갈겼다.

"뭘 히죽거리고 있어? 아이템 주워."

"어, 어."

이지혜를 따라 허겁지겁 아이템을 줍는 김남운을 보며 생각했다. 어쩌면 첫 번째 시나리오에서 녀석을 죽이지 말아야 했는지도 모른다고.

이지혜 뒤를 졸졸 따라다니며 아이템을 줍던 김남운이 슬금슬금 눈치를 보더니 내게 귓속말을 했다.

"저기. 부탁할 게 하나 있는데."

"뭐."

"나중에 코트 잠깐만 빌려주면 안 돼?"

뭔 소린가 했더니.

"너 하는 거 봐서."

김남운이 투덜거리면서 다시 아이템을 줍기 시작했다. 잔소리를 늘어놓는 이지혜와 껄껄 웃는 이현성. 평화로운 광경이었다.

하지만 그 평화 속에서, 나는 오히려 이곳이 내 세계가 아니라는 사실만을 강하게 상기할 뿐이었다.

이곳에는 정희원이 없다. 유상아도, 이길영도 없다.

……그래, 한명오도.

그러니 나는 반드시 돌아가야만 한다.

얼마 지나지 않아 우리는 주변 아이템을 모두 수거했다. 나는 수거한 아이템을 살피다가 미소를 지었다.

역시 있었군.

95번 시나리오를 클리어하기 위해서는 열쇠가 되는 '다섯 자루의 명검'이 필요하다. 아마 한수영은 근방에 그중 하나가 있음을 알고 있었을 것이다.

그런데 검을 뽑아 든 순간 나는 흠칫 놀랐다.

"저기, 현성 씨."

"예?"

"한수영이 이 검을 구해오라고 했습니까?"

내 말에 검을 들여다보던 이현성이 대답했다.

"아, 맞습니다. 우리가 찾던 검입니다."

다시 말하지만, 95번 시나리오는 '다섯 자루의 명검'이 열쇠가 되는 시나리오였다. 정확히는 다섯 자루의 검을 통해, 봉인된 '묵시룡'을 해방하는 시나리오.

하지만 이 검은…….

싸한 예감이 머릿속을 스쳐 갔다.

⌘ ⌘ ⌘

한수영이 침실로 찾아온 것은 그날 밤의 일이었다.

"김독자."

나는 거의 반사적으로 검을 꺼내 쥔 채 입구 쪽을 노려보았다. 그러자 은근한 불빛 속에서 한수영이 어깨를 으쓱하며 바깥쪽을 턱짓했다.

"깼으면 잠깐 얘기 좀 하지."

"아직 닷새 더 남았을 텐데. 설득될 생각 없으니 헛수고야."

"그냥 얘기만 하는 거니까 상관없잖아. 누가 설득한대?"

밤중에 예고도 없이 찾아오다니. 막무가내 마이페이스인 것은 3회차나 1,863회차나 같은 모양이었다.

나는 간단히 채비를 마친 다음 한수영을 따라나섰다. 둘이서 엘리베이터를 탔다. 한수영이 거주하는 스위트 층을 지나 위로, 다시 위로. 마지막 층에 도착한 후 계단을 올라가자, 이윽고 건물의 옥상이 나타났다. 자체적으로 설계된 마력 배리어로 보호된 건물. 반투명한 배리어 밖으로 서울의 정경이 드러났다.

멀리 별똥별이 떨어지는 것이 보였다. 다섯 번째 시나리오는 이미 오래전에 지나갔으니, 아마 성운과 '이름 없는 것들'이 싸운 잔해가 스타 스트림 저편에서 추락하는 것일 터다.

언젠가 일행들과도 이런 풍경을 내려다본 적이 있다. 그때 나는 사람들과 함께 소원을 빌었다.

—어떤 소설의 에필로그를 보게 해달라고 빌었어.

그렇다면 이제 엔딩을 눈앞에 둔 세계에서 나는 무슨 소원을 빌어야 할까.

"어떤 것 같아."

혼잣말인지 질문인지 알 수 없는 말투. 나는 말없이 건물 아래를 내려다보았다.

95번 시나리오의 서울은 폐허 그 자체였다.

무너진 광화문. 문화재라고 할 만한 건축물은 거의 남지 않았고, 반파되지 않은 고층 빌딩도 손에 꼽을 정도였다. 그럼에도 드문드문 살아 있는 화신이 보였다. '이름 없는 것들'과 싸우고, 서로 부축하고, 어떻게든 다음 시나리오로 가기 위해 안간힘을 쓰는 화신들.

그 화신들이 웃고 있었다.

"묻잖아."

"잘 키웠네."

"정말로 그렇게 생각해?"

그렇지 않다고 대답하고 싶었다. 네가 한 행동은 올바른 것이 아니라고. 너는 주인공의 것을 빼앗았다고. 네가 가져야 할 지위는 원래 다른 사람의 것이라고. 지금 네 자리에 있어야 할 사람은 네가 아니라—

"어."

유중혁이라고.

그렇게 말하고 싶었다. 하지만 그렇게 말할 수 없었다. 사람들의 웃는 얼굴을 보며, 그 어떤 회차의 95번 시나리오보다 많이 살아남은 동료들을 보며, 그런 말을 꺼낼 수가 없었다. 이 세계는,

누구보다도 유중혁이 만들고 싶어했던 풍경이었다.

끝내 자신을 희생해서라도 세계의 모든 것을 지켜내고자 했던 회귀자. 그 회귀자가 수천 번의 회귀 끝에 바라보고 싶어 했던 풍경.

옥상에서 건물 아래쪽을 내려다보니, 익숙한 검은 코트의 사내가 우두커니 하늘을 올려다보고 서 있었다. 텅 빈 눈동자가 별을 헤아리고 있었다. 분명 아까 자라고 명령을 내린 것 같은데, 종종 저렇게 명령이 듣질 않았다.

"뭔 짓을 했기에 재가 저렇게 된 거야."

"그냥, 옛날 얘기를 좀 했지."

"옛날 얘기 싫어하는 녀석일 텐데."

한수영은 마치 그런 유중혁을 잘 안다는 투였다. 나는 입술을 꾹 깨물었다가 잠깐의 사이를 두고 말했다.

"너 정도면 유중혁을 동료로 포섭할 수도 있었을 텐데. 왜 녀석을 내버려둔 거냐?"

신성한 삼문답에서 차마 하지 못한 질문. 그러나 한편으로는 가장 묻고 싶은 것이었다.

한수영은 잠시 대답하지 않고 품속에 손을 넣더니 담배 한 대를 꺼내 물었다. 칙, 하는 소리와 함께 불이 붙었다. 한 모금을 쭉 빨아들인 한수영이 연기와 함께 말을 뱉었다.

"녀석이 스스로 선택한 길이야."

"무슨 뜻이야?"

한수영은 그 이상은 대답해주지 않았다. 그 정도는 스스로 읽어내보라는 것처럼.

그사이 건물 밖으로 나온 김남운과 이지혜가 보였다. 김남운이 큼큼 헛기침을 하며 이지혜에게 뭐라 뭐라 이야기하고 있었다. 보나 마나 헛소리인지, 잠시 후 김남운이 쌍룡검 칼집으로 머리를 두들겨 맞기 시작했다.

한수영이 피식 웃었다.

"그래도 평소보다는 덜 맞네."

"여자애한테 인기 얻는 방법을 알려줬거든. 별 효과는 없는 것 같지만."

"너도 별로 인기 있어 보이는 타입은 아닌데."

"인기 있는 사람만 인기 있어지는 법을 아는 건 아니거든."

내 입으로 말하면서도 자존심 상하는 얘기였지만, 뜻밖에도 한수영은 별다른 대거리 없이 수긍했다.

"그래, 그럴지도 모르지."

"너무 순순하게 동의하니 그것도 기분 나쁜데."

"정말로 동의해서 동의한 거야. 꼭 겪어보아야만 그것에 대해 잘 알 수 있는 건 아니니까."

틱, 하고 담배를 털자 재가 옥상 아래쪽으로 떨어져 내렸다. 바람에 흩날린 잿가루가 부서진 별처럼 허공으로 흩어졌다.

"결말을 겪어본 사람만이, 멋진 결말을 만드는 게 아닌 것처럼."

……정말로 한수영은 멸살법을 베낀 게 맞을까.

3회차의 한수영에게 [거짓 간파]를 사용했을 때, [거짓 간파]는 내게 한수영이 멸살법을 베끼지 않았다고 했다. 그렇다면 지금의 한수영은 그 질문에 어떻게 대답할까.

"네가 무슨 생각을 하는지 알아."

"아니, 전혀 모를걸."

[거짓 간파]도 [포커페이스]도 없는 대화였다. 그럼에도 왜인지, 나는 그 순간 한수영을 이해할 것 같았다. 그 감각이 불편하면서도, 한편으로는 배덕감에 가까운 위로를 느꼈다.

나 말고도 누군가가, 이 '이야기'의 결말을 꿈꿨다는 사실이.

1층 문을 빠끔히 열고 나온 이설화가 온도계와 설화 측정기를 가지고 와서 유중혁을 진료하는 모습이 보였다. 얼마 전까지 분명 적이었을 텐데, 이설화는 그런 유중혁조차 걱정스러운 모양이었다. 그새 또 스마트폰을 꺼낸 김남운이 유중혁과 어깨동무하고 사진을 찍고 있었다. 신난 김남운이 이쪽을 향해 손을 흔들었다.

"대장, 내려와서 같이 사진 찍자! 이 자식 이렇게 됐을 때 같이 찍어두면— 아, 그만 좀 때려 이지혜!"

대충 그런 말인 것 같았다. 한수영은 그 말에 대답하는 대신 가볍게 손을 흔들어주었다. 이현성과 이설화, 김남운과 이지혜. 곧이어 한동훈과 민지원까지 나와 유중혁 주변에서 시끌벅적한 분위기를 형성했다. 연이어 들리는 찰칵거리는 소리.

유중혁이 괜한 자극을 받을까 걱정된 내가 아래로 내려가려는 순간, 한수영이 입을 열었다.

"누군가에게 이 풍경을 보여준 건 처음이야."

그리고 그제야 나는 깨달았다. 왁자하게 떠드는 일행들을 보며 걸음을 물렸다. 어쩌면 한수영은 나보다 더 저들을…… 아니, 이 '이야기'를 잘 이해하고 있는지도 모른다.

나는 지금 저곳에 갈 자격이 없다.

나는 그들과 동등한 '등장인물'이 아니기 때문이다.

"3회차에서는 김남운이 죽었다고 했지."

"내가 죽였어. 그땐 그게 최선이라고 생각했으니까."

한수영은 묻고 있었다.

"지금도 그렇게 생각해?"

네가 감히, 그런 중요한 일들을 결정할 자격이 있는 사람이냐고.

환하게 웃는 김남운을 보며, 나는 지옥에 있을 3회차의 김남운을 떠올렸다. 나로 인해 죽은 사람들과 나로 인해 살아남은 사람들을 떠올렸다.

고작 한 사람의 독자가 그 이야기를 읽었다는 이유로, 어떤 '결말'을 보고 싶다는 이유로, 변해버린 거대한 운명을 떠올렸다.

"잘 모르겠어."

나는 솔직하게 대답했다. 그리고 그 대답이 의외였는지, 한수영은 살짝 멍한 눈으로 입을 벌린 채 내 쪽을 보았다. 다 타비린 담배 하나가 바다에 툭 떨어졌다. 나는 난간에 올린 담뱃갑을 한수영에게 건네며, 한 개비를 뽑아 들었다.

"담배 피워?"

"안 피우지만, 이 회차에서 한번 배워보려고."

한수영이 불을 붙여주었다. 콜록거리며 연기를 뱉는 나를 보고는 피식 웃었다. 나는 그런 한수영을 향해 물었다.

"너는 어떻지?"

나는 무엇이 어떤 것인지 묻지 않았다. 다만, 한수영은 가만히 유중혁 쪽을 내려다보고 있었다.

"나도 마찬가지야."

우리는 말없이 담배를 피우며 난간 너머로 즐거운 듯 웃는 등장인물들의 모습을 지켜보았다. 한수영은 아주 오랫동안, 이 자리에서 그들을 지켜보고 있었을 것이다. 오직 한 장의 페이지만을 반복해서 읽는

전지하고, 또 무능한 신처럼.

나는 한수영이 이 풍경을 보여준 이유를 이해했다. 아마도 이것은 세상에서 그녀만 알고 있었던 감각이며, 오직 나만이 이해할 수 있는 감각이리라.

나는 담배를 끄며 말했다.

"네가 3회차에 있었다면 여러 가지가 바뀌었을 수도 있어."

"네가 1,863회차에 빨리 왔다면 더 많은 게 바뀌었을지도 모르지."

"별 의미 없는 이야기네."

"그렇지. 우린 유중혁이 아니니까."

한번 지나간 시간은 되돌아오지 않는다. 이 세계는 이제 소설이 아니기에, 한번 읽은 페이지를 돌이킬 수는 없다. 이미 적혀버린 문장을 지울 방법은 존재하지 않는다.

"넌 네 회차로 돌아갈 거지?"

"그래야지. 그곳이 내 세계니까."

"그러면 넌 더 내 계획에 반대해선 안 돼."

무슨 뜻이냐고 묻기도 전에, 한수영이 담뱃갑을 다시 품속

에 넣으며 돌아섰다.

"그만 들어가자."

돌아서는 녀석의 손끝에서, 가벼운 스파크가 튀고 있었다.

¤ ¤ ¤

그날 이후 한수영은 종종 나를 불렀고, 자신이 클리어했거나 앞으로 남은 시나리오에 관해 자문했다.

"나라면 그 시나리오에서는 이렇게 했을 거야."

"그러면 성운 전체와 싸워야 해."

"아니, 거기서는 이쪽을 택하는 게 맞아."

"너 대체 멸살법을 얼마나 읽은 거야?"

"확실한 건, 100화보다는 많이 읽었지."

나는 자주 한수영을 도발했고, 한수영 역시 그런 나를 자주 비꼬았다. 그럼에도 우리는 이야기하기를 그치지 않았다. 마치 이 이야기가 끝나면 스타 스트림이 멸망할 사람들처럼, 우리는 이야기하고 또 이야기했다.

한번은 한수영에게 물어보기도 했다. 그렇게 자신만만하더니, 왜 이렇게 시시콜콜한 것까지 내게 묻느냐고.

"만 명의 작가보다, 한 명의 독자가 더 중요한 걸 발견할 때도 있으니까."

우리가 자주 만난다고 소문이 났는지, 슬슬 일행들도 내게 한수영에 관해 묻기 시작했다.

"대장께서 이렇게 많이 누군가와 이야기 나누는 건 처음 봅니다."

"사실 매일 죽이겠다는 협박을 당하는 중입니다. 소문 좀 내주시겠어요?"

한수영과 말하는 동안 우리는 내내 누구의 시나리오 공략법이 맞느니 틀리느니 싸우곤 했다. 특히 이 회차의 이야기가 나올 때면 한수영은 유독 예민하게 굴었다.

"대장께선 아마 인정받고 싶으신가 봅니다."

"인정이요?"

"저희에게도 독자 씨에게 하시듯 마음을 열어주신다면 좋을 텐데요."

부럽다는 듯 속마음을 털어놓는 그를 보며, 나는 이현성이 멸살법에서 제대로 된 짝이 없었다는 사실을 떠올렸다.

"저라고 특별한 이야기를 하는 건 아니에요. 그냥—"

몇 번이나 할 말을 찾다가 간신히 말을 이었다. 이 세계의 주민도 아닌 내가, 그런 조언을 해도 될지 가늠이 되지 않았기 때문이다.

"듣는 것뿐이에요. 이야기하는 걸 좋아하는 녀석이니까."

"잘 듣는 것도 무척 어려운 일입니다. 지금까지 살아남은 사람들은 모두 이야기에 지쳐버렸거든요."

이현성은 섭섭함과 경외감이 뒤섞인 복잡한 표정으로 나를 보았다. 그리고 그 표정을 보는 순간, 내 심경 역시 이현성의 표정만큼이나 복잡해졌다.

—누군가에게 이 풍경을 보여준 건 처음이야.

어쩌면 한수영이 말한 그 '풍경'은 아직 시작되지도 않은 것은 아닐까.

그러니까, 말하자면.

"지금 우리에게 독자 씨가 온 것도, 어쩌면 거대한 이야기의 일부일지도 모르겠군요."

그 말을 듣는 순간, 나는 반사적으로 하늘을 올려다보았다. 거대한 '묵시룡의 봉인구'가 이쪽을 오시하고 있었다.

새카만 구체 속에 잠들어 있는, 멸살법 최대 최악의 파멸룡破滅龍.

본래 유중혁은 저 용을 해방시키며 거대 설화인 '묵시룡의 해방자'를 얻고 마지막 시나리오로 진출하게 되어 있었다.

「그 순간, 김독자는 유중혁을 죽일 방법을 깨달았다.」

강하게 쥔 칼자루가 파르르 떨렸다.

「그리고, 한수영이 자신과 정확히 똑같은 생각을 하고 있다는 사실도.」

⌘⌘⌘

김독자는 그날 내내, 멸살법을 읽고 또 읽었다. 이미 읽은 페이지를 읽고 또 읽으며, 혹시라도 놓친 행간이 없는지 점검했다.

김독자는 뭔가 찾는 듯했다. 혹은 찾지 못하는 것 같기도 했다. 그는 스마트폰을 내려다보며 몇 번이나 머리를 감싸 쥐었고, 한숨을 내뱉기도 했다.

"시끄러워. 그만 떠들어."

그리고 가끔 [제4의 벽]에게 화를 내기도 했다.

아무튼 김독자는 노력했다. 뭔가를 바꾸기 위한 노력이었고, 어쩌면 누구도 알아주지 않을 노력이었다.

이윽고 김독자의 눈빛에 작은 결의가 깃들었다. 하루 이틀 만에 쌓인 결의가 아니었다. 그것은 오랫동안 하나의 이야기를 빠짐없이 읽어온 사람만이 가질 수 있는 결의였다. 그 결의로, 김독자는 계속해서 멸살법을 읽었다.

읽고, 읽고, 또 읽고.

얼마나 더 읽었을까. 별처럼 빛나던 김독자의 눈이 조금씩 흐려졌다. 김독자는 얕은 잠에 빠져들었다.

그리고 유중혁은 텅 빈 눈으로 그 광경을 바라보고 있었다.

지친 김독자의 등. 규칙적으로 들려오는 코 고는 소리.

아주 작은 스파크와 함께, 유중혁의 눈빛이 되돌아오고 있었다. 텅 비었던 동공에는 사나운 살의가 깃들었고, 그 살의는 정확히 한 사람을 향하고 있었다. 고요한 검명과 함께 유중혁이 등에서 진천패도를 뽑아 들었다. 그러고는 소리 없는 발걸음으로 김독자에게 다가가, 목에 검을 겨누었다.

츠츠츳.

「하 하 그런 짓 은곤 란해.」

유중혁이 인상을 찌푸렸다. 당장이라도 김독자를 깨울 듯, [제4의 벽]이 불안한 스파크를 튀기고 있었다. 유중혁은 [전음]으로 허상의 '벽'을 겨냥해 메시지를 전달했다.

—녀석을 깨울 생각은 마라. 그런 짓을 하면 즉시 목을 날려버릴 거니까.

「흐 음.」

[제4의 벽]이 생성하던 스파크의 세기가 급속도로 줄어들었다. 유중혁은 검을 물리지 않았고, [제4의 벽]은 허공에 활자들을 토해내며 유중혁을 마주 보았다.

「원하 는 게 뭐 야?」

유중혁은 말이 없었다. 말을 찾는 것 같기도 했고, 혹은 그 말이 무엇인지 모르는 것 같기도 했다.

그때 [제4의 벽]이 기괴한 웃음소리를 냈다.

「*아 하 알겠 다.*」

"……."

「**궁금** 한 거 지 ?」

유중혁은 여전히 대답하지 않았지만, [제4의 벽]은 이미 모든 것을 알았다는 듯 웃어댔다.

[제4의 벽]의 활자가 점점 많아지기 시작했다. 허공을 황금빛으로 수놓은 활자들이 이윽고 방을 한가득 채웠다. 유중혁은 주변을 떠도는 활자들을 잠시 바라보다가, 그중 하나를 향해 손을 뻗었다. 그러자 활자들도 그의 손에 반응하듯 이야기를 시작했다.

「"저는 독자입니다."」

「사람들에게 나를 이렇게 소개하면 다음과 같은 오해를 받기 일쑤였다.」

그것은 그가 한 번도 겪지 못한 세계의 이야기였다.

[제4의 벽]이 킥킥거리며 웃었다.

「**아주 재 밌을** ***거 야.***」

유중혁은 가만히 그 이야기를 들었다.

밤이 깊고, 다시 깊은 밤이 저물어 희미한 새벽이 찾아들 때까지.

…….

이윽고 잠들었던 김독자가 깨어났을 때, 유중혁은 언제 그랬냐는 듯 텅 빈 눈으로 벽에 기대어 서 있었다.

"잠들었네, 젠장."

머리를 헝클어뜨린 김독자가 비틀대며 일어나 스마트폰과 검을 챙겼다.

창밖을 내다보니 본부 병력은 벌써 도열을 마쳤다. 95번 시나리오의 클리어를 위해 모인 일행들. 일행들 중심에서 이쪽을 올려다보는 하얀 코트의 한수영이 보였다.

오늘은, 화신 '유중혁'이 죽는 날이었다.

56

Episode

독자와 작가

Omniscient Reader's Viewpoint

1

진군이 시작된 것은 그날 정오였다.

약 이백여 명의 정예 화신이 포함된 군대였다. 무수한 성좌들이 지켜보는 가운데, 군대의 첨단에서 이현성이 나팔을 들어 올렸다.

부우우우우.

[아이템 '전장의 나팔'이 발동합니다!]

[아군의 사기가 대폭 증가합니다!]

[아군의 전투력이 소폭 증가합니다!]

역시 한수영. 벌써 저런 소모품까지 준비해둔 모양이었다.

이현성이 한 차례 더 나팔을 불자, 화신들이 환호를 내질렀다. 다들 어딘가 들뜬 모양새였다.

곁에서 내 얼굴을 힐끔거리던 신유승이 예의 바른 목소리로 말했다.

"저…… 지난번에는 구해주셔서 감사했어요."

"아, 네. 아닙니다."

내 말에 배시시 웃는 신유승. 정말 누가 키웠는지, 김남운 같은 싸가지와는 다르다. 옆을 보니 한수영이 알 수 없는 미소를 짓고 있었다.

……딱히 누가 키워서 신유승이 이렇게 자란 건 아닐 테지. 유승이는 원래 착한 애라고.

"김독자 씨도 이번 시나리오에 참가하시나요?"

"아뇨. 저는 자격 요건 미달이라서요."

"아, 그러시군요…… 아쉬우시겠어요. 이번 시나리오를 깨면 '거대 설화'를 얻을 수 있다고 들었는데."

아쉽다면 아쉬운 일이겠지. 여기서 「묵시룡의 해방자」를 두 번째 거대 설화인 '승承'으로 획득할 수 있다면 굉장한 일이 될 테니까.

하지만 그건 내가 원하는 방향은 아니었다. 내가 승으로 얻고 싶은 거대 설화는 3회차에 있다.

전방에서 이현성의 이마에 맺힌 땀을 닦아주는 이설화가 보였다. 이현성이 힘없이 웃으며 말했다.

"긴장되네요. 잘할 수 있을지."

"괜찮을 거예요. 지금까지도 잘해냈으니까."

뒤쪽에서 걸어오는 김남운과 이지혜의 목소리도 들렸다.

"야, 이지혜. 이번 시나리오 끝나면 뭐 할 거냐?"

"뭐 하긴, 또 시나리오 깨겠지."

"언제까지 시나리오만 깨? 가끔은 좀 놀기도 해야지. 그러지 말고 이번 시나리오 끝나면 나랑 같이……."

김남운은 내가 빌려준 코트를 입은 채 이지혜의 눈치를 보고 있었다. 내가 말한 대로 장갑도 양손에 다 꼈다. 머리는 여전히 백발이고 팔뚝에 붕대를 감은 것도 여전하지만…….

쿠구구, 하는 소리와 함께 하늘에서 천둥이 내리쳤다.

이번 시나리오에 참전한 성운 군단이 멀리서 몰려오는 것이 보였다. 내가 이미 마주친 성운도 있었고, 아닌 성운도 있었다. 한수영의 일행들은 충분히 강했지만, 저 군단을 모두 상대하기에는 숫자에서 역부족이었다.

이현성의 어깨를 밟고 올라선 한수영이 말했다.

"우리의 목적은 단 하나다. 저 위에 있는 봉인구의 '묵시룡'을 해방시키는 것."

새하얀 코트를 휘날리며, 한수영이 무심히 말을 이었다.

"알고들 있겠지만, '묵시룡'을 해방하면 한반도는 멸망한다. 하지만 클리어 조건을 완수한 우리는 다음 스테이지로 넘어갈 수 있어. 그러니 이 땅의 누구도 죽지 않을 것이다."

한수영의 선언에 굳어 있던 화신들이 다시 함성을 질렀다. 한수영의 이름을 연호하는 이들도 보였다.

어딘가, 익숙한 광경이었다.

모두 한때의 유중혁이 했던 일들이었다.

95번 시나리오, '묵시룡의 재림'.

이 시나리오는, 지난 〈에덴〉의 멸망 당시 봉인되었던 '묵시룡'을 깨우는 시나리오였다. 지구 각지에 흩어진 다섯 자루의 '명검'을 모아, 그것을 저 봉인구의 열쇠 구멍에 꽂음으로써 완수되는 시나리오.

실제로 유중혁은 이 시나리오를 완수해 거대 설화의 '결'을 획득했다.

"가자, 다음 시나리오로."

한수영의 말과 동시에, 화신 군단이 봉인구를 향해서 움직였다.

그러나 맞은편에서 이쪽을 향해 달려오는 이들도 보였다.

[검을 빼앗아라! 열쇠는 우리가 차지해야 한다!]

[저기다! 한수영이다!]

한반도 곳곳에 숨어 있던 성좌들과 화신들이었다. 묵시룡을 깨우는 데 기여하여 설화를 획득하려는 이들.

"막아라!"

내 곁에 있던 일행들이 뿔뿔이 흩어지며 병장기를 꺼내 들었다. 이현성과 신유승, 그리고 이지혜가 충전한 마력을 흩뿌리며 달려갔다.

"하하하하핫! 와라! 심연룡!"

김남운 역시 전장에서 날뛰는 중이었다. 극성까지 진행된 [흑화].

이 세계의 김남운은 내가 아는 김남운과는 다르다. 하지만, 다가오는 모든 생명체를 갈기갈기 찢어버리는 김남운은 분명 내가 아는 망상악귀의 모습이었다. 녀석이 여기까지 오며 어떤 끔찍한 짓을 저질렀는지, 나는 모두 알지 못한다.

그리고 그 와중에, 한수영은 품속에서 검을 한 자루씩 꺼내고 있었다.

기이이잉…….

찬란한 빛을 뿌리며 허공으로 떠오르는 성유물들. 모두 이 시나리오를 클리어하는 데 쓰일 '열쇠'였다.

총 네 자루의 검.

아직 열쇠를 완성하기에는 한 자루가 부족했다.

"김독자. 네가 가진 '아론다이트' 내놔."

"……알고 있었냐?"

나는 씩 웃으며 품속으로 손을 집어넣었다.

용살검 아론다이트. 그게 이 시나리오의 마지막 열쇠다.

"그리고 유중혁을 봉인구로 보내."

이어진 말에, 나는 움직임을 멈추고 한수영을 노려보았다. 한수영이 웃고 있었다.

"놈을 죽이기로 했잖아? 잊었어?"

너도, 나와 똑같지 않으냐는 눈빛.

그 순간 나는 뭔가를 깨달았다.

"너도 유중혁을 죽이는 것이 '이계의 언약'의 조건이었군."

한수영의 눈에 이채가 스쳤다.

"그래."

"그래서 유중혁에게 집착했던 건가?"

"빨리 그 칼이나 내놔."

품속 아론다이트에서 차가운 질감이 느껴졌다.

사실 나는 한수영이 뭘 할지 잘 알고 있었다.

"성검 아스칼론. 천둥검 그람. 단룡검 리딜. 투룡검 네일링, 그리고 용살검 아론다이트."

내가 검의 이름을 줄줄이 읊자 한수영의 표정이 묘하게 굳어졌다.

"문제 하나 낼게. 방금 말한 검 가운데 성격이 다른 검을 하나 고르시오."

"지금 뭐 하자는 거야?"

"넌 사람들을 속이고 있어."

"헛소리하지 마."

"'다음 시나리오로 가자'고?"

나는 계속해서 말했다.

"시치미 떼지 마. 너는 이번 시나리오를 클리어할 생각이 없잖아."

한수영의 동공이 희미하게 흔들렸다. 시종일관 따분해 보이던 그녀의 눈빛에 광기에 가까운 미소가 깃들었다.

네 자루의 명검이 그녀의 곁에서 하얗게 빛나고 있었다.

"넌 묵시룡을 해방할 생각이 아냐. 오히려 그 반대지. 너는 묵시룡과 함께 이 '지구'를 봉인할 생각인 거다."

"왜 그렇게 생각했지?"

나는 한수영이 오른손에 쥔 검을 가리켰다.

"투룡검 네일링. 네가 가진 검 중에 유일하게 속성이 다른 검이야."

본래 95번 시나리오의 열쇠로 쓰일 검은 모두 용살龍殺과 관련된 설화를 가지고 있다.

하지만 한수영이 쥔 '투룡검 네일링'은 그렇지 않았다.

"그 검은 용살에 실패한 검이다. 그 검을 열쇠로 쓰면 봉인은 해제되지 않아. 오히려 그 반대지."

적합하지 않은 열쇠는 봉인을 해제하는 것이 아니라 강화한다. 아직 해방의 때가 아님을 깨달은 봉인구는 더욱 거대하고 강력한 방어벽을 형성하며, 이윽고 지구 전체를 봉인으로 덮게 될 것이다.

"이곳의 시간은 멈추고, 지구는 묵시룡과 함께 봉인되겠지. 영원히 95번 시나리오에 고정된 채 말이야."

고개 숙인 한수영의 표정을 읽을 수 없었다. 나는 계속해서 말했다.

"그리고 그것이, 네가 유중혁을 죽이는 방법이다."

나는 유중혁을 돌아보았다. 텅 빈 눈으로 나를 바라보는 유중혁. 배후성이 있는 한, 유중혁은 죽지 않는다. 녀석은 죽어도 몇 번이고 다시 회귀할 뿐이니까.

하지만 만약 세상에 영원한 잠이 존재한다면 어떨까.

어떤 꿈도 꾸지 않고, 깨울 수도 없는 영원한 잠. 그런 것이 있다면 '죽음'과 무엇이 다를까.

"너는 유중혁을 영원히 이 회차에 봉인해버리기로 한 거야."

봉인구에 갇힌 유중혁은 누구도 깨울 수 없는 잠에 빠져들 것이다. 회귀하지 않을 것이며, 더 이상 고통을 겪지도 않을 것이다. 다만 영원한 잠을 자게 될 것이고, 그로 말미암아 새로운 세계선은 만들어지지 않을 것이다.

그것이 바로 한수영이 말한 유중혁의 '죽음'.

시간을 초월한 회귀자의 죽음이었다.

고개를 돌리자 한수영이 희미하게 웃고 있었다.

"제법이네. 어떻게 알았지? 다음 계획에 대해서는 정확히 보여준 적이 없는데 말이야."

"안 보여줘서 알았어."

나는 한수영의 머릿속을 보았다. 그녀가 꿈꿔온 세계를 보았고, 그녀가 보여준 정보들을 읽어냈다. 분명, 거의 모든 것이 완벽한 이야기였다.

하지만 그 세계에는 결정적인 한 가지가 없었다.

"네 이야기에는 ■■이 보이지 않았으니까."

이 모든 시나리오의 끝, ■■.

하지만 모두가 ■■에 도달하는 것은 아니다.

어떤 설화는 ■■의 근처에 가보지도 못하고 끝난다.

서쪽 하늘에서 천둥소리가 들렸다.

먹구름이 몰려오더니 비가 내리기 시작했다. 멀리서 고함치는 일행들의 목소리와, 처절한 격전을 벌이는 성좌들의 진언. 이현성도, 이설화도, 이지혜도. 모두 필사적이었다.

살아남기 위해서.

다시 살아남아, 다음 시나리오로 가기 위해서.

그런 그들을 여기까지 데려온 이는 한수영이었다.

"이게 만 명의 네가 생각해낸 결론이냐?"

그리고 한수영은 이제 그들의 이야기를 끝내려 하고 있었다.

"맞아. 이게 내가 생각한 이 세계의 끝이야."

"어차피 이런 식으로 끝낼 거면 왜 굳이 일행들을 모두 살린 거냐? 왜 그렇게 완벽한 전개를 고집해왔던 거지?"

한수영은 대답하지 않았다.

"넌 저들을 배신한 거야."

한수영의 계획이 성공하면, 이 회차의 모두는 영원히 종막에 도달하지 못한다. 그들은 95번 시나리오의 영원 속에서 잠들게 될 것이다.

한수영은 무표정한 눈으로 자기 주변을 떠다니는 네 자루의 검을 보았다.

"어떤 세계의 끝이 반드시 ■■일 필요는 없어. 이렇게 하면 지구는 안전해져. 유중혁도 다른 성좌도, 강화된 묵시룡의 봉인을 푸는 법은 모르니까."

"그건 기만이야."

"어떤 구원은 그렇게 불리지."

"그럼 지금까지 널 믿은 동료들은—"

"어차피 내가 만든 세계도 아니야."

"진심이냐?"

한수영은 대답하지 않았다.

비참하게도, 나는 한수영의 그 마음을 이해했다.

내가 본래 세계로 돌아가고 싶어하는 것은, 이 세계가 내 세계가 아니기 때문이다.

"그게 네가 받기로 한 '이계의 언약'의 대가야? 유중혁을 죽이는 대가로, 너는 자신의 세계를 만들 힘을 얻게 되는 거냐?"

한수영의 몸에서 강력한 기류가 흘러나오기 시작했다. 이 이상 시간을 끌지 않겠다는 의도였다.

"검을 내놔 김독자. 그게 모두를 위한 길이야. 유중혁도 그걸 원했어."

원작을 넘어서고 싶었던 표절 작가는, 아마도 알고 있었으리라. 원작을 넘어서기 위해서는, 원작에서 벗어나야만 한다는 것을.

그리고 자신이 표절 작가인 이상 그건 불가능하다는 것도.

나는 웃었다.

"나는 유중혁을 죽일 생각이 없어."

"무슨 헛소리지? 설마 '이계의 언약'을 포기할 생각이냐?"

"물론 그것도 아니고."

내 말이 끝나기가 무섭게 한수영의 신형이 사라졌다.

"유중혁, 막아!"

내 외침에, 유중혁이 앞으로 나서며 날아드는 한수영의 검들을 막아냈다.

나는 품속으로 아론다이트를 집어넣으며, 동시에 다른 검을 꺼내 들었다.

사인참사검.

성좌와 화신 사이의 링크를 베는 아이템.

나는 유중혁을 바라보며 검에 힘을 집중했다.

츠츠츠츠츳…….

[성유물, '사인참사검'이 힘을 개방합니다!]

검에 깃드는 기운을 확인한 한수영이 눈을 크게 떴다.

"너 설마……."

스타 스트림에서 죽음은 다양한 의미를 지닌다.

언젠가, 내가 [운명]에 당했을 때도 그랬다.

"소용없어 김독자! 그 방법은—"

그때 나는 '화신 김독자'로서 죽었지만, '성좌 김독자'로서 살아남았다.

그렇다면 유중혁은 어떨까.

"가브리엘, 요피엘! 도와주십시오!"

[성좌, '물병자리에 핀 백합'이 당신을 바라봅니다.]

[성좌, '붉은 코스모스의 지휘관'이 당신을 바라봅니다.]

한수영이 뭐라고 소리쳤다.

하지만 나는 듣지 않았다.

내 감각은 오직, 유중혁의 머리 위로 솟은 한 줄기 검은 실에 집중되어 있었다.

사인참사검의 힘으로 볼 수 있게 된 유중혁의 링크였다.

이제껏 멸살법의 누구도 이런 방법을 시도해본 적은 없었다. 하지만 성공하기만 한다면. 잠깐이라도 링크를 베어낸다면, 유중혁을 구할 수 있을지도 모른다.

"유중혁, 정신 똑바로 붙잡아라!"

지금 유중혁은 '성좌'가 되기에 충분한 양의 설화를 갖고 있었다.

만약 배후성과 일시적으로 연결이 끊어진 상태에서 이번 시나리오를 통해 새로운 설화를 얻는다면…… 녀석은 '성좌 유중혁'으로 거듭날 수 있을지도 모른다.

그것은 '화신'으로서의 녀석이 죽게 됨을 뜻했다.

이 방법이라면, 유중혁은 죽더라도 회귀하지 않을 수 있을지 모른다.

나는, 유중혁을 봉인하지 않고도 3회차로 돌아갈 수 있을지 모른다.

고오오오오오.

내가 개방한 마왕의 격과 대천사의 격이 동시에 '사인참사검'에 깃들었다.

상대는 정체를 알 수 없는 유중혁의 성좌. 저 링크를 끊으려면, 최소한 이 정도 힘은 필요할 것이었다.

나는 링크를 향해 검을 휘둘렀다.

까아아아아앙!

디시 한번.

까아아아앙!

또다시 한 번.

몇 번이고, 몇 번이고 휘둘렀다.

링크에서 터져나오는 엄청난 충격파에 주변 성좌들과 화신들이 휩쓸려 날아갈 지경이었다. 한수영조차 쉽게 다가오지 못할 정도의 후폭풍.

그렇게 얼마나 더 내리쳤을까. 마침내 쩌저적, 하는 소리가 들려왔다.

쥐고 있던 '사인참사검'이 반 토막으로 부러졌다.

나는 조금의 흠집조차 나지 않은 유중혁의 링크를 바라보았다.

[성좌, '물병자리에 핀 백합'이 알 수 없는 공포를 느낍니다.]

[성좌, '붉은 코스모스의 지휘관'이 경악합니다.]

순간, 아득한 우주가 나를 바라보는 느낌이 들었다.

그 유래를 짐작할 수 없는, 내가 차마 헤아릴 수조차 없을 만큼 거대한 의지.

[화신 '유중혁'의 배후성이 당신을 바라봅니다.]

2

극심한 현기증과 함께, 일순 내가 살아온 역사 전체가 이지러지는 듯한 느낌을 받았다.

유중혁의 배후성. 그게 정확히 무엇인지는 알 수 없었다. 묘사할 수도 설명할 수도 없다. 그저 내가 알 수 있는 것은

아주 강력하고 순수한, 마치 욕망의 원형 같은 것이 그곳에 있었다는 사실.

아기 웃음소리 같은 것이 귓가에 맴돌았고, 다시 정신을 차렸을 때는 반 토막 난 사인참사검이 바닥에 떨어져 있었다.

유중혁의 링크는 끊어지지 않았다. 나는 실패한 것이다.

고개를 들자 한수영이 나를 향해 다가오고 있었다.

"너도 이제 봤겠지."

미묘한 웃음을 짓고 있는 한수영. 녀석의 허리춤에서 내 것과 똑같은 '사인참사검'이 흔들리고 있었다.

"……너도 이미 해봤던 거냐?"

"당연하지. 난 너보다 훨씬 더 큰 규모로 시도했어. 성운의 힘을 빌려서 베었지."

어쩌면 한수영은, 나보다 더 명확한 형태로 배후성의 실체를 확인했을지도 모른다.

"그건 대체 뭐였지?"

"글쎄. 정확히는 모르지. 하지만 조금은 짐작이 가지 않아?"

나는 대답하지 않았다. 한수영이 말을 이었다.

"마지막 계획이 실패했으니 이제 알겠네. 방법이 없다는 걸."

"……."

"아까 말했지만, 이 계획은 유중혁도 동의한 거야."

"유중혁이 동의했다고?"

"너는 생각을 읽을 수 있잖아. 저 녀석 생각도 읽은 거 아니었어?"

까앙, 하는 소리와 함께 유중혁이 한수영의 검을 쳐냈다.

나는 내 앞을 막아선 유중혁의 등을 보았다. 분명, 지금이라면 녀석에게도 [전지적 독자 시점] 2단계를 사용할 수 있을 것이다.

나는 잠시 망설이다가 스킬을 발동했다.

[전용 스킬, '전지적 독자 시점'을 발동합니다!]

[해당 인물에 대한 이해도가 충족되어 '전지적 독자 시점' 2단계를 발동합니다!]

유중혁의 머릿속이 들려왔다. 녀석의 의식이 깊이 가라앉아 있기 때문에, 대부분의 말들은 먼지처럼 허공을 떠돌고 있었다. 말들은 눈처럼 내 곁에 하나둘씩 내리다가, 이내 폭설처럼 쏟아지기 시작했다.

…….

「죽고 싶다.」

「죽고 싶다.」

「죽고 싶다.」

…….

지금 내가 보는 것은 멸살법 텍스트 속에 억눌려 있던 한 인간의 내면이었다.

멍하니 선 내게 한수영이 성큼 다가왔다. 턱 끝에 녀석의 머리카락이 스쳤고, 코트 속에 불쑥 들어온 손이 아론다이트를 꺼내 갔다. 마침내 다섯 자루의 검을 모은 한수영이 무심한 눈으로 내게서 한 걸음씩 멀어져갔다.

유중혁은 멍하니 나를 바라보며 서 있었다.

한수영이 저 검을 모두 꽂아 넣으면, 유중혁은 영원히 이 회차에 갇히게 된다. 그리고 그토록 원하던 영면을 얻을 것이다.

이것이, 이 세계에 어울리는 결말인 것이다.

그때, 내 귓가에 어떤 말이 들려왔다. 아주 작은 목소리였다. 쏟아지는 무수한 목소리 속에 들어 있는, 아주 희미한 목소리.

나는 부러진 '사인참사검'을 품속에 넣은 후, 멀어지는 한수영을 향해 달려갔다. 강한 악력에 코트의 어깨 부분이 구겨지자, 한수영이 인상을 찌푸리며 고개를 돌렸다.

"아직도 오기를 부릴 셈이야?"

나는 유중혁을 보았다.

분명히 들었다. 지금도 들리고 있었다.

「살고 싶다.」

아주 희미하지만, 분명한 그 한마디.

유중혁은 분명히 말하고 있었다.

한수영이 손을 뿌리치며 짜증을 냈다.

"좋게 말할 때 놔. 너랑 내가 원하는 걸 이루려면 유중혁을 죽여야만 해."

"내가 원하는 게 뭔지 너는 몰라."

나는 '부러지지 않는 신념'을 손에 쥐었다. 기이이잉, 하고 칼날이 울어젖히자 한수영이 표정을 굳히며 내게서 물러섰다.

"대체 무슨 속셈이야? 어차피 너한테 방법은 없잖아."

맞다. 방법은 없다. 이계의 언약을 해결하며 유중혁을 살릴 방법은, 내게 없다. 밤새도록 읽은 멸살법 어디에도 그런 방법은 없었다.

"방법은 있어."

하지만, 다른 방법은 있었다.

"유중혁!"

내 외침에, 벼락같이 달려든 유중혁이 한수영에게 일격을 먹였다.

그 짧은 틈에, 유중혁은 한수영이 가지고 있던 네 자루의 검을 수습했다.

성검 아스칼론.

천둥검 그람.

단룡검 리딜.

용살검 아론다이트.

용살의 설화를 지닌 검들.

모두 이 시나리오의 열쇠가 되는 검이었다.

"가, 유중혁! 묵시룡을 해방해!"

"무슨 개수작이야!"

화가 난 한수영이 유중혁을 향해 달려들었다. 나는 온몸으로 부딪쳐 한수영을 안고 굴렀다. 한수영이 나를 발로 차며 외쳤다.

"어차피 네 자루뿐이잖아! 너희는 시나리오를 깨지도 못 해!"

"아니, 한 자루 더 있어."

나는 품속에서 한 자루의 검을 끄집어냈다.

초체검.

언젠가 피스 랜드에서 유중혁과 함께 야마타노오로치를 사냥하고 얻은 검이었다.

초체검은 야마타노오로치를 죽일 때 사용한 '토츠카노츠루기'를 재료로 썼기에 용살의 설화를 오롯이 계승하고 있었다.

"받아, 유중혁!"

[바람의 길]을 타고 쏘아진 검을 유중혁이 받아냈다. 마침내 용살을 이룬 다섯 자루의 검이 모두 모인 것이다. 경악한 한수영이 소리쳤다.

"이 미친 새끼가……!"

한수영이 가진 '격'과 내가 내뿜은 '격'이 충돌했다. 나는 [전인화]를 발동하는 동시에 한수영에게 [백청강기]를 쏟아부었다. 그 마력을 밀어내며 한수영이 외쳤다.

"모두 유중혁 잡아!"

한수영의 말에, 흩어져 싸우던 일행들의 시선이 동시에 유중혁에게 집중되었다.

"내가 잡는다!"

가장 먼저 유중혁을 발견한 김남운이 몸을 날렸고.

"젠장, 배신 때릴 줄 알았다니까……!"

이지혜와 이현성도 한발 늦게 나섰다.

멸살법 최강의 100인 중 무려 3인이 한꺼번에 유중혁을 향해 달려들고 있었다.

가공할 아우라를 내뿜는 한수영이 나를 노려보며 외쳤다.

"지금 네가 무슨 짓을 한 건지 알아? 만약 이 시나리오가 클리어되면—"

이어지는 말은 잘 들리지 않았다. 나는 봉인구를 향해 나아가는 유중혁의 뒷모습을 보고 있었다.

「김독자는 묵묵히 시나리오를 헤쳐가고 있을 3회차의 유중혁을 생각했다.」

이지혜가 휘두른 검이 유중혁의 등을 베었다.

「정의로운 유상아와, 영리한 3회차의 한수영을 생각했고.」

이현성이 달려들어 유중혁의 허리를 붙잡았고, [흑염]을 발동한 김남운이 유중혁의 얼굴을 가격했다.

「강인한 정희원과 그의 아이들— 이길영과 신유승을 오래도록 생각했으며.」

유중혁은 물러서지 않았다. 넝마가 된 새카만 코트를 입은 채, 피를 흘리면서도 앞으로 나아갔다. 휘두른 [파천검도]에 이지혜와 이현성이 휩쓸려 날아갔다.

「그를 '쓰레기'라고 놀리던 이지혜와, 걸핏하면 탄피를 잃어버리는 이현성을 생각했다.」

……보고 싶네.

「그리하여, 김독자는 마침내 결심을 마쳤다.」

나는 한수영을 향해 말했다.
"나는 3회차로 돌아가지 않아."
"무슨 헛소리를 하는 거야? 너 지금 그게……."
"여기 남아서, 이곳의 사람들과 함께 결말을 보겠어."
이 세계의 끝은 내가 원하는 결말이 아닐 것이다.

「아주 오랜 세월이 걸릴지도 모른다. 그리고 어쩌면, 영원히 돌아갈 수 없을지도 모른다.」

하지만, 그렇더라도 어떻게든 결말까지만 간다면.

"이계의 신격은 '은밀한 모략가'만 있는 건 아냐. 돌아갈 방법은 또 있을 거야. 시나리오를 깨고, 끝을 향해 나아가다 보면……."

"개소리하지 마! 네가 무슨 짓을 해도 소용없어! 어차피 너도 이 모든 이야기의 끝은 모르잖아!"

"몰라. 모르니까."

나는 봉인구를 향해 솟구치는 유중혁을 보며 말을 이었다.

"직접 만들려고."

허공을 향해 도약한 한수영이 유중혁을 향해 새카만 창을 날렸다. 나는 몸을 던져 창을 대신 받아냈다. 충격을 받은 관절이 저릿했지만 물러서지 않았다.

한수영의 눈빛이 지금까지와는 완전히 다른 살의로 가득 차 있었다.

"지금 해보자 이거지?"

츠츠츠츠츳!

한수영의 눈에서 흘러나온 격이 정면으로 날 위협했다. 이제껏 숨기고 있던 힘이 그녀의 내부에서 풀려나오고 있었다.

[성좌, '거짓 종막의 연출가'가 당신을 바라봅니다.]

알고 있었음에도 웃음이 나왔다.

이번 회차의 한수영은 나처럼 배후성이 없었다. 녀석은 나처럼 성좌가 되었던 것이다.

기이이이잉!

심지어 녀석은 나와 같은 '부러지지 않는 신념'을 쥐고 있었다. 내 것보다 훨씬 더 강화 상태가 양호한, 새카만 에테르가 넘실거리는 '부러지지 않는 신념'.

검은 강기가 전방을 덮쳐오는 순간, 나 역시 [백청강기]를 발해 그 일격을 막아냈다.

쩌저저적.

분명 막았는데도, 손뼈가 우그러지는 듯한 충격이 남았다.

한수영의 몸이 분열을 시작했다.

[아바타].

기억을 담은 무수한 분신들이, 유중혁과 나를 향해 일제히 도약했다. 나는 녀석을 막기 위해 움직였다. 저렇게 전방위적으로 움직이는 분신에는 요피엘의 503부대가 적격이다.

"요피엘!"

그러나 대천사 요피엘은 대답이 없었다.

이유는 짐작할 수 있었다. 아마도 지금 내 선택이 마음에 들지 않기 때문이겠지. 대천사들은 본래의 세계선으로 돌아가고 싶을 테니까.

그런데 다음 순간.

[설화, '대천사의 사랑을 받는 자'가 발동합니다!]

[성좌, '물병자리에 핀 백합'이 당신에게 가호를 내립니다.]

가브리엘의 간접 메시지와 함께, 대천사의 격이 내게 스며들었다.

동시에 한쪽 손에 가브리엘의 신창, '편애의 천칭'이 생성되었다.

[성좌, '물병자리에 핀 백합'이 당신을 바라봅니다.]

[성좌, '붉은 코스모스의 지휘관'이 당황합니다.]

어째서 가브리엘이 나를 돕기로 했는지는 알 수 없었다.

다만 지금 확실한 것은, 그녀의 도움이 절실하다는 사실.

달려든 한수영의 분신이 외쳤다.

"독자 주제에 방해하지 마. 이 세계는 여기서 끝나야 해!"

"너도 이 이야기의 주인은 아냐. 그런 결말은 네 세계에서나 만들어."

나는 '편애의 천칭'을 휘둘러 먹구름을 향해 날아오르는 한수영의 아바타 십여 기를 단숨에 베어냈다. 부러지지 않는 두 개의 신념이 허공에서 맞부딪쳤다. 신성 속성의 에테르와 어둠 속성의 에테르가 뒤얽히며 기이한 파찰음을 만들어냈다.

콰콰콰콰콰!

강력한 폭발과 함께, [전인화]의 전격이 부서졌다. 나는 상처투성이가 된 채 바닥을 나뒹굴었다.

아바타는 꽤 많이 사라졌지만, 녀석은 여전히 건재했다. 분노한 한수영이 먼지를 헤치며 달려드는 순간, 나는 외쳤다.

"가! 유중혁!"

허공으로 도약한 유중혁의 몸이, 마침내 봉인구에 도달했다.

[다섯 개의 열쇠가 봉인구와 접합니다.]

한수영이 외쳤다.

"안 돼!"

거대한 봉인구에, 다섯 자루의 검이 열쇠가 되어 꽂혔다.

철커덕, 하고 열쇠 돌아가는 소리가 들려왔다.

[누군가가 '묵시룡의 봉인'을 해제합니다.]

[시나리오의 클리어 조건이 충족됐습니다.]

용살의 힘이 잠든 용을 깨우고 있었다. 하늘 전체가 거대한 전구처럼 점멸했다. 절반의 밤과 절반의 낮이 하늘을 양분했고, 지금껏 한 번도 본 적 없는 어마어마한 설화의 주인이 깨어나는 것이 느껴졌다.

[성운, <올림포스>의 모든 성좌가 경악합니다.]

[성운, <베다>의 모든 성좌가 기함합니다.]

[성운, <파피루스>의 모든 성좌가 경계심을 가집니다.]

성운들의 메시지 속에, 반구형 돔 속에 갇혀 있던 용의 그림자가 모습을 드러내기 시작했다.

나는 이후에 일어날 일을 알고 있었다. 얼마 지나지 않아 기상을 마친 묵시룡은 허공을 향해 포효할 것이고, 저 먼 스타 스트림의 성좌들을 향해 꼬리를 휘두를 것이다. 저 밤하늘의 삼분의 일은 사라져버릴 것이다.

그리고 어쩌면, 정말 재수가 없다면 나도—

「김독자.」

고개를 돌리자, 어느 틈에 다가왔는지 '진천패도'를 쥔 유중혁이 곁에 서 있었다. 마치 이 시나리오의 클리어 따위에는 아무 관심도 없다는 듯한 표정. 녀석과 눈이 마주치는 순간, 소름이 돋았다.

……대체 언제부터 '회귀 우울증'이 풀려 있었던 거지?

선연하게 뜬 두 눈은, 너무도 명백한 의식을 가지고 나를 보고 있었다.

그 의식이, 나를 향해 묻고 있었다.

「네가 보여준 '그 세계'는 정말로 존재하는 것인가?」

나는 대답할 말을 찾지 못했다.

정확히는 그게 무슨 의미인지 순간 이해하지도 못했다.

그러자 [전지적 독자 시점]을 통해 다시 한번 속내가 들려왔다.

「네가 살았던 '그 세계'는 정말로 존재하는 것인가?」

그제야 유중혁이 무슨 말을 하는지 깨달았다. 녀석은 내가 살던 세계를 본 것이다.

「히 *히*.」

머릿속에서 [제4의 벽]이 장난스러운 웃음을 흘렸다. 입을 열려는 순간, 달려온 한수영이 뒤통수를 눌러 나를 바닥에 처박았다.

"유중혁. 나랑 약속했을 텐데?"

이어지는 한수영의 목소리에 악이 담겨 있었다.

"너는 이곳에서 죽고, 나는 새로운 세계를 얻는다. 그게 우리 교환 조건 아니었어? 어째서 그런 짓을 한 거야?"

지면과 마주한 입술에서 흙 맛이 느껴졌다.

「김독자는 앞으로의 계획을 생각하고 있었다.」

다시 말하지만, 유중혁이 내 기억을 통해 무엇을 느꼈는지는 모른다. 하지만 저 태도를 보면, 최소한 이번 삶을 포기하지는 않을 것 같았다.

그르르르르르…….

봉인구 위쪽에서 끔찍한 울음이 흘러나왔다.

[으아아아…….]

[모두 달아나! 빨리 이 시나리오에서 탈출해!]

경악한 성좌들이 하나둘 시나리오를 탈출하기 위해 용을 쓰고 있었다. 심지어 저 하늘의 성운들조차 설화 병기를 밀집시키며 대열을 물리고 있었다.

저 '묵시룡'은 실로 그런 존재였다.

〈에덴〉을 멸망시킨 결정적인 원흉이자 스타 스트림 최악의 재앙.

아비규환 속에서 한수영이 유중혁을 향해 외쳤다.

"혹시 이 녀석 때문이냐?"

내 머리채를 잡은 한수영이 소리를 질러댔다.

"이 녀석이, 네 정신에 뭔가 영향을 끼친 거냐고. 한심하게 이제 와서 살고 싶어지기라도 한 거냐? 지쳤다며? 더 이상 어떤 시나리오도 수행하고 싶지 않다며?"

한수영이 한 마디 한 마디 이어갈 때마다 내 가슴에도 못이 박히는 것 같았다. 유중혁은 아무 표정도 없었지만, 나는 그

녀석이 살아온 삶을 알고 있었다.

1,863회차의 유중혁은 내가 알던 원작의 유중혁이었다.

어머니가 교도소에 갇혔을 때도, 내가 왕따를 당했을 때도, 수능을 보고, 군대에 가고, 다시 회사에 입사했을 때도. 내가 줄곧 지켜보던 그 유중혁이었다. 냉혹하고 계산적이며, 포기하지 않는 유중혁.

어린 나는 그런 유중혁을 보며 살아왔다. 살아올 수 있었다.

그래서 놈을 죽게 내버려두고 싶지 않았다. 저 유중혁이 이곳에서 죽으면, 내가 알던 멸살법은 영원히 사라진다.

유중혁이 천천히 입을 열었다.

"나는 죽고 싶다."

너무나 분명하고, 명확한 목소리였다. 하지만 마찬가지로 분명한 목소리가 내게만 들려왔다.

「살고 싶다.」

바닥을 그러쥔 손에 힘이 들어갔다. 한수영이 외쳤다.

"그럼 왜 그딴 짓을 한 건데? 왜 안 뒈지고 아직까지 살아 있는 거냐고!"

"……."

"어떻게든 묵시룡의 봉인을 재생해. 검을 뽑든, 뭘 하든, 어떻게든 해보라고!"

가능할 턱이 없다는 걸 한수영도 알고 있었다. 한수영은 무너지고 있었다. 모든 것을 '예상표절' 하며 살아왔던 그녀의 세계가, 처음으로 붕괴하고 있었다.

유중혁은 대답이 없었다. 감정을 이기지 못한 한수영이 나를 내팽개치고 유중혁에게 달려들었다. '부러지지 않는 신념'의 칼날이 유중혁의 목을 노리고 움직였다.

하지만 끝내 한수영은 유중혁을 찌를 수 없었다.

"빌어먹을……!"

유중혁의 목울대에 닿은 한수영의 칼날이 멈췄다. 한수영도 아는 것이다. 여기서 유중혁을 죽여봐야 다시 회귀할 뿐이다.

나는 자리에서 일어나며 말했다.

"포기해. 한수영."

"닥쳐!"

"너도 나도 실패한 거야. 이제 새로운 방법을 찾아야 해."

"닥치라고! 네가 뭘 알아! 내가 어떻게 여기까지—"

그 순간, 자신의 목울대에 닿은 칼날을 보며 유중혁이 입을 열었다.

"나는 죽고 싶다."

「살고 싶다.」

"여기서 끝내고 싶다."

「만약 기회가 있다면, 내가 본 그 세계처럼…….」

파르르르…….

유중혁의 몸이 진동하고 있었다. 마치 서로 다른 두 개의 자아가 충돌하듯이, 유중혁의 몸이 격렬하게 흔들렸다. 통증이 심해지는지 유중혁이 머리를 붙잡고 천천히 주저앉았다.

놀란 한수영이 한 걸음 물러서자, 유중혁의 몸에서 강력한 충격파가 터져나왔다. 한수영의 몸이 나를 향해 날아왔고, 나는 엉겁결에 녀석을 받으며 바닥을 굴렀다.

주저앉은 유중혁의 몸에서 설화들이 흘러나오고 있었다.

1,863회차의 유중혁이 겪어온 기억들이 허공을 떠다니며 나와 한수영을 스치고 지나갔다. 그 기억들 속에서 유중혁이 말했다.

「"한수영, 나를 죽일 방법을 찾아라."」

그러자 기억 속의 한수영이 고개를 끄덕였다.

「"좋아. 그 대신 약속해. 나를 돕겠다고."」

내가 미처 알지 못했던 두 사람의 약조. 겉보기에는 완벽했던 1,863회차는 단 한 사람의 희생을 바탕으로 만들어졌다.

이 회차에서 유중혁은 모든 것을 잃었다.

「**"내 계획을 실행하면, 네 여동생은 구할 수 없어."**」

자신의 여동생을 잃었고.

「**"파천검성과 파천신군도 구할 수 없어. '제1 무림'까지 챙길 여유는 없으니까."**」

하나뿐인 스승과 사저를 잃었다.

「**"이 세계의 적이 되도록 해. 너를 적대하는 모두가 뭉칠 수 있도록."**」

그리고 스스로의 의지로, 이 세계의 악이 되었다.

1,863회차의 유중혁은 불행했다. 그 어떤 회차보다도 더 불행했다.

나는 이를 악문 채 외쳤다.

"유중혁!"

무슨 말을 해야 할지 알 수 없었다. 죽고 싶어하는 유중혁의 마음을 이해했음에도, 계속 녀석이 살기를 강요하고 있었다. 단지, 녀석의 일부가 그렇게 말하고 있다는 이유로. 그러면 뭐가 옳았던 것인가.

유중혁이 물었다.

「**네가 보여준 '세계'는 정말로 존재하는 것인가?**」

내 말이 저 유중혁에게 위안이 될지 어떨지는 모른다.

나는 온 힘을 다해 선언했다.

[존재해.]

그것이 내가 녀석에게 전할 수 있는 전부였다. 이곳에서는 볼 수도 들을 수도 없는 곳에 있지만, 분명히 존재한다고.

그러자 유중혁이 답했다.

「**그렇군.**」

이상하게도, 그 순간 유중혁의 표정은 편안해 보였다.

「**너는 내가 죽어야만 그 세계로 돌아갈 수 있겠지?**」

"아냐, 그렇지 않아. 어떻게든 방법을 찾아낼 거야. 네가 죽지 않아도, 시간이 조금 많이 걸리더라도, 어떻게든……!"

나는 머릿속으로 빠르게 정보들을 정리했다. 가능한 최선의 미래가 머릿속에 그려지고 있었다. 3회차의 세계는 유상아와 한수영에게 잘 부탁해놨으니, 내가 돌아갈 때까지 무사할 것이다.

그리고 1,863회차는 이미 95번째 시나리오를 진행하고 있다. 이곳에는 살아남은 일행들도 많으니 삼 년, 아니 늦어도 오 년만 고생하면…….

고개를 들자, 유중혁은 이쪽을 보고 있었다.

「그러면 늦는다.」

마치 모든 것을 알고 있는 듯한 말투였다.

「이곳에 있으면, 너는 그 세계를 구할 수 없다.」

반박하려는 순간 유중혁이 자리에서 일어섰다. 이제 유중혁에게서 일어나는 진동은 점점 더 커져서, 녀석의 상이 여러 개로 보일 지경이었다.

[등장인물 '유중혁'이 특성 개화의 계기를 맞이합니다!]

[등장인물 '유중혁'이 새로운 특성을 획득했습니다!]

찬란한 빛을 흩뿌리며 분화하는 유중혁이 날 보며 말했다.

「나는 그 세계의 ■■이 궁금해졌다.」

흘러넘치는 설화 속에서, 정확히 두 명으로 나뉘는 유중혁.

나는 그 스킬이 뭔지 알 수 있었다.

[아바타].

오직 '작가' 특성을 가진 존재만이 쓸 수 있는 스킬. 얼마 전까지만 해도 한수영의 전유물이던 스킬이었다.

"유중혁! 너, 너……!"

입을 벌린 한수영이 어깨를 떨고 있었다. 당황한 그녀의 속내가 [전지적 독자 시점]을 통해 고스란히 전해졌다.

「만약, 한 사람의 존재가 정확히 절반으로 나누어질 수 있다면 어떨까.」

수만 명의 한수영이 말하고 있었다.

「하나의 존재가 두 개의 분신으로 나누어진다면, 둘 중 어느 쪽을 '진짜'라 부를 수 있는 것일까.」

등줄기에 서서히 소름이 돋았다.

1,863회차의 한수영이 가진 기억들. 정확히 둘로 나누어지는 그녀의 모습이 파노라마처럼 머릿속을 스쳤다. 그것은 한수영의 경험이었고, 지금 유중혁이 겪는 일이기도 했다.

눈부신 광휘 속에서 둘로 분열한 유중혁이 서로 마주 보고 있었다.

유중혁이 말했다.

"나는 죽고 싶다."

그러자 다른 유중혁이 입을 열었다.

"나는……."

다른 유중혁은 말을 잇다 말고, 넝마가 된 자신의 검은 코트를 내려다보았다. 녀석은 그 코트를 바닥에 벗어 던졌다.

"나는 살고 싶다."

피 흘리며 쓰러진 김남운의 곁에 하얀 코트가 떨어져 있었다. 내가 빌려준 '무한 차원의 아공간 코트'였다. 유중혁은 그것을 주워 자신의 몸에 걸쳤다. 하얀 코트는 처음부터 녀석의 것이었던 것처럼 몸에 맞게 착 달라붙었다.

하얀 코트를 입은 유중혁과 검은 코트를 입은 유중혁이 서로 마주 보았다.

"방법은 하나뿐."

두 명의 유중혁이 서로를 향해 진천패도를 겨누었다.

[화신 '유중혁'의 배후성이 자신의 화신을 바라봅니다.]

당황한 일행들이 외쳤다.

"뭐야, 저 자식 뭐 하는 거야!"

"왜 갑자기 둘이 된 거죠?"

허공에서 빛살이 몰아치며 [파천검도]와 [파천검도]가 부뒷쳤다.

"맙소사, 저 녀석."

오직 한수영만 나와 똑같은 생각을 떠올리고 있었다.

「하나의 존재가 둘이 되었다.」

「하지만, 그 존재의 배후성은 하나뿐이다.」

저것이 유중혁이 찾아낸 답이었다.

나는 녀석을 향해 외쳤다.

"멈춰 유중혁! 멈추라고!"

이 시나리오를 클리어하면서, 나를 3회차로 되돌려 보낼 방법. 자신의 죽음을 받아들이며, 동시에 계속해서 살아갈 방법.

"어느 쪽이 살아남든, 너는 또 회귀하게 될 거야!"

두 명의 유중혁은 내 외침에도 아랑곳하지 않았다.

「나는 죽는다.」

「나는 회귀한다.」

유중혁은 모두 알고 있었다. 너무나 잘 알았기에, 이 방법을 선택했다.

「이 이야기는 이곳에서 끝난다.」

「그럼에도 다시 한번, 그 모든 것은 처음부터 시작된다.」

한수영도 나도 알지 못한 이 세계의 결말이 그곳에 있었다.

푸슈슉!

진천패도에 꿰뚫린 검은 코트 자락이 흔들렸다.

정확히 절반의 기억.

유중혁이 쌓아온 무수한 기억이, 허공에 흩날리고 있었다.

성흔 [회귀]를 발동할 수 있는 쪽은 하나뿐. 그렇기에 나는 알 수 있었다.

저 검은 코트의 유중혁이, 죽음을 택한 유중혁이라는 것을.

[화신 '유중혁'이 사망했습니다.]

맞은편에 하얀 코트의 유중혁이 있었다.

자신의 손으로 자신을 죽인 유중혁. 그러나 그 역시 검에 찔린 것은 마찬가지였다. 배를 뚫고 나온 진천패도. 속도는 느리지만, 그 또한 죽어가고 있었다.

[화신 '유중혁'의 배후성이 자신의 화신을 바라봅니다.]

[성흔, '회귀 Lv.???'가 발동합니다.]

[화신 '유중혁'이 배후성의 뜻을 받아들입니다.]

하지만 유중혁은 죽지 않을 것이다. 그는 어둠 속에서 눈을 뜰 것이고, 원작에는 없었던 1,864회차의 지하철에서 다시 한

번 모든 것을 시작하게 될 것이다.

「**이건 네 세계를 보여준 보답이다.**」

하얀 유중혁의 손끝에서 흘러나온 설화 중 일부가 내게 닿았다.

[등장인물 '유중혁'의 설화가 당신에게 깃듭니다.]

내 유년을 지켜준 인물이, 내가 알지 못하는 세계로 사라지고 있었다.

「**다음 회차에서는.**」

유중혁의 모습이 흩어지기 시작했다. [전지적 독자 시점]을 통해 이어지던 유중혁의 속마음이, 더는 들려오지 않았다.

츠츠츠츠츳!

그에게 더 이상 [전지적 독자 시점]이 통하지 않았다.

[해당 인물은 '등장인물'이 아닙니다.]

세계의 빛 속에서 스러지는 유중혁의 모습.

비틀거리며 내가 다가갔을 때, 이미 유중혁은 세계에서 사라지고 없었다. 돌아보니 한수영이 절망한 얼굴로 주저앉아 있었다.

[당신은 '이계의 언약'의 클리어 조건을 만족했습니다.]

눈부신 빛이 재처럼 허공에 날리고, 창백한 현실의 광경이 드러났다. 그 속에서 유중혁만이, 우리가 알지 못하는 세계를 향해 걸어갔다.

3

유중혁이 죽었다.

['제4의 벽'이 격렬하게 흔들립니다.]

실감이 나지 않았다.

['제4의 벽'이 위태로울 정도로 심각하게 흔들립니다!]

[전용 스킬, '제4의 벽'이 강하게 활성화됩니다!]

폐소 공포라도 온 것처럼 숨이 잘 쉬어지지 않았다.

왜 갑자기 유중혁이 '작가' 특성을 얻게 되었는지, 왜 스스로 죽음과 회귀를 선택했는지. 알 것 같으면서도 납득하기가 버거웠다.

내가 알던 원작의 유중혁은 더 이상 없다.

한 줄 설화만이 녀석의 부재를 증명하고 있었다.

……이런 기분이었던 건가.

「**이것은 소설이다. 소설 속 이야기이다.**」

나는 천천히 숨을 들이쉬었다가 뱉었다.

「**그리고 유중혁은 등장인물에서 벗어났다.**」

귀에서 이명이 들려오고 심장이 미친 듯이 뛰었다. 다시 한 번 들숨과 날숨을 반복했다.

[전용 스킬, '제4의 벽'이 더욱 강하게 활성화됩니다!]

감각이 천천히 되돌아오며 일행들의 수군거림이 들려왔다.

"……어떻게 된 거야?"

"방금 다들 들었죠? 시나리오 클리어됐어요!"

뺨을 두 번 친 후 고개를 들자, 봉인구에서 흘러넘치는 묵시룡의 격이 느껴졌다.

[성운, <올림포스>가 묵시룡의 전장을 준비합니다.]

[성운, <베다>가 재앙에 대비합니다.]

[성운, <탐라>가……]

내 예상이 맞는다면 아직 시간은 있다. 나는 곳곳에 흩어져 있는 일행들을 향해 외쳤다.

"다들 모여주십시오. 할 이야기가 있습니다."

일행들은 나를 경계하면서도 하나둘 근처로 모였다. 누군가는 쓰러진 한수영을 부축하고 있었고, 김남운과 이지혜는 내게 강한 적의를 드러내고 있었다.

"얼마 뒤 묵시룡이 해방됩니다. 그와 관련해—"

"닥쳐! 너 아까 그거 무슨 짓이야? 유중혁이랑 뭔 작당을 해서 사부를 공격한 거냐고!"

버럭 소리친 이지혜가 칼로 내 목을 노렸고, 이어서 이현성이 물었다.

"독자 씨, 아까 그건 대체……."

"대장! 이 자식 어떡할까? 내가 조져버려?"

김남운마저 [흑염]을 발동한 오른손을 꺼냈다. 그때 한수영이 고개를 들며 말했다.

"……다들 저 녀석 말 들어."

"응?"

"저 녀석 말 들으라고."

한수영의 눈은 풀려 있었다. 하지만 그 텅 빈 동공이, 녀석이 모든 것을 포기했다는 방증은 아니었다.

한수영은 나와 닮았다.

겉으로는 저렇게 보여도, 이미 머릿속으로는 처한 상황을 납득하는 중일 것이다. 그리고 어쩌면, 그다음 계획을 생각하는 중일지도 모른다.

나는 일행들을 둘러보았다. 이현성, 김남운, 이설화, 이지혜, 신유승…… 살아남은 1,863회차의 사람들.

한수영에 관한 진실을 말할 수도 있을 것이다. 당신들을 이용했다고. 새로운 세계를 만들기 위해, 당신들 이야기를 여기서 끝내려 했다고.

그럼에도 그 말을 할 수 없었던 것은.

"다들 대장 잘 챙겨. 선불리 행동하지 말고. 일단 독자 씨 말을 들어보자."

이들이 진심으로 한수영을 따르기 때문이었다.

이현성의 만류에 한풀 꺾인 일행들이 나를 보았다.

나는 이야기를 시작했다.

"묵시룡의 해방은 봉인이 풀렸다고 끝난 게 아닙니다. 아시는지 모르겠지만, 이 시나리오의 마지막은……."

나는 하늘을 올려다보며 말했다. 그러자 다른 일행들도 함께 하늘을 올려다보았다.

봉인구 속에 구겨 넣어진 거구. 조금씩 부서지는 봉인구의 조각들. 시간이 지날수록 하늘을 덮는 격의 밀도가 진해지고 있었다.

나는 [제4의 벽]에 기대어 텅 빈 말을 줄줄이 내뱉었다.

"다들 본부로 돌아가서 다음 시나리오를 준비하죠. 시간은 사흘 정도 남았을 겁니다."

⌘ ⌘ ⌘

나는 곧바로 1,863회차를 떠날 수도 있었다. 하지만 그러지 않은 것은, 이 회차의 인물들 역시 내가 좋아하던 그 사람들이기 때문이었다.

'묵시룡의 해방'은 마지막 열쇠를 '초체검'으로 사용함으로써 약간의 시간을 벌었다. 초체검은 용살의 열쇠로 쓰기에는 격이 조금 떨어지는 편이었고, 그 탓에 묵시룡의 해방 또한 시일이 약간 늦춰진 것이다.

나는 이 시간을 요긴하게 써야 했다.

어차피 한수영이 이 루트를 택한 이상 성운들의 파멸은 예정되어 있다. 중요한 것은 지구가 그 파멸을 피해가야 한다는 점이다.

다음 날, 본부 상황실에서 이현성에게 내가 아는 상당량의 정보를 넘겼다.

모두 내가 사전에 짜놓은 미래 계획이었다. 묵시룡의 재앙을 피하는 것에서부터, 앞으로 얻어야 할 새로운 설화와 아이템, 그리고 손잡아야 할 강자들 목록까지. 처음부터 끝까지 내 이야기를 메모하며 듣던 이현성이 문득 고개를 들며 물었다.

"독자 씨는 어떻게 이 모든 걸 알고 계신 겁니까?"

"한수영이 알고 있는 이유와 같습니다."

불필요한 설명을 피하기 위해 둘러댔는데, 이현성의 표정이 심상치 않았다. 한참이나 머뭇거리더니 뜻밖의 말을 했다.

"독자 씨도 혹시 '표절 작가'이신 겁니까?"

"표절 작가요?"

"엇, 아니셨습니까? 죄송합니다."

나는 당혹감을 추스르며 되물었다.

"한수영이 자기 특성을 이야기했나요?"

"아, 그게……."

곤란한 표정으로 머리를 긁적이는 이현성.

믿기지 않았다. 저 자존심 강하고, 이기심으로 똘똘 뭉친 한수영이 원작 등장인물에게 자기 정체를 드러냈다고? 대체 왜? 생각하기 무섭게 상황실 문을 열고 들어온 이가 있었다.

"전부 밖으로 나가."

모자를 푹 눌러쓴 한수영이었다.

"예, 알겠습니다."

고분고분 고개를 숙인 이현성이 짐을 챙겨 밖으로 나갔다.

텅 빈 상황실에 남은 이는 한수영과 나뿐.

내가 '이계의 언약'을 클리어했으니, 분명 한수영도 마찬가지겠지. 그런 상황이라면 녀석이 내게 적의를 드러낼 이유는 없었다.

"정신 좀 차린 모양이네."

"시끄러워."

한수영이 팔짱을 낀 채 풀썩 의자에 주저앉으며 말했다. 내가 물었다.

"뭐가 그렇게 불만이야?"

"불만? 그걸 말이라고 하냐? 너 때문에 이제 여기 있는 사람들 다 뒈지게 생겼어."

나는 상황실 밖에서 우리를 기다리는 일행들을 보았다. 투명한 벽 밖에 옹기종기 모인 일행들이 심각한 표정으로 이야기를 나누고 있었다. 유중혁이 죽은 직후 한수영이 절망한 표정을 지은 것은 아마도 저들 때문이었겠지. 나는 말했다.

"영원히 잠드는 것보단 다음 시나리오로 가는 게 나아."

창밖에서, 얼핏 나와 눈이 마주친 이현성이 희미한 미소를 지었다.

이현성은 한수영이 표절 작가라는 사실을 알고 있었다. 어쩌면 이현성은, 한수영이 그들을 버릴 것도 알고 있었을까. 곰 같고 눈치도 없지만 속 깊은 사내. 이현성이라면, 일이 이렇게 될 것을 예상했을지도 모른다. 그럼에도 그는 한수영을 따르기로 했다.

나는 계속해서 말했다.

"묵시룡이 해방되었다고 다 끝난 건 아니야. 너도 알잖아?"

고개를 숙인 한수영은 대답이 없었다. 창공에서 조금씩 해방되는 묵시룡의 기파. 녀석이 해방되면 스타 스트림에는 재앙이 벌어진다. 하지만 그렇다고 앞으로의 시나리오가 모두 끝장나는 것은 아니었다.

실제로 1,863회차의 유중혁은 저 묵시룡을 해방시키고도 시나리오의 끝을 보았으니까.

"일행들에게 제대로 설명해. 네가 잘못한 것과, 숨겼던 것까지 전부. 완벽한 전개가 아니더라도, 어떻게든 해나갈 방법은 있어."

"……."

"아직 힘을 빌릴 수 있는 곳은 많아. 안나 크로프트의 '차라투스트라', '종말의 구도자', '초월좌들의 왕', 그리고 환생자의 별에 사는 '그 녀석'도."

"시끄럽다고 했지."

고개를 든 한수영이 나를 노려보았다. 깊이 눌러쓴 모자 아래로, 자존심만 남은 녀석의 눈빛이 이글거렸다. 그런데 뭔가 이상했다.

한수영의 두 눈이 퉁퉁 부어 있었다.

내가 얼굴을 가만 들여다보자, 한수영이 으르렁거리며 모자를 더 깊게 눌러썼다.

나는 1,863회차의 한수영을 좋아하지 않는다. 그럼에도 나는 한수영을 이해할 수 있었다. 녀석이 만들려던 세계는, 내가 꿈꾸던 세계와도 조금은 닮아 있었으니까.

한수영이 짓씹듯 말했다.

"……유중혁이 '작가'가 될 줄이야."

"왜 갑자기 그런 특성을 얻은 걸까?"

"새로운 이야기가 쓰고 싶어졌겠지. 아주 간절히. 그게 '작가' 특성의 개방 조건이니까."

알 것도 같았고, 모를 것도 같은 말이었다.

마침표를 찍어 완성할 수 있는 세계가 아니라, 살아남기 위해 발버둥 치는 세계에서…… 유중혁은 '자신의 이야기'를 쓰기 위해 이 이야기의 바깥으로 나아갔다.

한수영도 나도 아무 말 하지 않았지만, 서로 무슨 생각을 하는지는 알 수 있었다.

고개를 들자, 모자를 벗은 한수영이 담배에 불을 붙이고 있었다.

내가 물었다.

"일문답 교환 어때? 귀찮으니까 시스템은 쓰지 말고."

연기를 훅 뿜은 한수영이 무표정한 얼굴로 물었다.

"거짓말 포함?"

"좋아."

"너 먼저 해."

나는 고개를 끄덕였다.

"네가 생각하는 '멸살법의 작가'는 누구야?"

한수영이 다시 연기를 빨아들였다 뱉으며 입을 열었다.

"아주 거대한 아기."

"아기?"

"시나리오가 없는 세계에서, 오직 다음 이야기를 보고 싶은 욕망만 남은…… 무척이나 끔찍한 상상력을 가진, 어떤 아기."

순간 떠오르는 것이 있었다.

시나리오가 없는 세계. 이 스타 스트림에 그런 세계는 하나뿐이다.

"설마……."

"입 밖으로 안 꺼내는 게 좋을 거야."

한수영이 하늘을 가리키며 말했다.

"듣고 있을지도 모르니까."

나는 입을 다물었다. 그 '존재'가 정말로 작가라면, 불가능한 일도 아니었다. 하지만…….

나는 머릿속이 복잡해진 상태로 한수영에게 말했다.

"네 차례야. 물어봐."

"생각하고 있으니까 기다려."

"시간 별로 없으니 빨리 물어봐. 난 내일 아침에 출발할 거거든."

"내일 아침?"

"'이계의 언약'을 완수했으니 나도 본래 세계선으로 돌아가야지."

한수영이 미간을 살짝 찌푸렸다.

"용건이 끝났으니 내빼시겠다? 거참 대단하시네. 내 세계를 다 망쳐놓고."

"내가 아는 건 이현성에게 모두 전해줬어. 그대로 진행한다면 다른 도움이 없어도 저 사람들은 마지막까지 갈 수 있을 거야."

나는 상황실 밖 사람들을 보며 생각했다.

애초부터 이 세계는 '그들의 세계'다.

"넌 언제 출발할 거냐?"

"출발?"

"너도 이계의 언약을 완수했잖아."

'이계의 언약'을 끝낸 것은 나만이 아니다. 유중혁이 죽었으니 한수영 또한 자신의 임무를 완수했을 터. 녀석은 이제 '은밀한 모략가'의 도움을 받아 '자신의 세계'를 완성하기 위해 떠날 것이다.

바닥을 보던 한수영이 말했다.

"난 안 가."

"뭐?"

"난 안 간다고."

생각지도 못한 대답이었기에 나는 바보처럼 되물었다.

"왜?"

"내가 없으면 저 녀석들은 다 죽을 테니까."

나는 귀를 의심했다. 한수영이 저렇게 말할 수 있다는 게 믿기지 않았다. 불쑥 치솟아 오른 반감에 나도 모르게 공격적인 목소리가 나왔다.

"언제는 너만의 세계를 만들고 싶다며?"

"내 세계 같은 건 나중에라도 만들 수 있어. 누군가는 저들을 이끌어야 해."

"그러니까, 왜 갑자기."

"유중혁은 이제 등장인물이 아니야. 그게 무슨 뜻이라고 생각해?"

"……."

"이건 더 이상 소설이 아니야."

한수영의 말에, 심장이 쿵 내려앉는 기분이 들었다.

[전용 스킬, '제4의 벽'이 강하게 발동합니다!]

"이걸로 모든 걸 용서받으려는 것도 아니야. 전개가 어떻게 흘러가든, 시작한 이야기는 제대로 끝을 봐야지."

모자챙에 가려진 한수영의 얼굴은 제대로 보이지 않았다.

내 말이 채 이어지기도 전에, 한수영이 상황실을 나갔다. 상황실 유리 너머, 일행들에게 말하는 한수영과 경청하는 일행들이 보였다.

나는 오래도록 그 모습을 보고 있었다.

⌘ ⌘ ⌘

떠나기 전 내가 해결해야 할 일은 몇 가지 더 있었다.

그중 하나는 우리엘에 관한 것이었다.

나는 요피엘의 구속구에 갇힌 우리엘의 인형을 내려다보았다. 비록 지금은 얌전한 상태지만, 구속구의 효력이 끝나는 순간 우리엘은 다시 '염화의 대천사'로 깨어날 것이다. 그리고 주변에 존재하는 모든 생명체를 불태우려 들겠지.

츠츠츠츠츳…….

가브리엘의 진언이 귓가에 들려왔다.

[우리엘은 어쩔 거야?]

"생각하고 있습니다."

나는 힘없이 처진 꽃잎을 흔드는 가브리엘을 내려다보았다. 아마도 이곳 정경에 큰 충격을 받은 듯했다. 원작 설정에 따르면 가브리엘은 다른 천사를 잘 챙기는 성정이니 더욱 그럴 것이다.

[내가 남겠어.]

"안 됩니다."

[왜? 이곳의 내가 배신했기 때문에?]

나는 대답하지 않았다. 가브리엘이 억울하다는 듯이 다그쳤다.

[난 왜 〈에덴〉을 배신한 건데?]

"당신으로서는 어쩔 수 없는 결정이었을 겁니다."

[세부를 정확히 말해. 대체 뭔 일이 있었던 거냐고! 너 뭔가 알잖아!]

"저도 정확히는 모릅니다. 정 궁금하시면 돌아가서 메타트론을 닦달해보세요."

이 일에는 내가 당장 개입해서 좋을 것이 없었다. 자칫 정보를 잘못 흘렸다간 3회차의 전개가 예상 밖 난관을 맞이할 가능성이 있으니까.

가브리엘의 입이 거칠게 떨렸다.

[어차피 돌아가면 난 또 배신하게 되는 거 아냐? 그럴 바엔 차라리 여기 남아서—]

"미래는 바꿀 수 있습니다. 우린 돌아가야 합니다."

나는 확신을 담아 말했다. 이 세계는 우리의 회차가 아니다.

[그럼 우리엘은……!]

"말씀드렸다시피, 저도 생각 중입니다."

지금 최선의 선택은 한수영에게 우리엘을 맡기는 것이었다. 하지만 녀석이 '염화의 대천사'를 통제할 수 있을지 확신할 수 없었다.

「제4의 벽이 말합니다. '도 와줄 까?'」

우리엘에게 3회차의 이야기를 들려주는 방법도 있을 것이다. 그러나 누차 말했듯, 우리엘이 3회차의 이야기를 듣고 유중혁과 같은 반응을 보이리라는 보장은 없었다. 어쩌면 내 세계선의 이야기는 불안전한 우리엘의 정신을 더욱 망가뜨릴지도 모른다.

그렇다고 진짜로 가브리엘을 이곳에 남겼다가는, 더 커다란 문제가 발생할 가능성이 크다. [선악의 구속구]도 사용할 수 없는 가브리엘이 우리엘을 통제할 수 있을까. 역시 내가 좀 더 남아서 우리엘을 돕는 편이…….

[내가 남겠다, 가브리엘.]

흔들리는 붉은 코스모스의 꽃잎. 반사적으로 고개를 숙이자, 깜짝 놀란 가브리엘이 외쳤다.

[……요피엘?]

[내가 남는 것이 최선이다.]

뜻밖의 선언이었다. 나조차 어안이 벙벙해졌다. 다른 천사도 아니고, '대천사 요피엘'이 이곳에 남겠다고?

[심사숙고 끝에 결정한 것이다. 나는 '선악의 구속구'를 통해 우리엘을 통제할 수 있어. 그러니 내가 이곳에 남는 것이 옳다.]

"요피엘, 지금 돌아가지 않으면 다시는 본래의 세계선으로 돌아가지 못할 수도 있습니다."

[세계선을 넘을 방법은 몇 가지가 있다.]

"있겠죠. 그리고 모두 막대한 대가를 필요로 할 겁니다."

[돌아가지 못해도 상관없다.]

[요피엘!]

가브리엘의 외침에도 요피엘은 물러서지 않았다.

[이 세계선에는 그만큼의 가치가 있다. 그리고 저 음흉한 놈에게 의지하지 않고 내가 직접 이 세계선을 알아보는 게 좋겠다는 생각이 들었다. 나는 이곳의 〈에덴〉이 왜 멸망했는지, 미래에 무슨 일이 발생했는지 파악해서 본래의 세계선에 알릴 의무가 있어.]

과연 요피엘다운 합리적인 발언이었다. 이 세계는 기존의 1,863회차와는 많이 달라졌고, 만약 앞으로 일어날 일을 3회차로 전송할 수 있다면 분명 도움이 되기는 할 것이다.

[잠깐만, 요피엘! 왜 네 멋대로 그런 결정을—]

[번복은 없다, 가브리엘.]

붉은 코스모스에서 휘황한 빛이 뿜어지더니, 이내 그 빛은 새하얀 구속구로 변해 흰 백합 위에 깃들었다. [선악의 구속구]. 잠이 들기라도 한 것처럼 가브리엘의 꽃이 축 늘어졌다.

요피엘이 나를 향해 말했다.

[가브리엘을 부탁한다.]

"왜 이렇게까지 하시는 겁니까?"

[우리 세계선의 우리엘에겐 가브리엘이 필요하다. 그리고 가브리엘에게도…… 둘 다 불안정한 녀석이니까.]

새삼 '대천사 요피엘'답다는 생각이 들었다. 〈에덴〉은 이런 대천사 하나하나가 모여 만들어진 성운인 것이다.

"그럼 당신은요?"

[그대를 믿지는 않지만, 부탁할 것이 하나 있다.]

나는 머뭇거리다 고개를 끄덕였다.

[본래의 세계로 돌아가면 꼭 〈에덴〉을 방문해주길 바란다. 그리고 이곳에서 있었던 일을 서기관에게 전해주면 좋겠군. 그 정도는 해줄 수 있겠지?]

"알겠습니다."

확실히 그 정도라면 어려운 부탁은 아니었다. 어차피 〈에덴〉

에는 한번 방문할 생각이었으니까.

얼마 지나지 않아 요피엘의 코스모스도 축 고개를 늘어뜨렸다. 마치 피곤에 절어 잠든 듯한 모습. 나는 두 꽃이 머금던, 페트병의 물을 갈아주었다.

누군가는 남고 누군가는 떠난다.

어느 쪽을 선택하든, 결국 모두는 각자의 결말에 도달할 것이다.

⌘ ⌘ ⌘

다음 날 아침, 나는 일행들의 배웅을 받았다. 이런저런 일들이 많이 있었는데도, 꾸역꾸역 나를 배웅하겠다고 나왔다. 정확히는 이현성에게 떠밀려 나온 것 같아 보였다.

고개를 돌리자 특유의 못마땅한 얼굴로 이쪽을 노려보는 한수영이 있었다. 나는 녀석에게 꼬깃꼬깃한 수첩 하나를 건넸다. 한수영이 퉁명스럽게 물었다.

"뭐야 이 쓰레기는."

"지금 네게 필요한 정보."

나는 밤새 멸살법 원본에서 1,863회차에 유용할 정보 몇 개를 더 추려내 정리했다.

츠츠츳…….

한수영의 몸에서 희미하게 튀어 오르는 스파크. 나는 그것의 정체를 어렴풋이 예상하고 있었다. 저 스파크는 아마도 한수영의 '등장인물화'와 관계되어 있을 것이다.

"버리지 말고 시간 날 때마다 들여다보라고."

한수영은 내가 준 수첩을 잠시 내려다보더니 물었다.

"……넌 괜찮은 거야?"

"뭐가?"

['제4의 벽'이 강하게 활성화됩니다!]

마치 내 얼굴에서 뭔가 읽어내려는 듯, 유심히 나를 보던 한수영이 고개를 저었다.

"아니, 됐다. 아무것도 아냐."

실없기는.

곁에서 이야기를 듣던 이현성이 입을 열었다.

"같이 시나리오를 수행할 수 있으면 좋을 텐데, 아쉽습니다."

그나마 나와 친해진 이현성이 먼저 인사하자, 뒤쪽에서 노려보던 김남운이 말했다.

"흥, 빨리 꺼지라고. 그곳의 나한테도 안부 잘 전해주고."

물론 그럴 일은 없을 것이다. 3회차의 김남운에게 안부를 전하려면 저승까지 가야 하니까.

인사를 마친 내가 돌아서려는 순간.

"야."

부드러운 무게감을 가진 뭔가가 뒤통수로 날아왔다. 나는 황급히 고개를 돌려 그것을 붙잡았다. 손안에 들어온 것은 하

안색 코트. 정확히는 '무한 차원의 아공간 코트'였다.

"클리어 보상 못 챙겼을 거 아냐? 그거 가져가."

그것은 한수영이 입고 있던 코트였다.

나는 어이가 없어서 말했다.

"95번 시나리오까지 와서, 겨우 이런 걸 가져가기엔—"

한수영이 무슨 한심한 소리를 하느냐는 듯 나를 바라보았다. 별안간 머릿속에 스친 생각이 있었다.

이 자식, 설마…….

내가 멍한 얼굴로 코트 안주머니에 손을 넣는 순간, 한수영이 물었다.

"어제 못한 질문, 지금 마저 해도 되냐?"

"……해."

"너, 왜 그때 3회차로 돌아가지 않겠다고 한 거야?"

생각지 못한 질문이었다. 한수영이 계속해서 물었다.

"거기선 보나 마나 네가 내 역할을 하고 있을 텐데. 네가 돌아가지 않으면 그 세계는 멸망했을 거야. 그걸 잘 아는 녀석이, 왜—"

"글쎄, 안 그랬을걸?"

"뭐?"

"내가 없어도 3회차는 오랫동안 건재했을 거야."

"어떻게 확신하지?"

의심스러운 눈초리로 쏘아보는 한수영에게, 나는 답했다.

"거기도 네가 있으니까."

내 말에, 한수영의 표정이 굳어졌다. 놀란 녀석의 눈가가 희미하게 떨리고 있었다.

"3회차에 있는 널 믿었거든."

한수영은 잠시 나를 노려보다가 홱 고개를 돌렸다.

"빨리 꺼져. 꼴 보기 싫으니까."

"간다. 잘 살아라."

뒤돌아선 나는 허공을 올려다보았다.

[마왕, '구원의 마왕'이 밤하늘을 올려다봅니다.]

[은밀한 모략가! 언약의 내용을 지키길 바랍니다.]

그러자 발밑에 새카만 포털이 만들어졌다. 뭔가가 나를 끄집어 당기는 듯한 느낌과 함께, 세계의 정경이 무너지기 시작했다.

1,863회차의 세계가 조금씩 흐릿해지고 있었다.

내가 아는 원작과는 달라진 세계.

짧은 시간이었음에도 많은 일이 있었다.

손을 흔드는 이현성과, 복잡한 얼굴로 나를 배웅하는 일행들. 유중혁이 그랬고 내가 그랬듯, 저들 또한 내가 알던 원작과는 다른 세계를 살아가게 될 것이다.

언젠가 그 세계선들이 서로 만날 수 있을지는 모른다. 하지만 다시 만날 수 없더라도, 이 세계가 분명히 존재한다는 것만은 틀림없었다.

마치 멸살법이 내게 그랬던 것처럼.

세계가 어둠으로 화했다. 어지럼증이 일더니 어디선가 이계의 신격의 목소리가 들려왔다.

【시 작 도 끝 도 없 는 부 질 없 는 이 야 기 만 이 남 으 리 라】

바닥이 쑥 꺼지고, 나는 포털 속으로 빨려 들어갔다. 형이상학적으로 일그러진 통로가 몇 번인가 좁아졌다 늘어나기를 반복했다.

나는 눈을 감은 채 가늠할 수 없는 시간의 흐름에 몸을 맡겼다.

3회차에 너무 많은 시간이 흐르지 않았어야 할 텐데.

잠시 후, 뭔가가 나를 게워내는 소리와 함께 나는 바닥에 떨어졌다.

['이계의 언약'이 완료됐습니다!]

[보상을 정산 중입니다.]

정확히 말하면 '바닥'은 아니었다. 주변에는 일전에도 본 스타 스트림의 은하가 드넓게 펼쳐져 있었다. 내 몸은 우주의 공허를 떠다니는 중이었다. 신음을 흘리며 눈을 깜빡이자, 바닥에 끌리는 검은색 케이프 자락이 보였다.

【왔군.】

'은밀한 모략가'였다.

57

Episode

금의환향

Omniscient Reader's Viewpoint

1

[전용 스킬, '제4의 벽'이 강하게 활성화됩니다!]

'은밀한 모략가'가 날 응시하자마자 [제4의 벽]이 움직였다.
새끼를 보호하는 맹수처럼 으르렁거리는 [제4의 벽].

「**조심** 해 **김독** 자.」

처음 이곳에 왔을 때 '은밀한 모략가'는 [제4의 벽]을 두고 '최후의 벽의 파편'이라 불렀다. 원작에는 그에 관한 정보가 나오지 않지만, 짐작 가는 것이 아예 없는 것은 또 아니었다. 멸살법에는 장하영의 [정체불명의 벽]을 포함해 여러 종류의 벽이 존재하니까.

"보상을 받으러 왔습니다. 은밀한 모략가."

내가 입을 열었음에도 '은밀한 모략가'는 답이 없었다.

츠츳, 츠츠츳……!

'은밀한 모략가' 주변에 스파크가 튀고 있었다. 표정을 대신해 얼굴을 차지한 새카만 어둠이, 마치 화가 난 것처럼 내게 묻고 있었다.

【구원의 마왕, 왜 그런 선택을 한 거지?】

"예?"

갑자기 그런 식으로 물어봤자 무슨 뜻인지 알 턱이 없었다.

'은밀한 모략가'가 재차 물었다.

【어째서 3회차로 돌아가지 않으려 했는가? 그 세계선은 네 회차도 아니었을 텐데.】

"그 세계가 저를 구해준 적이 있습니다. 그뿐입니다."

【그대로 두었다면 그는 안식을 찾을 수 있었다.】

"그것은 안식이 아닙니다. 은밀한 모략가, 당신은 왜 저를 그 세계선으로 보낸 겁니까?"

'은밀한 모략가' 주변에서 스파크가 한층 더 심해졌다. 존재가 불안정해지기라도 한 것 같은 모습.

한숨을 쉬며 '은밀한 모략가'가 말했다.

【모든 것은 이미 정해져 있는 이야기였다. 너는 네가 무엇을 바꾼 것인지 모른다.】

눈이 있어야 할 자리에 뚫린 새하얀 구멍이 나를 보았다.

【약속한 보상을 주마.】

나는 고개를 끄덕였다.

이번 서브 시나리오로 약속된 보상은 총 세 가지였다.

1,863회차에서 획득 가능한 아이템, 설화, 그리고 스킬.

【가지고 갈 아이템은 뭐지?】

"이 코트입니다."

나는 살짝 긴장하며, 한수영이 준 하얀 코트를 내밀었다.

빛이 새어나오던 '은밀한 모략가'의 눈이 가늘어졌다. 역시 '이계의 신격'을 속이기는 무리였던 모양이다.

'은밀한 모략가'가 약속한 아이템은 한 가지. 그러나 코트 안주머니에는 하나 이상의 아이템이 들어 있었다.

【……됐다. 어차피 돌아갈 꽃 한 송이가 줄었으니 개연의 총합은 비슷하겠지.】

['무한 차원의 아공간 코트'를 보상 아이템으로 수령합니다.]

다행히 '은밀한 모략가'는 한수영의 코트를 눈감아주었다.

다음은 '설화' 차례였다.

【가지고 갈 설화는 당연히 '그것'이겠지?】

"그렇습니다."

애초에 1,863회차에서 내가 얻은 설화는 유중혁이 건네준 설화뿐이었다.

사실 여기서 이 설화를 획득하면, 내 계획 노선의 일부를 수정해야 할 필요가 있지만…… 상관없다.

중요한 것은, 내가 선택한 이야기의 끝을 보는 거니까.

[보상 설화를 수령했습니다.]

[해당 설화는 본래의 세계선으로 귀환한 뒤 정상 적용 됩니다.]

마지막은 '스킬'이었다.

【스킬은 어떻게 하겠는가? 새로운 스킬은 획득하지 못했을 텐데.】

"맞습니다. 그 대신 이런 형태의 보상 수령도 가능합니까?"

나는 '은밀한 모략가'에게 설명을 시작했다. 잠시 이야기를 듣던 '은밀한 모략가'가 고개를 끄덕였다.

【가능하다.】

[보상 스킬을 수령했습니다.]

[해당 스킬은 본래의 세계선으로 귀환한 뒤 정상 적용 됩니다.]

이걸로 얻어야 할 것들은 모두 얻었다.

예상 밖의 일이 벌어진 것은 점검을 끝낸 내가 '은밀한 모략가'에게 세계선 귀환 요청을 하려던 순간이었다.

강력한 스파크와 함께, 뒤쪽에서 누군가가 이 공간으로 침투하려 하고 있었다. 나는 공간 너머에서 느껴지는 '격'의 종류를 눈치챘다. 아무래도 '은밀한 모략가'가 이번 일을 주도한 사실을 관리국에서 알아챈 듯했다.

즉 지금 이곳에 침입하려 하는 자는 관리국의 대도깨비일 가능성이 컸다.

【그만 가거라, 구원의 마왕.】

'은밀한 모략가'가 가볍게 손끝을 움직이자, 내 발밑에 소용돌이치는 포털이 나타났다. 나는 '은밀한 모략가'를 향해 다급히 물었다.

"잠깐만요! 제가 돌아갈 세계선은 지금 몇 년이 지난 상태입니까?"

'은밀한 모략가'가 나를 돌아보았다.

【어떤 이야기는 빠르게 읽히고, 어떤 이야기는 천천히 읽힌다.】

그 목소리에 깃든 스산함에, 나는 입을 열려고 했다. 하지만 내 하관은 이미 포털을 넘어가는 중이었다.

【구원의 마왕. 그대가 사라진 이야기는 빠르게 읽힐 것 같은가, 아니면 천천히 읽힐 것 같은가?】

어디선가 장난스러운 웃음 같은 것이 들려왔다. 포털이 완전히 발동하며, 이내 시야가 완전히 이지러졌다.

【다시 만날 때는, 네가 그 '벽'의 제대로 된 주인이 되어 있길 바라지.】

⌘ ⌘ ⌘

세계선을 넘는 것이 처음이 아니었기 때문일까. 정신을 마구잡이로 휩쓸어대는 급류 속에서도 나름대로 의식을 유지할 수 있었다.

['제4의 벽'이 강하게 활성화됩니다!]

['부왕의 차원문'이 시공간 좌표를 설정합니다.]

흘러가는 스타 스트림의 정경.

나는 부표처럼 떠오르는 기억들 속에서 필요한 일만을 생각했다.

['부왕의 차원문'이 닫힙니다.]

메시지와 함께 정신을 차렸을 때, 나는 바닥에 누워 있었다.

어슴푸레한 등불이 천장에 매달린 널따란 공간. 어디선가 웅성거리는 소리가 들려오는 것 같았다.

……여긴 어디지?

아직 지구는 아닌 것 같았다. 왜지? 왜 내가 갑자기 여기로 온 거지?

[<스타 스트림>이 세계선에서 당신의 존재를 감지했습니다!]

[<스타 스트림>이 당신의 수식언을 재인식했습니다.]

[<스타 스트림>이 당신에게 별자리의 맥락을 할당합니다.]

[관리국이 당신의 격을 가늠합니다.]

무슨 일이 벌어졌는지 알 것 같았다.

나는 '이계의 언약'을 통해 본래 세계선의 시나리오를 떠나 있던 몸. 본래 시나리오로 다시 진입하기 위해서는 대가가 필요했다.

전신 근육이 경련하는 느낌과 함께, 메시지는 계속해서 떠올랐다.

[관리국이 당신의 심사를 완료했습니다.]

[당신은 본래의 시나리오로 돌아가기에 적합하지 않습니다.]

[관리국이 당신의 수준에 맞는 시나리오를 검토합니다.]

[검토가 완료됐습니다.]

이어서 떠오르는 메시지를 보며 한숨을 내쉬었다. 어쩌면 이렇게 될 거라고 예상은 했다. 더 정확하게는, 예정된 일이었다.

나는 본래 거주하던 세계선을 떠나 다른 세계에 다녀왔다. 그리고 범주는 다르지만, 나처럼 본래 시나리오를 아득히 벗어났다가 되돌아온 존재는 모두 같은 이름으로 불리게 된다.

[새로운 설화를 획득했습니다!]

[새로운 특성을 획득했습니다!]

[당신은 '귀환자'의 자격을 얻었습니다.]

[당신을 위한 새로운 시나리오가 준비 중입니다.]

나는, 귀환자가 된 것이다.

천천히 몸을 일으키자, 주변에서 대화를 나누는 몇몇 남녀가 보였다. 모두 나와 같은 귀환자였다.

"하하, 드디어 지구로 돌아갈 수 있다! 십 년 만이라고!"

"이 몸은 이십 년 만이다."

"자넨 어딜 갔다 왔나? 행색을 보아하니 무림 출신 같은데."

"난 '그라투스' 출신일세. 들어본 적 있는가?"

누군가가 내게 손을 흔든 것은 그때였다.

"오, 형씨가 마지막인가 보군."

흑색 무복을 걸친 사내였다. 복면을 썼지만 드러난 눈매와 인상이 어딘가 익숙했다. 내가 간단히 인사하자 사내가 다시 말을 걸어왔다.

"형씨는 어디 출신이오?"

"지구 출신입니다."

"아니, 그걸 물은 게 아니잖소. 여기 지구 출신 아닌 사람이 어딨다고. 나는 형씨가 차원 이동 했던 행성을 묻는 거요."

서글서글한 말투로 웃는 사내. 순간 이 사내가 누구인지 알 것 같았다.

「꾀주머니처럼 도톰히 솟은 볼. 야간 투시에 적합한 가는 눈과, 까마귀가 쪼아 먹은 것처럼 반쪽만 남은 눈썹.」

속으로 헛웃음이 나왔다. 벌써 이자가 등장할 때가 됐구나.

"다녀온 곳도 지구였습니다. 다른 평행 차원의 지구요."

"흐음, 그렇소? 이것 참 특이한 형씨로군."

사내가 나를 향해 손을 내밀며 말했다.

"자기소개부터 하지. 나는 왕 웨이롱이오. 내가 다녀온 '제2 무림'에서는 '비천호리'라는 별호로 불리지."

비천호리飛天狐狸 왕 웨이룽王衛荣. 그는 훗날 유중혁의 동료가 되는 인물 중 하나였다.

"제 이름은 김독자입니다. 별명은, 음…… '구원의 마왕'이라고 해둘까요."

곁에서 이야기를 엿듣던 몇몇 귀환자가 박장대소를 했다.

"구원의 마왕? 크하하하핫……!"

"거참 거창한 칭호로군. 어디 삼류 판타지 세계라도 다녀온 모양이야."

내 등을 팡팡 때리는 손길들. 대부분 무림 출신이거나 중세풍 이세계 출신의 귀환자였다.

비천호리가 싱긋 웃으며 말했다.

"멋진 별호구려 형씨."

"뭘요."

"그런데 형씨는 벌써 '귀환자 의복'을 받은 모양이군."

"아, 예."

나는 입고 있던 '무한 차원의 아공간 코트'를 내려다보았다. 이 의복이 본래 귀환자 전용 의복이라는 것을 깜빡 잊고 있었다. 언젠가 상대한 '질문의 재앙' 명일상이 떠올랐다. 아마 그 녀석도 나와 비슷한 절차를 거쳐 지구에 소환되었겠지.

마침 허공에서 나타난 도깨비들이 귀환자에게 코트를 지급하기 시작했다. 코트를 받아든 몇몇 귀환자가 자신의 코트와 내 것을 번갈아 보더니 항의했다.

"이봐 도깨비! 내 것보다 저 형씨가 입은 게 더 좋은 것 같은데!"

당연한 일이다. 무려 95번 시나리오에서 온 코트가 보급용 코트보다 못하다면 말이 안 되니까. 실제로 나를 발견한 몇몇 도깨비가 깜짝 놀라 상부에 뭔가 보고하는 것이 보였다.

지금쯤 비형도 내가 돌아온 것을 알았으려나.

빨리 지구의 일행들이 보고 싶었다. 몇 년이나 지난 걸까? 다들 잘 지내고 있어야 할 텐데.

자기 몫의 귀환자 코트를 받은 비천호리가 헤벌쭉 웃으며 말했다.

"크으, 옷발 좋구만. 형씨는 돌아가면 뭐부터 할 거요?"

"일단 누굴 좀 찾아보려고요."

"호, 기다리는 애인이라도 있는 모양이지?"

나는 빙긋 웃었다. 비천호리가 계속해서 말했다.

"난 돌아가면 떵떵거리면서 살 생각이오. 모처럼 무공도 얻었겠다. 이제 갑질하던 녀석들한테 주눅 들 필요도 없으니까. 이제 고생 끝 행복 시작이라 이거지!"

"그렇게 즐거운 일만 있지는 않을 겁니다. 지구도 많이 변했을 테니까요."

"어허, 형씨는 벌써부터 약한 소리를 하는군. 이계에서 그 고생을 했는데, 지구로 돌아가서 못 할 게 뭐가 있겠소?"

[귀환자 여러분, 집중해주시기 바랍니다.]

한바탕 소란이 가라앉자, 귀환자를 담당하던 중급 도깨비가 대표로 입을 열었다.

[곧 지구 귀환이 시작됩니다. 여러분은 '귀환자 전용 메인 시나리오'를 할당받을 것이며, 고향에서 그 시나리오를 수행하게 될 것입니다. 간단한 유희라고 생각하고 즐겨주시면 감사하겠습니다.]

"귀환자 시나리오? 내용을 똑바로 말해!"

[자세한 내용은 시나리오 창을 확인해주십시오. 아, 참고로 이 시나리오는 그룹 시나리오이기 때문에 리더가 존재합니다. 여러분 중에서 가장 격이 높은 존재가 리더로 자동 선출되니, 기억해두시기 바랍니다.]

"그러면 당연히 나겠군."

"저기 저 무림 출신 친구가 꽤 세 보이는데."

다들 누가 이 그룹의 리더일지 궁금해하는 눈치였다.

[지구 귀환이 시작됩니다.]

눈부신 빛살과 함께 열 명에 달하는 귀환자들이 한꺼번에 공간 이동을 시작했다. 잠깐 시야가 일렁이는가 싶더니, 다시 눈을 떴을 때 우리는 드넓은 도시 한가운데에 떨어져 있었다.

등성등성 채워진 보도블록. 재건이 시작된 건축물들이 그리는 스카이라인. 틀림없는 지구의 정경이었다.

"여긴 어디야? 저 문자는……."

"한국이다! 한국이야!"

한반도 출신 귀환자가 날뛰었다. 나는 머릿속으로 '귀환자 시나리오'와 관련된 정보를 떠올리며 외쳤다.

"잠깐만요. 다들 진정하시고 잠시 모입시다."

귀환자들은 이미 통제 불능 상태였다. 성질 급한 몇몇 귀환자가 지나가던 일반인을 붙잡고 물었다.

"이보게, 여긴 어딘가? 그리고 지금은 서기 몇 년이지?"

나는 한숨을 내쉬었다.

['귀환자 트리거'가 발동했습니다!]

"나, 날짜를 물었어! 저놈들 귀환자다!"

"으아아악! 귀환자야! 다들 도망가!"

"빨리 연합에 신고해!"

'귀환자'라는 말에 거리 전체가 들썩였다. 썰물 빠지듯 달아나는 인파들과, 어리둥절한 표정의 귀환자들.

"뭐야. 내가 뭘 잘못했나?"

[새로운 메인 시나리오가 도착했습니다!]

[메인 시나리오 #45 - '금의환향錦衣還鄕'이 시작됩니다!]

건물의 유리 벽에 비친 내 모습이 보였다. 튀어 오르는 스파크와 함께, 내 겉모습이 변하고 있었다. 누가 봐도 끔찍한, 촉수와 오물로 들끓는 괴수의 모습. 실제 내 모습은 그렇지 않았음에도, 겉으로 보기에는 마치 작은 이계의 신격처럼 보였다.

아마 지구의 모든 사람들에게도 그렇게 보일 것이다. 지구의 사람들에게 모든 귀환자는 재앙이니까. 적의에 찬 눈으로 한 발짝씩 다가오는 지구의 화신들.

돌아보니 멍한 얼굴의 비천호리가 떨리는 입술을 열고 있었다.

"혀, 형씨. 이게 대체……."

"즐거운 일만 있진 않을 거라고 했잖습니까."

[163번째 귀환자 그룹의 소환이 완료됐습니다!]

[당신은 '163번째 귀환자 그룹의 왕'입니다.]

2

오랜만의 꿈이었다.

희부연 시야 속에서 매캐하게 퍼지는 연기. 분명 한국이지만 어딘가 낯선 구조물들. 한 번도 본 적 없는 설화병기들. 멸망을 앞둔 세계처럼 새카만 하늘…….

꿈속의 한수영은 중얼거렸다.

뭔데 이거.

하지만 목소리는 나오지 않았다.

까가가강.

눈앞에서 두 명의 사내가 싸우고 있었다. 각자 검은색과 흰색 코트를 입은 사내들. 전에도 본 광경이지만 뭔가 달랐다.

왜냐하면 두 사내는 똑같은 얼굴을 하고 있었기 때문이다.

……유중혁?

푸우욱, 하는 소리와 함께 두 명의 유중혁이 눈앞에서 사라졌다.

뭐지? 대체 무슨 광경이야?

얼마 떨어지지 않은 곳에 김독자의 모습이 보였다. 모든 것을 잃은 사람처럼 무릎을 꿇은 김독자.

한수영이 손을 뻗으며 다가가는 순간, 바로 곁에서 누군가가 그녀를 불렀다.

—거기까지.

돌아보자, 그곳에는 자신과 똑같은 얼굴의 '한수영'이 있었다. 소름이 등줄기를 타고 올라왔다. 물벼락이라도 맞은 듯 차가운 느낌과 함께 한수영은 벌떡 꿈에서 깨어났다.

"……!"

옅은 신음을 흘리며 자리를 박차고 일어났을 때, 한수영은 소파에 있었다.

"또 개꿈 꿨네."

며칠 전부터 반복해서 꾸는 꿈이었다. 유중혁과 유중혁이 싸우고, 또 다른 자신과 김독자가 그것을 지켜보는 꿈. 처음에는 예지몽 같은 게 아닐까 싶었다. 하지만 달리 해석해보려 해도, 좀체 감이 잡히지 않는 꿈이었다.

멀찍이 떨어진 텔레비전에서 뉴스가 흘러나오고 있었다.

—새로운 화신 연합 출범으로 인해 한반도 정세가 지각 변동을 일으키고 있습니다.

멍하니 있던 한수영은, 뉴스를 들으며 입 안에 들어 있던 차가운 얼음을 데굴데굴 굴렸다.

……응? 얼음?

"뭐지 이건? 아줌마가 내 입에 넣었어?"

"내가 그런 짓을 왜 하겠니."

물을 받아놓고 치성을 드리던 이수경이 돌아보지도 않고 대답했다. 한수영은 인상을 찌푸리며 얼음을 오도독 깨물었다. 그럼 유상아인가.

"나 몇 시간이나 잤어?"

"두 시간."

"유상아는?"

"탕비실에 커피 마시러."

"탕비실은 무슨. 여기가 회사인 줄 알아?"

말은 그렇게 했지만, 실제로 그들은 버려진 회사의 한 사무실에서 거주 중이었다. 한수영은 투덜거리며 일어나 탕비실로 향했다.

"야, 뭐 하냐?"

탕비실 테이블에 작은 종이컵이 놓여 있었다. 새하얀 손가락으로 허공을 더듬는 유상아. 홀로그램을 통해 떠오른 정보들이 유상아의 망막으로 고스란히 스며들고 있었다.

깜짝 놀란 한수영이 외쳤다.

"미쳤어? 또 성흔 쓰는 거야?"

"……."

"너 그러다 진짜 젊은 나이에 골로 가는 수가 있어. 그렇게 강력한 성흔을 남발하면 어떻게 되는지 몰라서……."

유상아가 사용하는 성흔은 〈올림포스〉의 [헤르메스 시스템]이었다. 스타 스트림 각지의 정보를 입수해 미래를 예측해내는 〈올림포스〉의 빅 데이터 네트워크.

"어쩔 수 없어요. 최악의 상황은 피해야 하니까."

"미래 정보라면 나도 제법 안다니까?"

"그것만으론 부족해요. 변수가 너무 많으니까요."

성흔 [헤르메스 시스템]은 사용자의 수명을 극단적으로 단축시킨다. 그 사실을 잘 아는데도 유상아를 만류할 수 없었던 것은, 일행들이 45번 시나리오에 도달하기까지 그녀의 공이 지대했기 때문이다. 유상아가 계측한 미래 변수가 없었더라면, 일행들은 35번 시나리오나 40번 시나리오에서 큰 위기를 겪었을 터였다.

한수영은 식어가는 커피를 물끄러미 내려다보았다.

김독자가 사라진 후 벌써 삼 년이 흘렀다. 다시 돌아올 것이라는 희망이 조금씩 희미해지기 시작한 지도 오래였다.

커피 김을 함께 내려다보던 유상아가 입을 열었다.

"오랜만에 여기 앉아 있으니 회사 다니던 시절 생각이 나네요. 그때도 틈틈이 탕비실 와서 이렇게 숨어 있었는데."

"난 회사 안 다녀봐서 몰라."

"당신은 확실히 회사 체질은 아니에요."

유상아가 빙긋 웃자, 한수영이 입술을 비죽였다.

"그러고 보니 너 김독자랑 같은 회사 다녔댔지?"

"네."

"둘이 친했어?"

지나가듯 묻는 그 말에, 유상아가 한수영의 두 눈을 바라보았다. 그러고는 옅은 미소와 함께 답했다.

"그때도 전우였죠."

—재앙 경보! 재앙 경보!

시끄럽게 울려대는 알림에 한수영이 사무실로 달려갔다. 대기 중이던 이수경이 텔레비전을 통해 경보 지역을 확인하고 있었다.

"또야? 이번에는 어디래?"

"부산이라는구나."

"부산? 너무 먼데. 그쪽 애들이 알아서 하겠지."

한수영은 퉁명스레 답하며 뉴스 속보로 떠오르는 화면을 바라보았다. 촉수 괴물들이 화신들과 접전을 벌이고 있었다.

이수경이 한숨을 내쉬며 물었다.

"수영아, 다른 애들이랑은 계속 연락하고 있니?"

"나 싫다는 애들한테 연락을 왜 해? 그보다 아줌마, 그릇에 뭐 떠오르는 것 같은데?"

그 말에 이수경이 자신의 성유물을 내려다보았다.

한수영이 물었다.

"이번엔 무슨 점 본 거야?"

이수경은 대답이 없었다. 이상한 낌새에 한수영이 고개를 들자, 이수경은 넋이 나간 채 돌처럼 굳어 있었다.

그제야 한수영은 뭔가 깨달았다. 김독자가 사라진 지 삼 년. 애초에 이수경이 볼 만한 점이란 하나밖에 없었다.

한참이나 그릇을 들여다보던 한수영이 말했다.

"나 잠깐 부산 다녀올게. 그리고 유중혁 지금 어딨어?"

⁂ ⁂ ⁂

나는 허공에 떠오른 시나리오 창을 확인했다.

〈메인 시나리오 #45 - 금의환향〉

분류: 메인

난이도: ???

클리어 조건: 당신은 오랜 여행을 마치고 마침내 고향으로 돌아

왔습니다. 고향 사람들에게 당신의 존재를 알리고, 주요 거점 지역에 당신이 돌아왔다는 표식을 남기시오. 고향 사람들은 당신을 환영해줄 것입니다.

제한 시간: 없음

보상: 200,000코인, 재앙화災殃化 해제

실패 시: 사망

* 해당 시나리오가 진행되는 동안, 화신들은 귀환자를 마물魔物로 인식합니다.
* 해당 시나리오가 진행되는 동안, 화신들은 귀환자의 언어를 이해할 수 없습니다.

클리어 조건 한번 엿 같다. 사람 약 올리는 것도 아니고.

[당신의 목표 거점은 '서울 여의도'입니다.]

[현재 표식 가능한 거점 지역이 근처에 없습니다.]

나는 작게 심호흡을 했다.

그래, 차라리 다행인지도 모른다. 어차피 45번 시나리오를 수행해야 한다면, 내가 귀환자가 된 게 잘된 일일 수도 있다.

이 시나리오는 앞으로 열릴 '어떤 장소'에 대한 연습이니까.

"망할 자식들아! 왜 우릴 공격하는 거야!"

화신들에게서 공격을 받은 귀환자들이 화를 냈다. 지금까지 살아남은 화신이라고 모두 강자는 아니었다. 여전히 배후성이 없는 화신도 있고, 뒤늦게 시나리오에 합류한 이도 있었다. 그러니 화신의 공격이 전부 귀환자에게 위협적인 수준은 아니었다.

"아 못 참겠다 진짜. 이봐 친구들, 그냥 여기 전부 다 쓸어버리고―"

"안 됩니다."

내 만류에 귀환자들의 표정이 굳어졌다.

"왜? 쟤들이 먼저 공격했다고!"

"그럴 만한 이유가 있습니다."

"이유는 무슨 이유? 쟤들 표정 봐. 당장 우릴 잡아 죽이려는 얼굴들이잖아."

확실히 그렇게 보일 수도 있겠지.

나는 이 상황을 어떻게 설명해야 할지 난처했다.

[도깨비들이 당신의 존재를 못마땅하게 생각합니다.]

본래 45번 시나리오는 귀환자와 기존 화신의 전면전으로 이어지는 전개였다. 내 그룹 번호가 163번이라고 했으니, 앞서 소환된 162개 그룹은 지구 곳곳에서 한창 사고를 치고 다니는 중일 것이다.

제1차 귀환전쟁歸還戰爭.

원작에서, 3회차의 한반도는 이 전쟁으로 폐허가 된다. 어디까지나 원작 그대로 흘러가면 그렇다는 얘기다.

"뭐야, 재앙들끼리 뭔가 얘기하는 것 같은데?"

"지금 빨리 다 죽여버려! 흑염마황黑炎魔皇이 그랬잖아. 방심하고 있을 때 죽여야 편하다고!"

"아냐, 월하현제月下賢帝 말 못 들었어? 혹시나 소통 가능한 재앙이 있을 수 있으니 두고 보고 신중하게……."

……뭔가 익숙한 별명인데.

아무튼 저렇게 태평한 소리를 할 정도면, 아직 한반도의 화신들은 건재하다는 얘기였다.

내 말을 기다리던 귀환자가 내 멱살을 붙든 채 으르렁거렸다.

"방해하면 너부터 죽인다. 비켜."

"싫다면?"

귀환자가 나를 향해 '격'을 일으키는 순간, 나도 귀환자의 손목을 붙잡았다.

[마왕, '구원의 마왕'이 자신의 '격'을 드러냅니다.]

우드득 뼈가 부러지는 소리와 함께, 손목을 붙잡힌 귀환자의 안색이 새파랗게 질리기 시작했다.

"너, 너 뭐야……!"

공포에 질린 귀환자의 다리가 후들거렸다.

[임시 채널이 열렸습니다.]

[한반도의 성좌들이 당신을 주목합니다!]

[성좌, '대머리 의병장'이 채널에 입장했습니다!]

[성좌, '해상전신'이 당신에게서 묘한 기시감을 느낍니다.]

반가운 수식언들이 보였지만, 지금은 인사를 나눌 때가 아니었다.

나는 귀환자들을 향해 말했다.

[닥치고 전부 무기 집어넣어. 그리고 전부 내 옆으로 모여. 늦게 모이는 놈은 모가지를 날려버릴 거니까 빨리 움직여.]

나는 일부러 평소보다 과격하게 말했다.

진언에 격의 차이를 실감한 귀환자들이 헐레벌떡 주변으로 모여들었다. 그런데 혼란에 빠진 것은 귀환자만이 아니었다.

"미친! 저 괴물 뭐야!"

"신고해, 빨리. 연합에 신고해!"

내 격을 느낀 화신들이 혼비백산하며 달아나고 있었다. 차라리 잘됐다 싶었다.

비천호리가 물었다.

"혀, 형씨. 설마 형씨가 우리 그룹의 리더요?"

내가 고개를 끄덕이자 귀환자들이 탄식을 터뜨렸다.

"맙소사, 우리 중에 성좌가 있었다니……."

근처에 모인 귀환자는 나까지 총 열 명. 무림 출신 셋에 양산형 중세풍이 다섯. 그리고 기타 지역이 둘이었다.

나는 그들의 면면을 하나하나 살피며 이야기를 시작했다.

"당신들이 어느 지역에서 왔는지, 무슨 목적으로 돌아왔는지는 궁금하지 않습니다."

초조한 얼굴의 귀환자들이 나를 바라보고 있었다.

"하나 확실한 사실은, 이 시나리오가 실패하면 우리는 모두 사망한다는 겁니다."

뒤늦게 시나리오 창을 연 귀환자 몇몇이 침음했다.

"사랑하는 가족이나 지인도 만날 수 없고, 그리운 고향 땅도 밟을 수 없습니다. 우리는 죽을 때까지 지구인에게 그저 '재앙'으로 기억될 겁니다."

내게 시비를 걸던 귀환자도, 깊은 충격에 빠졌던 귀환자도, 하나둘 제정신을 차리는 듯했다. 몇몇은 깨진 건물의 유리에 비친 자신의 모습을 보고 있었다.

"설마 우리가 공격을 받은 게……."

"외형 때문만은 아닙니다. 우리보다 앞서 소환된 귀환자들이 있었으니까요."

어떤 귀환자는 고향이 그리워 돌아오지만, 어떤 귀환자는 고향을 파멸시키기 위해 돌아온다. 그들은 지구의 안위를 위협했고, 어쩌면 지금도 그런 짓을 일삼고 있을 것이다. 나는 신신당부하듯 말했다.

"싸워서는 안 됩니다. 그럼 파멸뿐이니까."

"이쪽은 싸울 의사가 없다고 전하면 어떨까요?"

"믿어줄지도 의문이지만, 사실상 의사를 전하는 것 자체가 힘듭니다. 시나리오가 끝날 때까지 우리의 언어는 저들에게 제대로 전달되지 않으니까요."

귀환자들 표정이 어두워졌다.

"혹시 다른 작전이라도 있습니까?"

"최대한 전투는 피하고, '목표 거점'에 표식을 남기는 걸 최우선 과제로 삼으세요. 그러면 시나리오는 클리어되고, 재앙에서 벗어날 수 있습니다."

다행히 이 그룹은 말이 통하는 분위기였다. 거기다 비천호리도 있으니, 운이 좋다면 별다른 충돌 없이 시나리오를 완수할 수 있을 것이다.

하지만 시나리오가 늘 그렇듯, 일이 그렇게 쉽게만 풀릴 리는 없었다.

"연합이다! 부산 연합이 왔어!"

사람들의 외침과 함께, 빠져나가는 화신들을 가르며 다가오는 인물들이 있었다. 순간 귓가가 먹먹해지며, 먼 뱃고동 소리 같은 것이 들려왔다. 불어오는 해운대의 바람에 희미한 소금기가 묻어 있었다.

['제4의 벽'이 희미하게 흔들립니다.]

해운대의 모래사장 너머로 나타난 열두 척의 배. 그 배의 선두에서 두 사람이 뛰어내렸다.

"해상제독이 왔어!"

"충왕蟲王이다!"

새삼 많은 시간이 흘렀음을 깨닫는다. 어떤 것은 변했고, 어떤 것은 변하지 않았다.

캡을 깊이 눌러 쓴 소녀는 여전히 특유의 후드 집업을 입고 있지만 이제 교복 치마 차림은 아니었다. 채집망을 든 소년은 여전히 특유의 매서운 눈매를 가지고 있지만, 이목구비가 한결 뚜렷해지고 부쩍 키가 자라 있었다. 적어도 이제 내 허벅지에 들러붙을 키는 아니었다.

"꼬맹이 네가 할래, 아니면 내가 할까."

"동전 던지기로 정하죠."

그리웠다. 무척 보고 싶었다고. 그렇게 말하고 싶었다.

새하얀 백사장 위로 떠오른 동전이 반짝였고, 나는 지금 달아나야 한다는 걸 알면서도 발을 뗄 수 없었다.

[마왕, '구원의 마왕'이 자신의 일행을 바라봅니다.]

어쩌면 희망을 품었는지도 모른다. 저들이라면 나를 알아볼 것이라고. 그렇게 믿고 싶었는지도 모른다.

[시나리오 페널티로 '간접 메시지'가 왜곡됩니다.]

그리고 다음 순간, 허공에 간접 메시지가 떠올랐다.

['못생긴 오징어'가 화신 '이지혜'를 도발합니다.]

이지혜가 나를 보며 말했다.
"저 오징어는 내가 죽인다, 꼬맹이."
이지혜의 손에는 충무공의 검이 쥐어져 있었다. 1,863회차의 이지혜가 가지고 있던 쌍룡검은 아니지만, 꽤 성능이 준수한 무기였다.
아마 어딘가 박물관에 있던 걸 가져온 것 같은데…….
"어디 오징어포를 떠보실까."
나는 당황하는 귀환자들을 뒤쪽으로 물렸다.
"지혜야. 멈춰! 나야!"
필사적으로 외쳤지만 말이 통할 턱이 없었다. 이지혜 쪽에서는 괴성을 지르며 촉수를 덩실거리는 모습으로 보였을 것이다.
"윽, 징그러운 오징어 새끼가. 죽어!"
스산한 칼날을 번뜩이며 달려오는 이지혜.
……이거 왠지 1,863회차랑 비슷해지는데.
스거걱!
이지혜의 칼날이 머리 위를 아슬아슬하게 스쳤다. 잘려나간 머리카락이 비산하자, 이길영이 추임새를 넣었다.

"잘 좀 해봐요, 누나! 작은 촉수 말고 큰 촉수를 베라고요!"
"시끄러워!"

아무래도 내 머리카락이 저쪽에서는 촉수로 보이는 모양이었다. 나인 줄 모르고 저러는 건 알지만, 그래도 서러운 건 어쩔 수 없었다.

나는 긴장하며 물러나는 귀환자들에게 재차 경고했다.

"다들 공격하지 마세요! 제가 알아서 할 테니까!"

다행히 귀환자들이 내 말을 들어준다는 것이 위안이라면 위안이었다.

비천호리가 착잡한 목소리로 말을 보탰다.

"언제든 도와줄 테니 말만 하시오, 형씨."

비천호리는 '제2 무림'에서 꽤 뛰어난 고수로 활동한 귀환자. 정 어쩔 수 없는 상황이 닥친다면 그의 도움을 빌릴 수도 있을 것이다.

나는 어떻게 해야 이지혜에게 내 존재를 알릴 수 있을지 고민했다.

"오징어 베기!"

이 시나리오에서, 내 '음성 언어'는 이지혜에게 전달되지 않는다. 하지만 본래 인간의 의사소통은 음성 언어만으로 이루어지지 않는다.

"뭐야. 이상하게 움직이지 마, 인마!"

나는 [바람의 길]을 발동해, 현란한 스텝으로 바닥에 글씨를 쓰기 시작했다. 이지혜의 검로를 피해나가며 바닥에 죽죽 그어지는 선들. 뒤쪽의 귀환자들도 내 의도를 눈치챘는지 탄성을 터뜨렸다.

사실 이게 먹힐지 안 먹힐지는 잘 모르겠다. 원작에서는 이런 종류의 소통 가능성에 대해 자세히 다루지 않았으니까.

문제는 이지혜가 내 의도를 언제쯤 눈치채는가인데.

"뭐야, 재 바닥에 글씨 쓰는데요?"

다행히 눈치 빠른 이길영이 먼저 내 의도를 파악했다. 그러자 난도질을 반복하던 이지혜가 멈칫하며 바닥을 내려다보았다. 그곳에는 내 현란한 발자국으로 쓰인 글씨가 남겨져 있었다. 악필이기는 하지만, 알아볼 수 없을 정도는 아니었다.

나 김독자야.

내가 쓴 문장은 그것이었다. 그런데.

[시나리오 페널티로 당신이 쓴 문자가 왜곡됩니다.]

……이것까지 페널티가 걸린다고?

이지혜를 대신해 왜곡된 문장을 읽어준 것은 [제4의 벽]이었다.

「**나 는 *멋 쟁이 오징* 어 다.**」

[등장인물 '이지혜'가 '귀살 Lv.10'을 발동합니다!]

이지혜의 눈동자에 붉은 귀화가 일렁이며, 나를 향해 가속을 시작했다.

스걱, 스가각!

아까보다 훨씬 빨라진 검격에 피하기가 조금씩 더 버거워졌다. 항복 표시로 코트를 벗어 흔들어보았지만, 내 모든 노력은 시나리오 페널티에 의해 허사가 될 뿐이었다.

['못생긴 오징어'가 화신 '이지혜'를 도발합니다.]

"죽어!"

슬슬 머리가 아팠다. 이런 식의 환시幻視가 계속되는 상황이라면 내가 무슨 짓을 해도 내 의사는 저쪽에 전달되지 못할 것이다.

역시 그냥 제압하는 것이 최선이겠지.

하지만 왠지 그렇게 하고 싶지 않았다. 어쩌면 1,863회차를 다녀오면서 내 안에서도 뭔가 변한 걸까.

「그때, 멋쟁이 오징어의 머릿속에 뭔가가 떠올랐다.」

아, 잠깐만. 혹시 그거라면?

나는 잠시 고민하다가 일단 저질러보기로 했다. 아무리 시나리오가 내 언어를 왜곡한다 해도, 그것만큼은 왜곡할 수 없을 것이다.

[마왕, '구원의 마왕'이 화신 '이지혜'에게 91코인을 후원합니다.]

무엇으로도 왜곡되지 않는 것.

[시나리오 페널티로 당신의 '간접 메시지'가 왜곡됩니다.]

['못생긴 오징어'가 화신 '이지혜'에게 91코인을 바칩니다.]

그것은 바로 내가 후원하는 코인의 '숫자'다.

갑작스러운 오징어의 후원에 이지혜가 미간을 찌푸렸다.

"……뭐야?"

알아들어라 지혜야, 제발.

['못생긴 오징어'가 화신 '이지혜'에게 91코인을 바칩니다.]

"이런 거 준다고 공격 안 할 줄 알아?"

['못생긴 오징어'가 화신 '이지혜'에게 91코인을 바칩니다.]

"아 짜증 나게 하지 마! 나 코인 100 단위로 안 떨어지는 거

제일 싫은데!"

……그래? 그럼 이건 어떠냐.

['못생긴 오징어'가 화신 '이지혜'에게 9,158코인을 바칩니다.]

처음으로 이지혜가 공격을 멈췄다. 뭔가 알아들어서 그런 것 같지는 않고, 후원 코인의 양이 갑자기 많아졌기 때문인 듯했다.

이길영이 물었다.

"갑자기 왜 멈춰요, 누나?"

"아니, 저게 자꾸 나한테 코인을 주잖아."

"코인을요?"

깜짝 놀란 이길영이 나를 보며 말했다.

"혹시 성좌인가?"

"'못생긴 오징어' 같은 수식언을 가진 성좌가 어딨냐?"

있다. 아니, 있었다. 오징어는 아니지만 하여간 비슷한 수식언을 가진 녀석은 있었다. 지금은 수식언이 바뀌었지만…… 젠장, 내가 왜 이런 설명을.

홀쩍 물러난 이지혜가 나를 미심쩍은 눈으로 노려보며 물었다.

"왜 자꾸 91코인을 주지?"

"91코인?"

"그래. 그러더니 마지막엔 9,158코인을 줬어."

"9,158코인이면 꽤 많은데, 히든 시나리오인가? 아니면 뭔가 의미가 있을지도……."

기회는 지금밖에 없다는 생각이 들었다.

['못생긴 오징어'가 화신 '이길영'에게 7,942코인을 바칩니다.]

내 코인 세례에 이길영이 화들짝 나를 바라보았다.

"7942? 이거 설마……."

아이들의 눈빛이 흔들리고 있었다. 그 맑은 눈망울을 보며 나도 마음이 벅차올랐다.

그래, 그거다 얘들아. 나야. 김독자라고.

[성좌, '해상전신'이 당신의 정체에 의구심을 품습니다.]

[한반도의 성좌들이 당신의 정체를 궁금해합니다.]

뜻밖의 성좌가 채널에 입장한 것은 그때였다.

[성좌, '술과 황홀경의 신'이 채널에 입장했습니다.]

[성좌, '술과 황홀경의 신'이 당신의 정체를 눈치챘습니다!]

술과 황홀경의 신 디오니소스. 그러고 보면, 이 '7942'를 내게 알려준 이는 저 디오니소스였다. 생각보다 일이 잘 풀릴지도 모르겠다는 생각이 들었다. 저 성좌라면, 내가 보낸 메시지를 아이들을 대신해 해독해줄지도 모른다.

[성좌, '술과 황홀경의 신'이 '91'이란 일종의 숫자 유희라고 주장합니다!]

심장이 크게 뛰었다. 디오니소스의 추측은 맞았다. 그냥 읽으면 '구십일'일 뿐인 저 숫자는, 내 딴에는 아이들에게 의사를 전달하기 위한 암호였다.

9(구) 1(One).

구원.

천만다행으로, 디오니소스는 내가 전하고자 하는 내용을 이해한 듯했다. 이제 디오니소스가 내가 '구원의 마왕'이라는 걸 알려주기만 한다면…….

[성좌, '술과 황홀경의 신'이 저 오징어는 지능이 무척 뛰어난 오징어가 틀림없다고 말합니다.]

나는 멍하니 하늘을 보았다. 이길영이 기뻐하며 외쳤다.

"뭐야, 역시 히든 피스였네. 촉수 자를 때마다 코인을 주는 건가?"

[성좌, '술과 황홀경의 신'이 고개를 끄덕입니다.]

이번 시나리오가 끝나면 나는 〈올림포스〉를 쳐부술 것이다.

신이 난 이지혜가 덩달아 외쳤다.

"땡잡았네. 야 길영아, 네가 반 맡아!"

이지혜가 달려든 촉수는 내 팔이었다.

"되게 날쌔네. 누나가 먼저 저기 큰 촉수부터 잘라줘요!"

그건 내 다리였다.

"아 되게 거슬리네. 그냥 중간부터 끊을까."

그것은…… 그것만은 절대 안 된다. 결국 참다못한 내가 '격'을 해방하려는 순간, 창공에서 용의 포효성이 들려왔다.

그오오오오오!

귀환자들조차 순간적으로 움찔할 정도의 박력. 새카만 용의 비늘이 허공을 덮는 것을 보며, 나는 창공을 올려다보았다.

그곳에 그리운 얼굴이 있었다. 이지혜가 그랬고 이길영이 그랬듯 아이는 많이 자라 있었다.

"맨날 늦어 신유승! 자기 발로 다니지도 않는 게!"

도톰한 볼의 젖살만이, 소녀가 내가 기억하는 그 아이라는 것을 증명하고 있었다. 키메라 드래곤을 타고 나타난 신유승이 바닥으로 착지했다.

신유승은 이쪽을 흘끗 보더니 이지혜에게 물었다.

"아직 처리 못 했어요? 금방이라더니."

"하려던 참이었어. 근데 재앙 중에 이상한 게 끼어 있어서."

"이상한 거?"

"저기 저 오징어."

신유승이 나를 보았다.

"재가 자꾸 나한테 코인을 주잖아. 기분 나쁘게."

신유승은 계속해서 나를 보고 있었다.

[마왕, '구원의 마왕'이 자신의 화신을 바라봅니다.]

나는 천천히 다가갔다.

"뭐야 씨발! 갑자기 다가오지 마!"

이지혜의 위협에도 불구하고, 나는 앞으로 나아갔다. 나아가지 않을 수가 없었다.

"비스트 마스터가 왔다!"

"됐어, 이제 해치울 수 있다고!"

신유승의 등장과 함께, 해안가 주변부로 달아났던 화신들이 백사장을 가로질러 달려왔다. 곳곳에서 부딪치는 병장기 소리. 용기 얻은 화신들이 나와 귀환자들을 향해 칼날을 들이밀고 있었다.

사실 이 45번째 메인 시나리오에는, 진짜 히든 피스가 숨겨져 있다. 만약 우리 그룹이 단 한 명의 희생자도 낳지 않고 시나리오를 클리어할 수만 있다면…….

귀환자들과 함께 밀려난 비천호리가 외쳤다.

"형씨! 우리도 오래 버틸 순 없소! 뭘 하려는 건지 모르겠지만 빨리하시오!"

인간은 같은 인간조차 신뢰하지 않는 종족이다. 그런데 그들이 어떻게 '재앙'과 친구가 될 수 있을까.

"죽어, 촉수 괴물 새끼들아!"

자신과 유사한 것은 지배하려 하고, 자신과 다른 것은 배제하려 드는 종족. 사람들의 망막에 내 모습이 비친다. 그들의 눈에 나는 그저 촉수 괴물일 뿐이다. 혹은 촉수 괴물이어야만 하는 것이다.

「'어쩌면 다른 길이 있었을지도 모른다.'」

원작의 유중혁도 몇 번인가 이런 '귀환자 루트'를 밟은 적이 있었다. 하지만 단 한 번도 이 히든 피스를 제대로 완수한 적이 없었다.

정확히는 그렇게 하지 못했다.

「'조금 힘들고 지난했어도, 다른 길을 걸었더라면.'」

'귀환자 루트'를 탔던 모든 유중혁은 후회의 길을 걸었다. 그렇기에 나는 녀석의 실패를 안다. 내가 실패할 수 있는 모든 길은 이미 녀석이 걸었던 길.

그리고 유중혁은, 이제 원작에 존재하지 않는 길을 향해 떠났다. 다시 무수한 실패의 가능성이 열린 세계로.

['제4의 벽'이 희미하게 흔들립니다.]

그러니 나도 질 수 없다.

[성좌, '해상전신'이 당신을 유심히 바라봅니다.]

[성좌, '대머리 의병장'이 당신을 유심히 바라봅니다.]

[성좌, '술과 황홀경의 신'이 당신을 유심히 바라봅니다.]

"뭐야, 갑자기 다들 왜 지랄이야?"

"지혜 누나, 조심해요!"

다가가는 나를 향해 이지혜의 칼날이 날아들었다.

이번에는 피하지 않았다.

코트가 보호하지 못한 살갗에 피가 튀었다. 내가 피하지 않을 줄은 몰랐는지, 깜짝 놀란 이지혜가 눈을 동그랗게 떴다. 그 틈을 비집고 다른 화신들도 내게 달려들었다. 순식간에 내 주변은 찔러오는 병장기로 가득해졌다. 코트 외피에 희미한 상흔이 늘기 시작했다.

나는 어떤 공격은 받아내고, 어떤 공격은 막아내며, 계속 앞으로 걸어갔다.

그 길 끝에 한 소녀가 있었다.

내가 첫 화신으로 삼은 아이. 나처럼 '재앙'이 될 예정이던 신유승이 있었다.

아이가 나를 보고 있었다.

나는 길을 헤치며 아이에게 다가갔다.

한 걸음, 두 걸음.

아이가 두려워하거나 겁먹지 않을 정도의 속도로 계속해서 걸어갔다. 피가 튀고, 살점이 찢어져도 개의치 않았다. 경각심을 주지 않기 위해 격은 방출하지 않았고, 위협을 가하지 않기 위해 무기도 꺼내지 않았다.

코앞에 아이의 얼굴이 보였다.

'멸망'이 찾아오지 않았다면 중학교에 입학해도 될 나이. 아이가 이렇게 자라날 동안, 나는 곁을 너무 오래 비웠다. 가슴 깊은 곳을 찌르는 뾰족한 감각에, 나는 고개를 떨어뜨렸다.

['못생긴 오징어'가 화신 '신유승'을 바라봅니다.]

문득 우스운 기분이 들었다. 어쩌면, 나는 계속 '못생긴 오징어'로 있는 편이 더 좋을지도 모른다.

'은밀한 모략가'의 말들이 머릿속을 스쳤다.

【저들이 원했던 결말이 저곳에서 너와 함께 죽는 것이었다면? 그래도 기어코 저들을 구하겠다는 것인가?】

【그것은 구원이 아니다. 저주다.】

오만했다. 내 그리움은 내 그리움일 뿐. 내 감정을 일행들 또한 공유하고 있을 거라는 보장은 어디에도 없었다.

그들이 기억하는 '김독자'는 그저 이기적인 성좌일 것이다. 멋대로 목표를 강요하고, 삶을 강요하고, 상처를 강요하는. 가장 필요할 때는 곁에 없었던, 그런 동료일 것이다.

「**그런데 왜, 이 아이는 울고 있는 것일까.**」

이지혜와 이길영이 병장기를 내렸고, 화신들도 전부 공격을 멈췄다.

모두가 우리를 바라보는 가운데, 나는 나의 화신을 향해 천천히 무릎을 꿇었다. 혼자서 기특하게 자라난 나의 아이에게 예를 표하듯, 혹은 함께해주지 못한 그 모든 시간에 용서를 구하듯.

"다녀왔다, 유승아."

내 말은 전달되지 않을 것이다.

[당신의 화신이 당신을 바라봅니다.]

천천히 손을 뻗은 나의 화신이, 내 머리 위로 자신의 작은 손을 얹었다.

머리 위에 깃털처럼 내려앉은 손의 감촉. 마음속 깊은 곳에 굳어 있던 뭔가가 뭉그러지는 느낌이 들었다.

어쩌면 나를 알아본 것일지도 모른다.

고개를 들자, 신유승의 한없이 맑은 눈동자가 보였다.

"……아저씨?"

3

잠시 후 나는 키메라 드래곤을 타고 허공을 날고 있었다. 정확히는 나뿐만 아니라 다른 귀환자들도 비슷한 모양새였다. 다리에 넷, 날개에 둘, 꼬리에 셋…… 거기다 나까지. 총 열 명의 귀환자가 서울행 드래곤을 타고 날아가는 중이었다.

나는 멀미 증상을 보이는 귀환자들을 독려하듯 말했다.

"조금만 더 가면 서울입니다. 다들 힘내세요."

"끙, 난 뛰어가는 게 더 빠른데……."

비천호리가 투덜거리며 말했다.

"공중으로 가는 게 더 안전합니다. 혹시 모를 위험이 있을 수 있으니까요."

"뭐, 형씨가 그렇다니까 그런 거겠지. 근데 저 애, 형씨 아이인 거요?"

아무래도 신유승을 보며 묻는 것 같아서, 일단 고개를 끄덕였다.

"네, 뭐…… 비슷합니다."

어쨌든 내 화신이고, 내 아이만큼이나 각별한 것은 사실이니까.

"허, 젊은 나이에 고생이 많았겠구먼. 와이프는?"

와이프라니, 나는 애초에 결혼한 적도 없다.

그런데 내 침묵을 어떻게 알아들었는지 비천호리가 동정 섞인 눈으로 나를 바라보았다. 고개를 돌리자 다른 귀환자들도 비슷한 표정이었다.

"쯧쯧 거참 안됐구만……."

"자, 모두 조금만 힘냅시다. 어차피 이 시나리오가 끝나야 우리도 가족을 만날 수 있으니까."

"형씨! 힘내게!"

역시 귀환자들에게 제일 잘 먹히는 정서는 가족애인 모양. 오해야 어쨌거나 일은 순조롭게 잘 풀리고 있었다. 생각보다는 말이다.

"뭘 그렇게 수군거려? 조용히들 안 해?"

이지혜의 말에, 귀환자들이 일제히 입을 다물었다. 아직도 믿을 수 없다는 듯, 내 쪽을 흘끔거리던 이지혜가 신유승에게 말했다.

"이거 잘못되면 다 너 때문이야. 알지?"

신유승이 고개를 끄덕였다.

참고로 십여 분 전, 신유승은 이지혜와 이길영에게 다음과 같이 선언했다.

"이 오징어, 독자 아저씨인 것 같아요."

내 머리카락을 열심히 잘라내던 이지혜는 입을 딱 벌렸고, 내 다리를 잘라보려고 기를 쓰던 이길영은 뻣뻣이 굳었다. 그리고 말할 필요도 없이, 두 사람의 반응은 똑같았다.

"……이게 독자 아저씨라고?"

"우리 형이 오징어일 리 없잖아, 멍청아!"

신유승이 빽 소리를 질렀다.

"정말이야! 독자 아저씨 맞다니까요!"

그런 말다툼을 벌이며 날아온 지도 벌써 십여 분째.

"재 또 병 도졌네…… 길영아, 이번이 몇 번째지?"

"다섯 번짼가 여섯 번짼가."

휑한 바람이 얼굴을 때리며 지나갔다.

내 곁에 몸을 쪼그리고 앉은 신유승이 속상한 듯 한숨을 쉬었다.

"아저씨……."

[마왕, '구원의 마왕'이 자신의 존재를 증명합니다.]

[시나리오 페널티로 '간접 메시지'가 왜곡됩니다.]

['못생긴 오징어'가 자신의 빨판을 벌름거립니다.]

고개를 끄덕인 신유승이 의기양양하게 외쳤다.

"봐요! 아저씨 맞잖아!"

고마운 일이었다. 정말 고마운 일인데, 왜 이렇게 심경이 복잡한지 모르겠다.

이지혜가 한숨을 푹푹 쉬며 말했다.

"너 저거 독자 아저씨 아니면 어쩔 건데?"

"그건……."

"저 재앙들 줄줄이 다 서울까지 데리고 갔다가 큰일 나면 어쩔 거냐고, 꼬맹아."

"만약 아저씨가 아니라도."

신유승이 입술을 질끈 깨물며 말을 이었다.

"상아 언니가 말했잖아요. 적의를 가지지 않은, 소통 가능한 재앙들이 있을지도 모른다고."

"지금까지 그런 케이스가 없었잖아."

"이번이 처음일 수도 있잖아요."

다행히 유상아는 내가 남긴 말을 일행들에게 잘 전달한 모양이었다.

45번 시나리오에서 재앙으로 변한 귀환자들이 찾아올 것이고, 그중에는 적의를 가지지 않은 존재도 분명 있을 것이라고.

"상아 언니 통역 스킬 레벨 높잖아요. 이번엔 소통할 수 있을지도 몰라요. 만약 일이 잘못되면 제가 테이밍이라도 해보죠, 뭐."

조금씩 희망이 생기는 것 같았다. 어쨌든 모로 가도 서울로만 가면 되는 것이다.

일행들 사이에 잠시 정적이 내려앉았고, 한동안 창공을 가르는 바람 소리만 들려왔다. 나는 신유승에게 말을 걸었다.

"유승아."

[시나리오 페널티로 당신의 언어가 왜곡됩니다.]

['못생긴 오징어'가 주의를 끕니다.]

신유승이 나를 바라보았다.

"네, 아저씨."

"내가 김독자란 거, 애써 일행들한테 설득하지 않아도 돼."

[시나리오 페널티로 당신의 언어가 왜곡됩니다.]

['못생긴 오징어'가 열 개의 다리를 배배 꼽니다.]

"네? 어째서……."

나는 대답하지 않았다. 제대로 대답할 자신이 없었다.

['못생긴 오징어'가 우울한 표정을 짓습니다.]

나는 말없이 이지혜를 바라보았다.

「거짓말, 그럴 리가 없어.」

머릿속으로 고스란히 들려오는 이지혜의 상념들.

나는 일행들을 만난 순간부터 줄곧 [전지적 독자 시점]을 발동한 채였다.

「독자 아저씨는…….」

갈기갈기 찢어진 단어의 파편으로 존재하는 마음. 그들의 시간은 온전한 문장이 되지 못한 채 남아 있었다. 제대로 마주하지 못했기 때문이다. 그리고 그들이 지나온 시간을 제대로 마주할 수 없었던 것은, 내 존재가 그들에게 씻을 수 없는 상처로 남았기 때문이다.

눈앞에서 동료가 죽어간다는 무력감.

누군가가 희생하는 것을 보면서, 아무것도 할 수 없었다는 절망감.

이지혜의 검집에 달린 작은 키링이 흔들렸다. 나는 그 키링이 무엇인지 알고 있었다. 이지혜는 이미 오래전부터 '상처받은 검귀'였다. 그런 감정을 숨기려는 듯, 이지혜가 애써 웃으며 말했다.

"야, 다시 잘 봐봐. 이번엔 진짜 독자 아저씨 맞아?"

"……."

신유승은 대답하지 못했다. 어쩌면 내 감정을 함께 느끼는지도 모른다. 그것이 성좌와 화신의 관계다. 말하지 않아도,

말한 것보다 많은 것들을 이해하는 관계.

이지혜가 짓궂게 웃었다.

"야, 왜 말이 없어? 역시 자신 없는 거지?"

"그게 아니라……."

"신유승 또 저럴 줄 알았다니까!"

이길영이 히죽거리며 끼어들었다.

"누나, 재 전에도 그랬잖아요! 무슨 개구리보고 저건 독자 아저씨가 돌아온 게 틀림없다면서—"

"죽여버린다……."

"기억 안 나냐? 그때 너 때문에 우리 다 독 퍼져서 죽을 뻔 했잖아."

이지혜가 고개를 주억거렸다.

"확실히 그런 일도 있었지."

"재네 집에 컬렉션도 있잖아요. 〈개구리 김독자〉 〈촉수 재앙 김독자〉 〈거의 독자 아저씨였던 코끼리 괴수종〉……."

"죽는다고 했다……."

"근데 〈개구리 김독자〉는 나 주면 안 돼?"

"이게 진짜."

쿠구구구구.

키메라 드래곤이 격렬하게 날갯짓을 하며 갑자기 허공에 정지했다.

이지혜가 비명을 질렀다.

"와악! 뭐야 갑자기?"

일련의 비행정이 앞길을 막고 있었다. 한두 대가 아니었다. 40번대 이후 시나리오에서만 구입할 수 있는 코인 비행정들. 갑판에는 큼지막하게 'GG'라고 쓰여 있었다.

저거, 왠지 뭔지 알 것 같은데.

—부산 연합, 여기까진 뭐 하러 온 거지?

비행정에서 일말의 호의도 느껴지지 않는 고압조의 목소리가 들려왔다. 원작의 기억이 새록새록 떠오른다.

이길영이 투덜거리며 말했다.

"왜 안 나오나 했지."

원작 전개대로라면, 25번 시나리오 이후 한반도는 몇 개의 지역별 연합으로 갈라진다. '부산 연합' '대구 연합' '서울 연합'…….

연합은 대개 강력한 배후성을 둔 화신 중심으로 뭉치는데, 내 기억이 맞는다면 경기 지역에도 그런 녀석이 하나 있었다.

—재앙종은 경기 지역으로 들일 수 없다. 지금 당장 재앙종을 두고 떠나라.

경기Gyeonggi 연합.

말이 경기 연합이지, 사실 구성원은 대부분 경기도 출신이 아니었다.

자기 집단의 이익만을 위해 움직이는 약탈자들. 멸살법 일부 회차에서 경기 연합은 유중혁의 골칫거리 중 하나였다.

왜냐하면 저 연합을 이끄는 수장이 바로 십악 중 하나이기 때문이다.

—오 초 안에 떠나지 않으면 발포하겠다.

곤란하다는 듯, 이지혜가 장도를 쥐며 자리에서 일어났다.

"아, 저렇게 나오면 또 안 싸울 수가 없는데 말이지."

본래 전개대로라면, 지금의 일행들은 무력으로 경기 연합을 상대할 수 없었다.

하지만 3회차는 원작과 많이 달라졌다. 이지혜는 단순히 운이 좋아서 살아남은 것이 아니다.

"난 부산 연합의 리더, 이지혜다."

이지혜가 빼 든 장검에서 새파란 불길이 치솟았다. 그 선명한 마력의 파장을 보며, 나는 진심으로 감탄했다.

지혜야, 정말 노력했구나.

그것은 에테르 블레이드였다. 무림에서도 손에 꼽는 고수만 쓸 수 있는 기술을, 이지혜는 자신의 힘으로 구현하는 경지에 오른 것이다.

—해상제독! 이곳은 바다가 아니다! 적어도 하늘에서 우리 경기 연합은……!

"그건 해봐야 알겠지."

씩 웃은 이지혜가 칼날을 뒤로 젖히며 도약 자세를 취하는 순간.

반대편 비행정들에서 폭음이 터져나왔다. 파공음과 함께 연달아 반쪽으로 잘려나가는 비행정들. 이지혜가 어이없다는 듯 이길영을 돌아보았다.

"저거 혹시 티타노냐? 왜 끼어들고 그래?"

"티타노 죽은 지가 언젠데요."

키메라 드래곤은 아직 움직이지 않았으니 신유승이 한 일도 아니었다.

일 분도 채 지나지 않아 경기 연합 비행정이 모두 폭파당했다. 새카맣게 피어오르는 폭연 속에서, 누군가가 훌쩍 뛰어올라 이쪽을 향해 날아오고 있었다.

이지혜가 경계하며 칼날을 세웠다. 하지만 금방 경계심은 옅어졌다. 아는 얼굴이었기 때문이다.

사색이 된 신유승이 이지혜를 향해 소리쳤다.

"지혜 언니! 희원 언니한테 벌써 말했어요?"

"그게, 아까 문자 돌렸거든. 그런데 이렇게 빨리 올 줄은 몰랐네."

이지혜가 생글생글 웃으며 사과했다.

"오랜만에 다 모이고 좋지 뭐! 저거 독자 아저씨 아니면 오징어 파티나 하면 되니까. 희원 언니이—!"

다가오는 반가운 얼굴을 보며, 난 심장 한편이 아릿해졌다.

—어차피 이럴 거였으면 며칠 동안 준비했던 건 다 뭐예요! 나한테 준 스킬들은 대체 뭐냐고요!

—그건 28번 시나리오의 '사스콰치'를 상대하라고 알려드린 겁니다.

정희원을 보는 순간, 나는 알 수 있었다.

그녀는 내가 말한 모든 것들을 지켰다.

그리고 내가 생각한 것 이상으로 강해졌다.

—개소리하지 마! 못 보내! 또 혼자 가지 마! 제발!

자욱한 연기와 함께, 특공복을 입은 정희원이 키메라 드래곤 등에 착지했다. 거무튀튀한 빛을 내는 '심판자의 검'이 사납게 울고 있었다. 서슬 퍼런 눈으로 오징어들을 돌아본 정희원이 물었다.

"누가 김독자라고?"

움찔 놀란 귀환자들이 일제히 숨을 죽였다. 뭔가 심상치 않다는 걸 눈치챈 신유승이 재빨리 앞으로 나서서 말했다.

"아, 아직 누가 아저씨인지는 몰라요. 아까 언뜻 아저씨 같은 느낌을 받은 것뿐…….”

정희원이 희미하게 웃었다.

“그렇구나. 그래서 상아 씨한테 가는 거야?”

“네, 상아 언니한테 가서 의견을 좀 구하면…….”

“그럴 필요 없어. 내가 김독자인지 아닌지 알 수 있으니까.”

“네?”

[등장인물 '정희원'이 '심판의 시간'의 발동을 준비합니다.]

“회를 떠보면 알겠지. 저 오징어가 진짜 독자 씨라면 살아날 것이고.”

광기에 가까운 마력이 정희원의 칼날에 맺히고 있었다.

“아니면 내 손에 뒈질 거니까.”

무섭게 피어오르는 귀화鬼火. 그제야 뭔가 잘못되었다는 것을 깨달은 신유승이 외쳤다.

“아저씨! 도망가요!”

키메라 드래곤이 울부짖는 순간, 나는 귀환자들과 함께 드래곤의 등에서 뛰어내렸다. 창공에서 마력이 충돌하는 굉음이 터졌고, 나는 [바람의 길]을 발동해 떨어지는 귀환자를 하나씩 끌어당겼다.

어차피 서울은 코앞이었다. 어떻게든 여의도에만 도착하면, 싸우지 않고도 내가 나임을 증명할 수 있다.

나를 비롯한 열 명의 귀환자는 손을 마주 잡은 채 허공에서 하나의 진형을 만들었다. 모두 사전에 약속된 것이었다.

"비천호리!"

"맡겨두게!"

무림에서 가장 빠른 발을 가진 비천호리가, 허공에서 답보를 거듭하며 쾌속의 길을 만들어내기 시작했다. 그의 진신절기 중 하나인 [답설무흔踏雪無痕]이 발동하며 내가 만든 [바람의 길]에 탄력을 불어 넣었다. 우리는 바람개비처럼 회전하며 가속에 가속을 거듭했다.

순식간에 경기권의 창공을 뚫고 서울에 진입하자, 시스템 메시지가 들려왔다.

['목표 거점'에 거의 근접했습니다.]

멀리 보이는 여의도의 정경. 그곳에 우리가 표식을 남겨야 할 거대한 비석이 있었다.

그런데 바로 그 순간, 시공간이 삐거덕거리는 느낌이 들었다. 지금 저곳으로 가면 안 된다는 강렬한 예감이 머릿속에 경종을 울렸다. 황급히 방향을 틀어 진로를 바꾼 것은, 거의 본능적인 선택이었다.

콰콰콰콰콰!

간발의 차이로 무지막지한 파괴력을 가진 검강이 창공을 휩쓸고 지나갔다. 검강은 하늘의 천장을 부술 것처럼 솟아올라, 이내 천공에 균열을 내고 사라졌다. 맞았다면 뼈도 추리지 못했을 무시무시한 일격이었다.

내가 알기로, 지금 이 기술을 쓸 수 있는 화신은 한반도에 하나뿐이었다.

고개를 숙이자 나를 올려다보는 서늘한 시선과 눈이 마주쳤다. 멈췄던 초침이 흘러가듯, 아주 천천히 시간이 흐르는 소리가 들려왔다.

바닥에 꽂아 넣은 흑천마도.

내가 아는 어떤 존재보다 강력하고, 굳건한 의지를 가진 화신이 그곳에서 나를 기다리고 있었다.

"유중혁."

그곳에 이 세계의 패왕霸王이 있었다.

4

대체 어떻게 유중혁이 여기 있는 것일까.

나는 혼란을 느끼면서도 귀환자들을 인도해 무사히 착지했다. 비석 앞에서 강대한 격을 흩뿌리는 유중혁을 보더니 긴장한 귀환자들이 뒷걸음질을 쳤다. 비천호리가 물었다.

"형씨, 저자는……?"

"물러서세요, 제가 말해보겠습니다."

나는 비천호리에게 눈짓하고는 유중혁을 향해 조금씩 접근했다.

어쨌든 우리 목적은 '목표 거점'에 표식을 남기는 것. 그것만 완수하면 시나리오는 완수된다.

10여 미터 앞까지 다가간 순간, 유중혁 몸에서 흘러나오는 기세가 바뀌었다. 나는 침을 삼키며 말했다.

"유중혁."

당연하게도 내 목소리는 제대로 전달되지 않을 것이다.

"비켜줘. 부탁한다."

유중혁은 움직이지 않았다.

1,863회차에 다녀온 내가 강해진 만큼, 이곳의 유중혁도 강해졌을 것이다. 얼핏 느껴지는 기세만으로도 승부를 장담할 수 없었다. 그렇다면 방법은 하나뿐이었다.

[전용 스킬, '전지적 독자 시점'을 발동합니다!]

이렇게 된 이상, 내 화신체를 기절시킨 뒤 유중혁에게 이입해서…….

[전용 스킬, '전지적 독자 시점'의 발동이 취소됩니다.]

[해당 인물에 대한 복합적인 이해도가 부족합니다.]

[현재 해당 인물의 상태를 이해하기 위한 독해력이 부족합니다.]

……뭐? 나는 깜짝 놀라 한 걸음 물러섰다. 이런 경우는 또 처음이었다.

이곳은 틀림없는 3회차다. 내가 잘 모르는 1,863회차가 아니란 말이다. 대체 지난 삼 년 동안 무슨 일이 있었던 거지?

"형씨! 피하시게!"

때마침 비천호리가 밀치지 않았더라면 유중혁의 칼날에 두

쪽이 날 뻔했다. 비천호리가 외쳤다.

"같이 해치우세. 위험한 놈인 것 같은데!"

"안 됩니다."

"왜? 혹시 저놈도 아는 놈인가?"

나는 비천호리를 보며 말했다.

"제 동료입니다."

그 말이 내 입에서 나왔다는 것이 우스웠다. 언젠가의 유중혁의 기분을 이해할 것도 같았다.

나와 유중혁은 잘 맞지 않는다. 성격도 다르고, 시나리오를 진행하는 방식도 다르며, 누군가와 소통하는 방식도 다르다. 그럼에도 우리는 몇 번이고 서로의 목숨을 구해주었고, 그렇게 여기까지 왔다.

"그러니까 죽일 수는 없습니다."

나는 코트 속에 손을 집어넣었다. 유중혁에게 유중혁의 신념이 있듯, 내게도 나만의 신념이 있다.

['신념의 칼날'이 활성화됩니다!]

내가 쓰던 '부러지지 않는 신념'이 아니었다.

내 검보다 훨씬 거무튀튀한 광택이 도는 칼날. 이 검은 1,863회차의 한수영이 쓰던 것이었다. 솟아오른 '신념의 칼날'의 에테르가 깊은 검은빛을 띠었다.

[해당 아이템의 등급이 시나리오의 형평성에 맞지 않습니다.]

[해당 아이템의 능력치가 일부 조정됩니다.]

한수영의 방식으로 정제된, 95번 시나리오의 '부러지지 않는 신념'.

유중혁의 동공이 희미하게 흔들렸다. 지금 내 모습이 어떻게 보이는지 알 수 없었다. 어쩌면 거대한 촉수에 에테르를 휘감은 것처럼 보일지도 모른다.

"그만둬, 유중혁. 난 싸울 생각 없어."

어떻게 하면 유중혁과 싸우지 않을 수 있을까.

어떻게 해야 내가 김독자라는 걸 알릴 수 있을까.

다가오는 유중혁의 칼날을 아슬아슬하게 피해낸 순간, 번뜩 생각난 것이 있었다.

잠깐만, 혹시?

확신할 수는 없었다. 또 '시나리오 페널티' 때문에 효과가 왜곡될 수도 있다. 하지만 그래도 안 해보는 것보다는 나았다.

[아이템, '한낮의 밀회'를 발동했습니다!]

[현재 대상과의 연결 상태가 양호합니다.]

[시나리오 페널티로 인해 아이템 사용주가 '못생긴 오징어'로 변경됩니다.]

나는 곧바로 유중혁에게 메시지를 타전했다.

—유중혁! 나 김독자야! 베면 안 돼!

한낮의 밀회. 언젠가 유중혁이 빈사 상태가 되었을 때 소통용으로 남겨둔 아이템이었다. 그런데 놀랍게도 그 기능이 아직까지 유효했다.

[시나리오 페널티로 인해 발송한 메시지가 왜곡됩니다.]

—덤벼라 개복치.

이런 빌어먹을. 이것까지 왜곡이냐?

나는 살짝 경계하며 유중혁의 눈치를 살폈다. 내용이 이상하게 전해졌지만, 유중혁이 메시지를 받았다는 사실 자체가 중요했다.

한낮의 밀회는 정해진 사람끼리만 사용할 수 있는 아이템.

사용주 이름이 바뀌었다 해도, 눈치 빠른 유중혁이라면 메시지를 받은 것만으로 내 정체를 짐작해낼 것이다.

—유중혁! 멈추라니까! 나 김독자라고!

[시나리오 페널티로 인해 발송한 메시지가 왜곡됩니다.]

—바다의 왕을 가리자.

유중혁은 잠시 나를 바라보더니 천천히 검을 내렸다. 나는 숨을 들이켰다. 드디어 나라는 걸 눈치챘을까?

쿠오오오오오.

검을 내린 유중혁의 전신에서 어마어마한 기류가 흘러나왔다. 푸른빛으로 뒤덮였던 전신이 황금빛 격랑에 휘감기기 시작했다.

유중혁이 초월격을 해방하고 있었다.

나는 당황하며 물었다.

"……유중혁?"

머릿속이 띵했다. 유중혁이라면 분명 메시지를 받은 것만으로 내 존재를 눈치챘으리라.

그런데 왜?

검과 검이 마주치는 순간 몸이 뒤로 튕겨나갔다. 손목이 없어진 듯한 충격 속에서 한 줄기 의문이 솟았다.

「어째서 '한낮의 밀회'가 발동한 거지?」

'한낮의 밀회'는 기간제 아이템이다. 일정 시일이 경과하면 추가 코인을 지불해야 사용 기간을 연장할 수 있다. 그런데 '한낮의 밀회'는 어떤 지연도 없이 발동했다.

즉 누군가가 그 기간을 계속 연장하고 있었다는 뜻이다.

[등장인물 '유중혁'이 거대 설화, '마계의 봄'을 이야기합니다.]

유중혁의 전신에서 마침내 거대 설화가 개방되었다. 순간, 나는 깨달았다. 지금 유중혁은 진심이었다.

"빌어먹을……!"

나는 물러서지 않고 녀석을 마주했다.

[거대 설화, '마계의 봄'을 이야기합니다.]

같은 거대 설화라면 나도 지지 않는다. 애초에 이 설화의 최고 담화자는 나라고.

나는 달려드는 유중혁을 향해 마왕의 격을 일으켰다.

[마왕, '구원의 마왕'이 마왕의 격을 개방합니다!]

서울 중심부에 위치한 거대한 성채가 보였다. 한때 73번째 마계에 있었던 나의 공단. '은밀한 모략가'의 도움으로 서울로 전송된 내 성채였다. 공단이 이곳에 있는 한, 나는 절대로 지지 않는다.

[서울 지역의 마기가 당신의 격을 칭송합니다!]

쩌저저저적.

등줄기를 찢고 나온 검은 날개. 어둠 속성이 개방된 '부러지지 않는 신념'이 에테르 블레이드를 토했다. 초월좌의 검강과 신념의 칼날이 충돌하며 굉음을 일으켰다.

까가가가각!

첫 충돌은 강렬했다. 나와 유중혁은 한 걸음씩 밀려났고, 그와 거의 동시에 서로를 향해 재차 검을 휘둘렀다. 검과 검의 충돌이라고는 믿을 수 없는 폭발이 연쇄적으로 일어났다. 우리는 검을 부딪치고 또 부딪쳤다. 그것만이 서로 나눌 수 있는 대화의 전부라는 듯이, 필사적으로 싸웠다.

믿을 수 없었다.

유중혁이 강한 것도 알고 있었고. 그동안 더 강해졌을 거라고 예상도 했다. 하지만 이렇게까지 강해졌을 줄은 몰랐다.

[바람의 길]을 발동하고 [전인화]까지 사용했음에도 승세를 잡을 수가 없었다. 조금의 표정 변화도 없는 유중혁은 굳건한 벽처럼 그곳에 서 있었다. 피식 웃음이 나왔다.

모든 것이 오해라고 생각했다. 유중혁이 나를 알아보지 못하기 때문에 공격하는 거라고 생각했다.

그런데 아니었다.

싸우는 내내 유중혁은 한마디도 하지 않았다. 녀석은 타고난 검사이고, 무수한 세월 동안 검으로 자신의 이야기를 써왔다. 그렇기에 나는 알 수 있었다.

[등장인물 '유중혁'에 대한 이해도가 상승합니다!]

유중혁은 나를 알아보았고, 내가 이곳으로 올 줄 알고 있었다. 대체 어떻게 그것이 가능했는지는 모르겠다. 하지만 분명했다. 녀석은 이곳에서 나를 기다리고 있었다.

전투가 일시적으로 중단된 것은 도중에 뛰어든 한 아이 때문이었다.

"그만둬요! 중혁 아저씨! 제발 그만두세요!"

신유승이었다. 내 앞을 막고 선 작은 아이가, 울며 외치고 있었다.

"이 오징어 독자 아저씨예요!"

그 말에 장내가 침묵에 잠겼다. 주변을 돌아보자 어느새 일행들이 모여 있었다. 굳은 표정의 정희원과, 걱정스러운 표정의 이지혜와, 흥분한 표정의 이길영. 마계의 성채 위쪽에서 이쪽을 내다보는 시선도 느껴졌다.

한때는, 내가 오랫동안 원망했던 사람.

고개를 돌리자 마계의 거주민도 보였다. 73번째 마계에서 마주친 이들이었다. 아일렌도 있었고, 마르크도 있었다. 멀리서 달려왔는지 숨을 헐떡거리는 한수영이 근처 고층 빌딩에서 이쪽을 내려다보고 있었다.

내가 살아낸 역사들이 하나둘 이곳에 모이고 있었다.

그러나 그중 누구도, 싸움에 간섭하는 이는 없었다.

멈췄던 유중혁이 다시 칼날을 세운 채 다가왔다. 신유승의 말을 듣지 못했다는 듯이 조금도 누그러지지 않은 기도였다.

신유승이 재차 외쳤다.

"으…… 사, 사실은 거짓말이에요! 저거 독자 아저씨 아니에요! 그냥, 그냥 제가 테이밍한 재앙이에요! 제가 길들인 괴수라고요! 제가 잘 타이를 테니까 용서해주세요!"

"유승아."

나는 신유승의 어깨에 손을 뻗었다. 그러자 정희원이 신유승을 안고 물러났다. 한없이 굳건한 정희원의 눈빛이 흔들리고 있었다.

그 순간 나는 뭔가 깨달았다. 그래, 그런 거였구나.

고개를 숙이자 정희원이 내 눈을 피했다.

[등장인물 '정희원'에 대한 이해도가 급격하게 상승합니다!]

돌아보자 유중혁이 다가오고 있었다.

유중혁의 진신절기, [파천검도]. 마지막을 준비하는 검격이 유중혁의 칼끝에서 휘몰아쳤다.

나는 고개를 끄덕였다. 유중혁은 아마도 내게 증명하고 싶은 게 있는 것이다.

"덤벼라 유중혁."

검을 고쳐 쥔 순간, 유중혁과 나의 격이 정면으로 부딪쳤다. 눈이 멀 듯한 섬광이 코앞에서 폭발했다.

[성좌, '심연의 흑염룡'이 채널에 입장합니다!]

[성좌, '긴고아의 죄수'가 채널에 입장합니다!]

[다수의 성좌가 채널에 입장합니다!]

우리의 충돌을 느낀 성좌들이 대거 채널에 입장했고.

[성좌, '흥무대왕'이 당신의 격에 깜짝 놀랍니다!]

[성좌, '외눈 미륵'이 화신 유중혁의 격에 감탄합니다.]

어떤 성좌는 나와 유중혁을 보며 경악했다.

[성좌, '가장 어두운 봄의 여왕'이 뭔가를 깨닫고 탄식합니다.]

그리고 전혀 다른 의미로 놀란 이도 있었다.

재차 폭음이 터졌을 때, 나는 격통을 느끼며 바닥을 나뒹굴었다. 천천히 눈을 끔뻑이자, 자욱한 먼지 사이로 창명한 하늘이 나를 내려다보고 있었다. 헛웃음이 나왔다.

"……더럽게 세네."

가능한 모든 수단을 동원한 것은 아니지만, 그렇다고 봐준 것도 아니었다. 순수한 힘과 힘의 대결이었고, 나는 유중혁에게 밀렸다. 자박거리는 발소리와 함께 유중혁이 다가왔다.

녀석의 흑천마도가 내 얼굴 바로 옆 바닥에 꽂혔다. 특유의 이글거리는 눈빛으로, 유중혁이 나를 내려다보았다. 나는 그런 녀석을 보며 말했다.

"좀 봐줘라, 인마."

유중혁은 아무 말도 하지 않았다. 다만 알 수 있었다. 아마도 이것이, 유중혁이 증명하고 싶었던 것일 터다.

이것이 녀석의 지난 삼 년이자, 진짜 하고 싶은 말이었다.

나는 빙긋 웃었다.

"난 안 봐줄 거지만."

유중혁 뒤쪽에서 높이 솟은 비석이 반짝이고 있었다. 목표 거점.

비석 위에서 한 사내가 말했다.

"어이 형씨! 여기다 쓰면 되는 거지?"

깜짝 놀란 유중혁이 돌아선 순간, 비천호리가 발을 움직였다. 빠른 발길질에, 비석 위로 멋들어진 표식이 새겨지고 있었다. 내가 미리 부탁한 문구였다.

[163번째 귀환자 그룹이 시나리오를 클리어했습니다!]

내 몸이 새카만 연기에 휩싸였다. 나뿐만 아니라, 주변 귀환자도 비슷한 모양새였다. 연기 속에서 귀환자들 외양이 변하고 있었다.

[당신은 더 이상 '재앙'이 아닙니다.]

일행들 동공에, 바닥에 너부러진 내 모습이 비치고 있었다. 신유승이 울음을 터뜨리며 달려왔다. 나는 아이를 품에 안은 채 토닥였다.

"아저씨."

"……그래."

"삼 년이었어요. 삼 년이었다고요."

뒤늦게 달려온 이길영도 내 허리를 끌어안고 울었다.

"역시 형일 줄 알았어요! 난 독자 형인 거 처음부터 알고 있었다고!"

[메인 시나리오 #45 - '금의환향'의 클리어 조건이 충족됐습니다!]

[시나리오 보상이 준비 중입니다.]

[46번 메인 시나리오의 진행 조건이 충족됐습니다!]

나는 아이들을 끌어안은 채 천천히 자리에서 일어났다. 먼지가 사라지자 하늘에 비석 꼭대기가 선명하게 드러났다.

나는 비석을 가리키며 말했다.

"돌아온 기념 선물입니다."

[당신이 소속된 '성운'의 이름이 정식으로 공표됩니다.]

[당신이 소속된 '성운'의 터가 마련됐습니다.]

비석의 꼭대기에 새겨진 표식은, 다음과 같았다.

—김독자 컴퍼니

'임시'를 떼어버린, 내가 멋대로 지은 성운의 이름.

이쪽으로 다가오던 일행들이 어이없다는 듯 나를 보고 있었다. 눈이 퉁퉁 부은 이지혜와, 절레절레 고개를 저으며 한숨을 내쉬는 한수영. 나는 그들을 보며 물었다.

"다들 가입해줄 거죠?"

다가오는 일행들의 얼굴. 한 사람, 한 사람. 모두 보고 싶던 사람들이다. 달려오는 일행들을 향해 두 팔을 벌리는 순간, 아찔한 통증이 뒤통수에 작렬했다.

조금씩 희미해지는 사위 속에, 냉정한 정희원의 얼굴이 한가득 들어왔다.

"이 인간, 가둬버려."

58

Episode

별자리의 맥락

1

지난 삼 년 동안 정희원에게는 많은 변화가 있었다.

―충청 연합의 리더, 정희원!

―패왕의 시대는 갔다! 화신 최강은 멸악滅惡!

팬클럽이 생겼고, 각종 미디어에서는 그녀의 삶을 기사화하거나 이야기로 가공해 상품으로 만들어내려는 이들도 나타났다. 검을 쓰는 화신이라면 누구나 그녀를 동경했다. 그녀를 성운에 섭외하려는 성좌도 있었다.

물론 무의미한 노력이었다. 정희원은 스타 스트림에서도 굉장히 유명한 성좌의 화신이니까.

문제는 그 유명한 배후성이, 무려 삼 년이나 정희원의 앞에 나타나지 않았다는 것이었다.

"난 내 배후성이 죽은 줄 알았어요."

그녀의 배후성은 삼 년 전 사건 이후 홀연히 종적을 감추었다. 그래서 정희원은 다른 화신보다 노력할 수밖에 없었다. 파천검성과 키리오스 같은 초월좌에게 매일같이 시달리며, 피나는 훈련을 받았다.

일행들에게 뒤처지지 않기 위해서, 더 이상은 누군가를 희생시키지 않기 위해서.

"차라리 진짜로 그랬다면 조금은 덜 억울했을 텐데."

정희원은 정말로 강해졌다.

그리고 강해진 그녀 앞에, 사라졌던 배후성이 나타났다.

[성좌, '악마 같은 불의 심판자'가 침묵합니다.]

정희원은 한숨을 내쉬었다.

"게다가 지금 나한테 뭐라고요?"

[성좌, '악마 같은 불의 심판자'가 헤헤 웃습니다.]

정희원은 웃지 않았다.

다만 조용히 검의 그립에 손을 가져다댈 뿐.

[화신 '정희원'이 자신의 배후성에게 '심판의 시간'의 발동을 준비합

니다!]

[성좌, '악마 같은 불의 심판자'가 깜짝 놀랍니다!]

[성좌, '악마 같은 불의 심판자'가 '심판의 시간'은 악인을 상대로만 발동이 가능하다고 말합니다.]

정희원이 대답했다.

"알아요."

허공에서 간접 메시지가 쏟아졌다.

[절대선 계통의 일부 성좌가 정희원의 요청에 동의했습니다!]

[성좌, '젊은이와 여행의 수호자'가 해당 요청에 동의합니다.]

[성좌, '정의와 화목의 친구'가 해당 요청에 동의합니다.]

[성좌, '방주의 주인'이 해당 요청에 동의합니다.]

츠츠츠츠츳!

[절대선 계통의 성좌 일부가 요청에 반대했습니다!]

[반대 1표로 스킬 발동이 취소됩니다!]

정희원이 실눈을 뜬 채 허공을 노려보았다.

[성좌, '악마 같은 불의 심판자'가 화신의 눈을 피합니다.]

정희원은 검에서 손을 떼며 다시 한번 한숨을 내쉬었다. 머릿속으로 배후성이 느끼는 감정들이 고스란히 전해져 왔다.

슬픔과 기쁨. 미안함과 죄책감.

사실 정희원도 알고 있었다. 왜 우리엘이 지난 삼 년 동안 근신할 수밖에 없었는지. '마왕 선발전'에서 그런 일이 있었는데, 〈에덴〉의 처분이 겨우 근신으로 그친 게 오히려 신기했다.

[성좌, '악마 같은 불의 심판자'가 미안하다고 말합니다.]

하지만 섭섭한 건 섭섭한 것이다. 더군다나 삼 년 만에 나타난 배후성이 하는 말이라는 게…….

"독자 씨 보고 싶으면 직접 가서 보면 되잖아요? 성채 꼭대기에 있는 거 뻔히 아시면서."

[성좌, '악마 같은 불의 심판자'가 아직 보호 관찰 기간이 끝나지 않아서 상징체 소환이 불가능하다고 말합니다.]

고민하던 정희원은 한참을 망설이다 입을 열었다.

"알았어요. 그 대신 이상한 짓은 하지 마세요."

[성좌, '악마 같은 불의 심판자'가 크게 기뻐합니다!]

[성좌, '악마 같은 불의 심판자'가 정말 김독자가 감금되어 있냐고 묻습니다.]

"……왜 좋아해요?"

[성좌, '악마 같은 불의 심판자'가 근데 진짜 김독자가 오징어가 되었냐고 묻습니다.]
[성좌, '악마 같은 불의 심판자'가…….]

"지금 가고 있으니 직접 보세요, 그냥."
얼마 지나지 않아, 정희원은 김독자가 갇힌 성채의 꼭대기에 도달했다.

[이곳은 천제결계天帝結界가 설치된 공간입니다.]
[화신 '정희원'은 출입 허가 대상자입니다.]

문이 열리자, 호화로운 방의 내부가 눈에 들어왔다. 말이 감금이지, 웬만한 5성 호텔의 스위트룸 빰치는 방이었다. 테이블 위에는 배고프면 언제든 집어 먹을 수 있는 호화로운 핑거푸드가 세팅되어 있고, 킹사이즈 침대에는 숙면에 도움을 주는 스킬이 항시 발동 중이었다. 작은 협탁 위에는 멸망 이전의 세계에서 출간되었다는 판타지 소설이 몇 권 쌓여 있었다. 그러고 보니 김독자가 판타지 소설을 좋아한다고 했던가. 정희원은 그중 한 권을 시험 삼아 집어보았다.
《멸망 이후의 세계》…….

[성좌, '악마 같은 불의 심판자'가 비명을 지릅니다!]

고개를 돌리자, 푹신한 흔들의자에 앉아 있는 김독자가 보였다. 걷힌 소매 아래로 드러난 팔뚝에는 설화 팩 공급을 위한 카테터가 꽂혀 있었다.

[성좌, '악마 같은 불의 심판자'가 '구원의 마왕'을 바라봅니다.]

팩에는 이설화가 만든 수면제가 잔뜩 들어 있었다.
가까이 가자, 의자 위에 너부러진 김독자의 얼굴이 보였다. 물끄러미 내려다보는 시선 속에, 김독자가 부스스 눈을 떴다.
"……희원 씨?"
정희원은 저도 모르게 입술을 깨물었다. 고된 시간에 지친, 김독자의 무방비한 얼굴. 쿡, 하고 마음 한구석이 쑤셔왔다.
"여긴 대체……."
김독자를 다시 만나면 하고 싶은 말이 잔뜩 있었다. 화를 내고 싶었고, 원망을 토하고 싶었고, 대체 왜 그런 짓을 했던 거냐고 따지고 싶었다. 하지만 왜인지, 이렇게 김독자의 얼굴을 보는 순간 그 많은 감정은 눈 녹듯 사라지고 말았다. 이것이 자신의 감정인지, 아니면 배후성의 감정인지 좀처럼 알 수 없었다.

정희원은 카테터를 통해 흘러 들어가는 수면제의 양을 조절했다.

"독자 씨를 보고 싶어하는 사람…… 아니, 천사가 있어요."

정희원의 손에서 새하얀 빛이 흘러나왔다. 태초의 빛을 연상시키는, 대천사의 포근한 빛.

정희원은 김독자의 몸을 안아 들어 침대에 눕혀주었다. 얼마 지나지 않아, 새근거리는 숨소리를 내며 김독자가 잠들었다. 새하얀 광휘에 덮인 정희원의 손이 몇 번인가 김독자의 머리를 넘겨주었다.

[성좌, '악마 같은 불의 심판자'가 '구원의 마왕'을 바라봅니다.]

말로 전할 수 없기에 더 가치 있는 감정이 있다. 그동안 정희원은 우리엘의 '전우애'를 좀처럼 이해할 수 없었지만, 어쩐지 지금만큼은 그 마음을 조금 알 것도 같았다.

⌘ ⌘ ⌘

긴 꿈을 꾸었다. 조금 이상한 꿈이었다.

—바이탈 체크 양호.

—설화 팩 안정적으로 투여 중입니다.

환청처럼 이설화와 아일렌의 목소리가 들려왔고.

—형…… 음냐…….

가끔은 허리에 매달린 이길영과 신유승의 얼굴이 보이기도 했다.

—우어어어어! 독자 씨이이이!

괴수처럼 울부짖는 이현성의 목소리가 들려오기도 했다.

그리고…….

얼핏, 어머니의 얼굴이 보인 것도 같았다.

나는 생각했다. 이게 꿈이라면, 차라리 깨고 싶지 않다고.

—야, 깨려고 하잖아! 빨리 수면제 투여해!

어슴푸레한 한수영의 목소리를 들으며, 나는 피식 웃었다. 말하자면 이 꿈은, 나 한 사람만을 위한 연극인 것이다.

마치 멸살법이 내게 그랬던 것처럼.

「사실 마음만 먹으면 얼마든지 깨어날 수 있었지만, 김독자는 일어나지 않았다.」

그렇기에 나는 기꺼이 그 연극의 관객이 되어주기로 했다.

「멸망이 시작된 이래 처음으로, 김독자는 편안한 잠을 잤다.」

그런 기분은 처음이었다. 항상 조급해져 있던 마음. 누군가에게 보호받을 수 있다는 믿음. 내가 믿는 것을, 함께 믿어주는 사람들이 있다는 것.

—푹 쉬어요, 독자 씨.

……그래, 46번 시나리오까지는 아직 시간이 조금 남았으니까.

마음을 놓는 순간, 까마득한 잠이 나를 덮쳐왔다.

⌘ ⌘ ⌘

뒷덜미를 붙잡힌 이길영이 소리를 질렀다.

"아, 누나! 꼭 나까지 여기 와야 돼요? 난 독자 형이랑 더 있고 싶은데!"

"충분히 같이 있었잖아."

"신유승은 여덟 시간이나 같이 있었어요! 난 여섯 시간밖에 같이 못 있었고!"

이지혜가 심통 난 듯 입술을 내민 이길영의 머리에 꿀밤을 먹였다.

"저 녀석들 제공력制空力이 거슬린다고. 상대할 수 있는 건 너랑 유승이뿐이잖아? 그리고 독자 아저씬 푹 재워놨으니까 언제든 만날 수 있어."

"하지만……."

"언니, 거의 도착했어요."

신유승의 말과 함께, 키메라 드래곤이 급격히 하강을 시작했다. 아래로 보이는 경기 연합 건물들.

부산 연합을 담당하는 그들이 이곳에 온 이유는 간단했다.

"무슨 왕국을 만들었다더니, 진짜였네."

노예처럼 다루어지는 도민들이 고통 속에 울부짖고 있었다.

입술을 실룩인 이지혜가 말했다.

"박살 내버리자고."

이지혜가 검을 뽑아 들자, 이길영이 앞으로 나서며 말했다.

"야, 신유승. 내가 처리할 테니까 넌 빠져."

"시끄러워, 독자 아저씨도 못 알아본 게."

"……가랏, 티타노-MK Ⅱ!"

<u>그오오오오</u>!

이길영의 명령과 동시에, 단단한 아머를 착용한 충왕종 부대가 창공을 날아왔다. 무려 다섯 마리의 4급 충왕종이었다.

"적습이다!"

거대한 사마귀의 낫에 잘려나가는 건물들을 보며, 이지혜가 물었다.

"티타노 죽었다며?"

"걘 그냥 티타노고, 쟨 티타노-MKⅡ예요."

"대체 무슨 차이가……."

콰아아아앙!

적진 중심부에서 폭발이 일어났다. 티타노가 습격한 쪽은 아니었다. 경기 연합의 주축을 구성하던 고층 건물들이 붕괴하며, 엄청난 후폭풍이 발생했다. 창공을 부유하던 비행정들이 낙뢰처럼 떨어지는 검강을 맞고 추락하는 모습이 보였다.

이지혜가 어이없다는 듯 말했다.

"우리보고 알아서 하라더니……."

한바탕 광풍이 몰아친 자리에는 폐허만 남았다.

허겁지겁 달아나는 연합의 졸개를 도륙하는 한 사내. 유중혁이었다.

"자, 잠깐! 잠깐만! 멈춰라 패왕!"

경기 연합 간부로 보이는 한 사내가 허둥지둥 외쳤다.

"지금 날 죽이면 곤란해질 거다! 우리 측에는 인질이 있다!"

인질이라는 말에, 처음으로 유중혁의 칼이 멈칫했다. 먹혔다고 생각했는지 사내가 계속해서 외쳤다.

"월하현제가 성채 최상층에서 나오지 않는 이유는 병세가 깊어지고 있기 때문이라지?"

당황한 이지혜와 신유승이 서로 돌아보았다.

"저 자식이 뭐라는 거야?"

"월하현제면 상아 언니잖아요?"

사내의 말은 계속되었다.

"하하, 마계 방벽을 뚫느라 아주 오래 걸렸지만, 우리는 결국 해냈다!"

"무슨 헛소리지?"

"너희가 자리를 비운 성채에 우리 연합의 정예 암습조가 침투한 상태다! 즉 월하현제의 목숨은 우리 손아귀에 있다는 거지. 결계를 뚫기가 꽤 힘들었지만, 네 동료 목숨은 이제 우리 손안에—"

"결계를 뚫었다고?"

유중혁의 표정에 처음으로 균열이 번졌다. 표정은 곧 다른 일행들 얼굴로 옮겨갔다. 신유승이 말했다.

"상아 언니 방에 결계 같은 건 없잖아요?"

"그럼 저 미친놈이 말하는 건……."

일행들은 동시에 서울 쪽을 돌아보았다.

⌘ ⌘ ⌘

같은 시각, 공단 성채에는 고공 낙하를 통해 열 명의 암습조가 침투했다. 모두 경기 연합의 정예 암습조원이었다.

"이곳이로군."

"예, 맞습니다."

"술식 해제팀, 시작해라."

조장의 명령에 술식 해제를 맡은 조원들이 달려들었다. 조원 중 하나가 물었다.

"혹시 흑염마황이 있는 건 아니겠죠? 우리 애들, 그때 왕창 썰리지 않았습니까?"

흑염여제가 흑염마황으로, 월하신녀가 월하현제로 별명이 바뀐 것은 얼마 되지 않은 일이었다. 모두 일 년 전 있었던 '성남 대참사' 때문이었다.

"흑염마황은 자리를 비웠어. 안에 있는 건 월하현제다."

"우리만으로 괜찮을까요?"

"병환이 깊다는 소문이 있어. 그 여자 혼자라면 아무 문제 없다."

그리고 잠시 후, 문을 막고 있던 술식이 풀렸다.

"해제 완료했습니다!"

"벌써? 생각보다 빨랐군."

"그게, 천제결계는 안에서는 뚫기 어렵지만, 바깥에서는 쉽습니다."

"우습군. 뭐 그런 결계가 다 있지?"

"그러게나 말입니다. 정말이지 멍청한……."

헤헤 웃는 암습조원을 뒤로하고, 조장이 문을 열었다.

"어디 잘난 '월하현제'의 솜씨를 한번 감상해보실까. 모두 침투 준비."

그런데 문고리에 손을 대는 순간, 생각지도 못한 메시지가 그들의 귓가를 잠식했다.

[성좌, '검은 황야의 암살자'가 경고성을 발합니다!]

[성좌, '흑월의 사냥꾼'이 경악합니다!]

[성좌, '얼어붙은 심장의 기사'가 경련을 일으킵니다.]

모두 그들의 배후성이었다.

"뭐지? 갑자기 배후성이……."

"어, 조장님도 들으셨습니까?"

궁금증은 오래가지 않았다. 문 너머에서 느껴지는 가공할 격의 향연. 이제껏 한 번도 마주하지 못한 불가해한 아우라가 그들의 전신을 옭아매고 있었다.

"이, 이게 대체……."

차원이 다른 격에 암습조 전원의 발이 굳었다.

있을 수 없는 일이었다.

"……모처럼 푹 쉬는 중이었는데. 역시 내 팔자가 그렇지."

삐거덕거리며 열린 문 사이로 백색 코트를 걸친 사내가 걸어나왔다. 싱긋 웃은 사내가, 서늘한 손바닥을 암습조장 어깨 위에 턱 얹었다.

"꺼내줘서 고마워요, 여러분."

2

암습조 아홉이 자리에 드러눕기까지는 삼십 초도 채 걸리지 않았다.

"끄윽……."

신음하는 암습조원을 전부 점혈한 뒤 손을 탈탈 털었다.

[등장인물 일람]을 통해 몇 명의 정보를 확인해보니, 굳이 캐보지 않아도 답은 나왔다.

"경기 연합이네. 여긴 왜 오셨을까?"

파스스슷.

내가 점혈하기 전에 미리 독단을 깨문 몇몇 암습조원의 신체가 녹아내렸다. 아무래도 암시가 걸린 녀석들인 듯했다.

[성좌, '검은 황야의 암살자'가 당신을 경계합니다!]

[성좌, '흑월의 사냥꾼'이 시나리오의 형평성에 의문을 제기합니다!]

허공을 향해 눈살을 찌푸리자 메시지는 일제히 잦아들었다.

나는 암습조가 침입한 루트와, 녀석들의 행색을 꼼꼼히 확인했다. 깨진 창문 너머로, 허공을 날아 달아나는 한 녀석이 보였다. 화려한 경신법을 보니 누구인지 알 것 같았다.

단순한 암습조인 줄 알았는데 십악이 끼어 있었을 줄이야.

경기 연합의 수장, 십악 조진철.

무림의 전대 고수를 배후성으로 둔 이 녀석은, 본래 45번 시나리오의 골칫거리 중 하나였다. 물론 어디까지나 원작에 따르면 그렇다는 얘기고, 지금 신경 쓸 녀석은 아니었다. 십악에도 급이 있고 조진철은 그중 잔챙이에 속하는 편이다.

지금의 일행들이라면, 한반도 내에 적수가 될 만한 화신은 존재하지 않을 것이다. 미국이나 인도라면 모를까…….

"저놈이다! 쫓아!"

멀어지는 조진철을 쫓아가는 몇몇 인원이 보였다. 개중에는 내가 데리고 온 귀환자 비천호리도 끼어 있었다.

도망자와 추격자가 쫓고 쫓기는 추격전을 벌이는 가운데, 탁 트인 서울 정경이 눈에 들어왔다.

내가 익히 알던 서울. 그리고 그 중심을 차지한 공단.

'은밀한 모략가'와의 계약을 통해 공단은 텅 빈 서울로 이송

되었다. 현실과 소설이 기묘하게 결합된 듯한 그 풍경을 보고 있자니, 새삼 세계가 변했다는 게 실감 났다.

성채 바로 아래쪽에는 '유중혁-김독자 공단'이라는 거대한 글자가 새겨져 있었다.

……그나저나 유중혁 자식 이름이 아직도 앞에 있네. 나중에 바꿔야겠다.

[성좌, '젊은이와 여행의 수호자'가 당신을 바라봅니다.]

나는 허공을 올려다보았다.

젊은이와 여행의 수호자.

나는 그 수식언의 주인을 알고 있었다.

"라파엘."

성운 〈에덴〉의 대천사, 라파엘.

진명에 반응하듯 허공에 스파크가 튀었다.

슬슬 〈에덴〉 쪽에서 연락이 올 거라는 생각은 했다.

"마침 찾아뵐 생각이었습니다. 돌려드릴 게 있거든요."

나는 아직 품속에 들어 있을 가브리엘의 상징체를 떠올렸다. 슬슬 요피엘의 구속구도 효력이 떨어졌을 테니 가브리엘도 깨어날 때가 됐다.

그런데…….

[성좌, '젊은이와 여행의 수호자'가 가브리엘은 이미 회수했다고 말

합니다.]

품속 백합이 사라졌다. 그러고 보니 잠결에 대천사의 손길이 스쳐 간 기억이 났다. 어쩌면 그때 〈에덴〉의 성좌 중 하나가 방문했는지도 모를 일이다. 정희원의 배후성이 우리엘이니, 우리엘일 가능성이 높겠지.

그러고 보니 우리엘은 어떻게 됐을까? 왜 내가 나타났는데도 간접 메시지가 없지?

[성좌, '젊은이와 여행의 수호자'가 우리엘은 아직 채널 발언권을 허가받지 못했다고 말합니다.]

아, 그런 거였군.

[성좌, '젊은이와 여행의 수호자'가 당신에게 궁금증을 표합니다.]
[성좌, '젊은이와 여행의 수호자'가 '붉은 코스모스'가 돌아오지 않았다고 말합니다.]

라파엘의 메시지에, 나는 잠시 망설이다가 입을 열었다.

"'붉은 코스모스의 지휘관'은 함께 돌아오지 못했습니다."

붉은 코스모스의 지휘관, 요피엘. 그녀의 도움이 없었다면 나는 3회차의 세계선으로 돌아올 수 없었을 것이다.

"그녀는 본인의 의지로 다른 세계선에 남기를 원했습니다."

주변에 한바탕 광풍이 몰아쳤다.

[성좌, '젊은이와 여행의 수호자'가 당신의 말을 불신합니다!]

ㅊㅊㅊㅊ츳!

분노한 라파엘의 의지였다.

나는 침착하게 말을 이어갔다.

"당신의 능력이라면, 제 말이 거짓이 아님을 아실 겁니다."

얼마 지나지 않아서 주변을 휘감던 바람이 조금씩 잦아들었다.

[성좌, '젊은이와 여행의 수호자'가 당신을 바라봅니다.]

[성좌, '젊은이와 여행의 수호자'가 당신에게 해명을 요청합니다.]

"그럴 생각입니다. 46번 시나리오를 앞두고 있으니 곧 직접 만나 말씀드릴 수 있을 겁니다."

나를 보는 라파엘의 시선이 묘하게 바뀌는 것이 느껴졌다. 저 대천사도 그 시나리오가 뭔지 아는 거겠지.

"시나리오가 끝나는 대로 〈에덴〉에 찾아가겠습니다."

[성좌, '젊은이와 여행의 수호자'가 기다리겠노라 답합니다.]

주변을 차지하던 라파엘의 기류가 완전히 사라졌다. 범람하는 격으로 가득 찼던 주변이 휑하니 비고 나니 씁쓸한 기분이 들었다.

그동안 무수한 설화를 쌓으며 나는 꽤 강해졌다. 중하급의 위인급 성좌 정도는 찍어 누를 수 있는 격을 가지게 되었고, 화신 중 나보다 강한 존재를 찾기는 거의 불가능할 것이다. 그럼에도 여전히 대천사의 '격'은 아득하고 드높았다.

젊은이와 여행의 수호자 라파엘.

강력한 마왕 '아스모데우스'를 쓰러뜨렸던 대천사.

「김독자는 조용히 자신의 주먹을 쥐었다 펴기를 반복했다.」

아직 갈 길이 멀다. 하지만 서두를 필요도 없었다. 지금도 충분히 잘하고 있으니까.

그러고 보니 아스모데우스…… 아니, 한 부장은 어떻게 되었을까. 떠나 있던 사이 너무 많은 일이 벌어져서, 궁금한 게 한둘이 아니었다.

나는 우선 시스템 메시지부터 점검했다.

[부재중 도깨비 통신이 있습니다.]

[발신자: 상급 도깨비 비형]

비형에게서 온 메시지였다.

내가 돌아왔는데 비형 녀석이 호들갑을 떨지 않는 게 이상하다 싶었는데…… 이런 메시지로 때우려 했던 건가.

나는 화면을 조작해 메시지 창을 열었다. 메시지는 길었으나 내용 자체는 간단했다.

찾아오지 못해서 미안하다.

몇 가지 바쁜 일이 있다.

일들이 끝나는 대로 보러 가겠다.

대충 그런 내용이 담긴 장문의 메시지였다.

—근데 넌 네 새끼 제대로 안 돌보냐?

내가 궁금했던 소식은 메시지 마지막에서야 등장했다.

—코흘리개 도깨비 녀석은 내가 데리고 있다. 뭐, 내 자식이기도 하니까. 네가 차원문 앞에 버려두고 가서 하마터면 혹부리들한테 빼앗길 뻔했어.

안 그래도 비유가 나타나지 않아 걱정되던 참이었다.

—이 독박육아의 빚은 두고두고 갚게 해주마. 그건 그렇고, 이 몸께서는 육아에도 어마어마한 재능이 있는 것 같다. 얘 돌아가면 알아보지도 못할걸? 기대하라고.

비형의 메시지는 그렇게 끝났다. 뭔가 찝찝한 구석이 있기는 했지만, 그래도 다른 도깨비가 아닌 비형과 함께 있다니 차라리 다행이라는 생각이 들었다.

그럼 슬슬 움직여볼까.

쓰러진 암습조를 한곳에 포개놓고, 일단 일행들부터 찾기로 했다.

…….

그리고 십여 분째. 나는 아직도 길을 헤매는 중이었다.

'공장'이 이렇게 넓었나?

머리를 벅벅 긁으며 주변을 살펴보았지만, 어쩐지 건물의 구조도가 잘 그려지지 않았다. 지금이라도 늦지 않았으니 [독도법]이나 [길 찾기] 스킬을 구매해 익혀야 하나 싶을 정도였다.

"저기요, 아무도 없어요?"

나는 유독 '처음 방문한 건물'에서 자주 길을 잃는 경향이 있었다. 초등학교와 중학교에 처음 진학했을 때, 처음으로 자대 배치를 받았을 때, 그리고 미노 소프트에 입사했을 때…….

생각해보면 유상아와 처음 말문을 튼 것도 그 때문이었다.

「김독자는 생각했다. '이거 비상구가 대체 어디야?'」

마계에 있을 때는 공장 내부를 제대로 돌아본 적이 없었기에, 어디가 어딘지 좀체 알 수가 없었다. 심지어 구조도 그때와는 달라진 것 같았다.

나는 일단 의심 가는 방을 하나씩 열어보기로 했다.

취이이이이익!

문을 열자마자 작은 촉수 괴물과 개구리들이 나를 돌아보았다. 어떤 개체는 시험관에 들어 있었고, 어떤 것은 자유롭게 방 안을 돌아다니고 있었다.

〈독자 아저씨일 뻔했던 개구리〉
〈거의 독자 아저씨였던 코끼리 괴수종〉
〈아쉽게 독자 아저씨가 아니었던 촉수 괴물〉

개구리가 나를 보며 고개를 갸웃하더니 슛, 하고 혓바닥을 쏘았다. 나는 깜짝 놀라 방문을 닫았다.

잠깐만, 이 방 설마…….

방문 명패를 확인하려는데, 근처에서 목소리가 들려왔다.

"야! 너 어떻게 밖으로 나왔어?"

"독자 씨?"

쟁반에 식사를 담아온 이현성과 한수영이 그곳에 있었다.

⌘ ⌘ ⌘

"그러니까, 독자 씨. 제가 35번 시나리오에서 말입니다……."

이현성은 그동안 겪은 시나리오를 눈물 콧물 흘리며 한바탕 늘어놓았다.

나는 그 이야기를 묵묵히 듣는 동시에, 이현성의 신체 곳곳을 면밀하게 살폈다. 이전보다 더 발달한 흉근. 그리고 근섬유 사이사이를 잇는 강철의 마력. 이제 이현성의 [강철화]는 숙련의 지경에 이르러 있었다. 당장 46번 시나리오를 시작해도 전혀 무리가 없는 수준.

조금 감동적일 정도였다. 내가 없는 동안에도 일행들은 내가 준 가이드라인을 따라 성실하게 수련을 반복하고 있었다.

한수영은 어딘지 못마땅한 얼굴로 나를 빤히 바라보았다.

['한낮의 밀회'가 발동 중입니다.]

[현재 화신 '한수영'이 대화에 참가 중입니다.]

한수영을 먼저 만날 수 있었던 것은 행운이었다.

시나리오 준비는 빨라도 항상 늦는 법. 빠른 대비를 위해서는 가장 적확한 정보를 효율적으로 제공해줄 사람이 필요했고, 그에 가장 어울리는 인물은 하나뿐이었다.

—장하영이랑 파천신군은 어디 있어?

—파천검성이랑 키리오스랑 같이 다른 시나리오 지역으로 갔어. 초월좌 전용 시나리오 받으러 간 것 같던데.

—한명오랑 공필두는?

—북한에 있어. 공필두가 땅 알아볼 겸 북한 시나리오 수행하러 갔거든. 한명오는 눈치 보다가 덤으로 끌려갔고.

북한이라. 하긴 지금쯤이면 슬슬 북한 화신들도 날뛸 때가 됐지.

지금의 북한이라면 꽤 쟁쟁한 성좌들이 몰려 있을 것이다. 물론 대부분 위인급이겠지만, 개중에는 설화급에 비견되는 성좌도 있으니까.

가령 '태왕太王'이라든가.

—넌 지금까지 어디 있다가 온 거야?

—멸살법 1,863회차의 세계선.

한수영의 눈을 동그랗게 떴다.

—뭐? 진짜?

—거기 너도 있더라. 어느 쪽이 본체인지는 모르겠지만.

—본체? 뭔 개소리야?

내가 답하려는 찰나, 누군가가 우리 앞을 막고 섰다.

"독자 씨."

정희원이었다.

"덕분에 푹 잤습니다."

정희원은 복잡한 눈으로 나를 보고 있었다. 무슨 말을 하고 싶은 것 같기도 했고, 반대로 내 이야기를 듣고 싶은 것 같기도 했다.

정희원은 천천히 시선을 움직여 한수영을 바라보았다.

착각일까. 한순간 한수영과 정희원 사이에서 날카로운 스파크가 튀는 것 같았다. 차가운 눈길로 한수영을 노려보던 정희원이 고개를 돌렸다.

어색한 분위기에 내가 먼저 입을 열었다.

"참, 아까 침입자가 있어서 제 방 앞에……."

"처리하라고 지시했어요. 일어나셨으면 상아 씨한테 가보세요. 자세한 이야기는 그다음에 해요."

예전보다 훨씬 더 냉랭한 목소리. 내가 아는 정희원이 맞나 싶을 정도였다. 곁에서 이현성이 어쩐지 서글픈 눈빛으로, 멀어지는 정희원을 보고 있었다.

정희원이 코너를 돌아 사라진 후, 나는 한수영에게 물었다.

"뭐야?"

"뭐."

"너랑 정희원 씨랑 뭐냐고."

비죽 입술을 내미는 한수영을 보니 조금 답답해졌다. 무슨 일이 있었는지는 모르지만, 두 사람이 싸울 때가 아니었기 때문이다.

"곧 46번 시나리오인 거 잊었냐? 너 지금……."

"넌 삼 년 동안 여기 없었잖아. 잘 모르면 닥치고 있어."

한수영은 그 말만 남기고 역시나 홱 돌아서더니 저만치 멀어져갔다.

졸지에 남은 것은 나와 이현성뿐.

축 늘어진 이현성의 어깨를 보고 있으려니 나까지 울적해졌다. 아무래도 이런 일이 한두 번이 아니었던 듯했다.

내가 없던 삼 년간, 일행들 사이에는 내가 모르는 불화가 있었던 모양이다. 요령 없는 이현성이 일행들 사이에서 어떤 상태로 있었을지는 묻지 않아도 선연했다. 나는 이현성의 어깨를 가볍게 두드려주었다. 아무래도 사태를 파악하기 위해 해야 할 일은 명백해 보였다.

"현성 씨, 유상아 씨는 어디에 계시죠?"

"이쪽입니다."

아주 잠깐이지만, 이현성의 표정이 어두워지는 것을 나는 놓치지 않았다.

이현성의 커다란 등을 쫓아 얼마간 걸어가자, 소박한 백색 칠로 마감된 작은 문이 하나 나타났다. 뜻밖에도 문 앞에 아까 헤어진 정희원과 한수영도 서 있었다.

뭐야 이 인간들?

황당해서 말을 걸려는데, 표정들이 조금 이상했다. 정희원이야 그렇다 치더라도, 한수영이 저런 표정을 짓는 것은 처음 봤다.

「김독자는 생각했다. '쉬운 일이 하나 도 없 군.'」

시끄러워 인마.

나는 가볍게 한숨을 쉬며 문고리에 손을 얹었다. 일단은 유상아를 만나야 모든 게 해결될 것 같았다.

짧게 노크한 후 문을 움직이려는 순간, 안쪽에서 유상아 목소리가 들려왔다.

—누구시죠?

"김독자입니다."

그러자 뜻밖의 대답이 돌아왔다.

—돌아가세요.

그런 문전박대는 오랜만이었다.

나는 잡은 문손잡이를 쥐었다 놓기를 반복하다가 흘끗 뒤를 돌아봤다. 정희원은 내가 어떻게 행동할지 지켜보겠다는 눈빛이고, 한수영은 묘하게 경계하는 눈초리였다. 그리고 이현성은, 당장이라도 걱정으로 녹아내릴 것 같은 표정을 하고 있었다.

나는 조심스레 방문에 기대앉았다.

"들어가지 않을게요. 그 대신 잠시 여기서 이야기 나눌 수 있을까요?"

다른 사람도 아니고 유상아다. 유상아가 나를 만나기를 거부한다면, 그만한 이유가 있을 것이다.

대답은 한참 뒤에 돌아왔다.

—그러세요.

들려오는 목소리에 어쩐지 힘이 없었다.

숨소리마저 들릴 정도로 깊은 정적 속에서 나는 유상아에 대해 생각했다. 아직 미노 소프트에 다니던 시절의 유상아.

유상아와 친했느냐고 묻는다면, 자신 있게 그렇다고 답할 수는 없었다. 하지만 유상아가 어떤 사람이냐고 묻는다면…… 거기에 대해서는 조금 할 말이 있을지도 모른다.

"제가 너무 늦었죠?"

나는 조심스레 말을 꺼냈다.

"죄송합니다. 입사 면접일에도 늦어서 유상아 씨에게 도움을 받았는데…… 혹시 기억하세요?"

잠시 침묵하던 유상아가 대답했다.

—그땐 저도 늦었잖아요.

"그때 같이 면접장 찾던 거 기억나세요?"

—기억나요.

미노 소프트의 신입사원 면접은 업계에서도 꽤 유명한 편이었다.

면접에는 매해 다른 종류의 '퀘스트'가 나왔는데, 제일 흔히 나오는 것이 '면접관 호감도 올리기'나 '숨겨진 면접 힌트 찾기'였다.

참고로 나와 유상아가 면접을 보던 해의 퀘스트는, '면접장 찾기'였다.

—그땐 제가 독자 씨 도움을 더 많이 받았어요.

"저는 퀘스트 아이템만 찾았을 뿐이에요. 아이템을 활용해 길을 찾아내는 건 유상아 씨가 모두 해냈고요."

당시 나는 유상아와 팀을 이뤄 면접장을 찾아냈다.

—독자 씨는 비효율적인 퀘스트 동선을 지적했죠.

"상아 씨는 인과관계가 불분명한 퀘스트 승급 시스템을 지적했고요."

'퀘스트'는 단순히 클리어하는 데 의의가 있는 것이 아니었다. 퀘스트의 문제점, 그리고 효율성을 짚어내는 것. 그것이 미노 소프트 신입사원 면접의 핵심이었다.

그리고 유상아와 나는 둘 다 최고 득점으로 면접을 통과했다.

"입사 후에 부서가 갈라져서 아쉬웠어요. 뭐…… 당연한 일이지만요."

나는 QA팀. 그리고 유상아는 인사팀.

입사 후, 우리는 지나가며 간신히 인사만 주고받는 정도의 사이가 되었다.

"유상아 씨와 다시 같은 팀이 되어서 기쁩니다."

아주 작게, 숨을 들이켜는 소리가 들려왔다.

"그때처럼, 저는 같이 길을 찾아줄 사람이 필요해요."

이현성이 그렁그렁한 눈빛으로 나를 보고 있었다. 정희원은 가볍게 한숨을 내쉬었고, 한수영은 칫 하며 고개를 돌렸다.

그리고 유상아의 목소리가 들려왔다.

—독자 씨.

"예."

—탕비실 사건, 기억하세요?

나는 엉겁결에 대답했다.

"기억합니다."

누군가가 회사 탕비실의 원두 통 안에 후추를 잔뜩 뿌려놓은 사건. 그 일 때문에 한동안 회사가 시끄러웠다. 상사들은 후추 맛 커피를 먹고 역정을 냈고, 애꿎은 신입사원들이 고스란히 질타를 받았다.

—그거 제가 한 거예요.

"그랬습니까?"

—별로 놀라지 않으시네요.

"덕분에 한동안 신입들이 커피 심부름 면했잖습니까."

사실 나는 유상아가 범인이라는 걸 알고 있었다. 범인을 잡으라며 QA팀 직원들이 강제 당직을 섰기 때문이다. 그 임무를 주로 도맡은 건 팀 막내인 나였다.

나는 스마트폰으로 멸살법을 읽으며 탕비실 청소 도구함에 숨어 있었고, 한밤중 홀로 탕비실에 들어오는 유상아를 보았다.

—그 일만이 아니에요.

유상아는 계속해서 이야기했다.

대부분 별거 아닌 사건이었고, 별거 아니었음에도 뭔가 조금씩 바꾼 일들이었다. 누군가는 피해를 보았고, 누군가는 잃어버린 자기 권리를 되찾았고, 또 누군가는 통쾌함을 느낀 사건들.

"유상아 씨."

그녀는 '등장인물'이 아니다. 하지만 사실 멸살법이 오기 전, 그녀는 누구보다도 내게 '등장인물' 같은 사람이었다. 현실에 그런 사람이 있을 리 없다고 생각했으니까.

「"저러다 죽겠어요."」

첫 번째 시나리오가 시작되던 그때부터 유상아는 그랬다.

멸살법엔 존재하지 않는 '윤리'를 유일하게 지키려 한 사람.

「“내가 할게 길영아. ……그래도 내가 할게.”」

그곳에 유상아가 없었다면 일행들은 분명 무너졌을 것이다.

「“독자 씨는 정말 좋은 말씀을 하시네요.”」

내가 어떤 헛소리를 하든, 웃으며 받아준 유상아가 없었더라면.

「“그럼 저에게는 상아의 삶이 있는 거군요.”」

내가 어떤 이야기를 만들든, 지켜야 할 것을 놓지 않는 그녀가 없었더라면…….

「“전 오늘처럼 독자 씨가 미운 날이 없었어요. 돌아와요, 꼭.”」

나는 안심하고 '이계의 언약'을 맺을 수 없었을 것이다.

—저요, 정말 참을 수가 없어서…….

두서없는 유상아의 말이 이어졌다.
나는 천천히 자리에서 일어났다.
"유상아 씨."

마치 내 목소리가 들리지 않는 것처럼, 계속해서 말을 잇는 유상아.

나는 묵묵히 그녀의 말을 듣다가, 다시 문손잡이를 잡았다. 도움을 원하지 않는 사람을 구태여 돕는 것은 민폐일 수 있다.

하지만 어떤 사람은 분명 도움이 필요한데도 끝까지 남에게 도움을 청하지 못한다. 한 번도 그런 것을 청해본 적이 없기 때문에.

내가 처음 면접장에 간 그날처럼.

"잠깐만요, 독자 씨—!"

나는 정희원의 말을 무시하고 잠긴 문손잡이를 강제로 돌렸다. 삐거덕거리며 문이 부서질 듯한 소리가 들렸고, 이내 방 안 정경이 드러났다. 그리고 나는 어두운 표정의 세 사람과 눈이 마주쳤다. 이설화, 아일렌, 그리고…… 내 어머니였다.

어머니의 눈빛이 말하고 있었다.

왔구나.

세 사람은 침대 근처에 서 있고, 침대에는 지금껏 나와 이야기하던 유상아가 누워 있었다.

새파랗게 질린 얼굴. 핏기 하나 없는 유상아의 입술은 굳게 닫혀 있었다.

그녀를 대신해 떠드는 것은 다른 녀석들이었다.

「그러니까…….」

유상아 안에서, 부서진 설화들이 쉴 새 없이 흘러나오고 있었다.

⌘ ⌘ ⌘

잠시 후, 나는 일행들과 함께 유상아의 병실에 모여 앉았다.

"대체 언제부터 이랬던 겁니까?"

"얼마 안 됐어요."

정희원이 얼른 대답했다. 자세한 설명을 덧붙인 이는 이설화였다.

"과도한 성흔 사용 때문에 부작용이 심각해요."

나는 유상아의 핏기 없는 얼굴을 내려다보았다.

유상아가 보통의 배후성을 가지고 있었다면 이런 꼴을 당하지는 않았으리라. 지금 그녀는 〈올림포스〉 성운 자체를 배후성으로 두고 있다. 그리고 비정상적인 '배후 계약'은 화신의 수명을 깎는다. 여기서 '수명'은 단순히 육체적인 수명을 의미하는 것이 아니었다. 그것은 '이야기의 수명'이었다.

"영혼은 의식 아래로 깊이 잠들어버렸고, 남은 건 「의식의 흐름」뿐이에요."

자신이 감당할 수 없는 성흔을 반복해 사용하면서, 유상아의 영혼에는 조금씩 부조리가 누적되었다. 개연성은 그녀의 몸과 정신에 균열을 발생시켰고, 결국 균열 사이로 설화가 새어나오기 시작한 것이다.

아일렌이 첨언했다.

"설화 팩도 꾸준히 수혈하고, 부서진 파편을 모아서 다시 투여하기도 했어요. 그런데도 차도가 없어요."

둥둥 떠다니는 유상아의 말들을 보며, 나는 할 말을 찾을 수 없었다.

모두 나 때문이었다. 내가, 너무 늦었기 때문에.

"그딴 표정 지을까 봐 들어가지 말라고 한 거야."

한수영이 투덜거리듯 말했다.

나는 입술을 깨물며 이설화를 보았다.

"시간은 얼마나 남았습니까?"

"삼 개월 정도……."

"방법이 없습니까?"

"지금으로서는…… 여기서 할 수 있는 일은 없어요."

"이곳이 아니라면 가능할 수도 있다는 이야기군요."

[성좌, '구암신의'가 고개를 끄덕입니다.]

이설화를 대신해 그녀의 배후성이 반응했다.

[성좌, '구암신의'가 화신 '유상아'의 병은 '인간의 질병'이 아니라 말합니다.]

인간의 질병은 인간의 힘으로 치료할 수 있다.

하지만 그 질병이 신神의 것이라면?

[마왕, '구원의 마왕'이 밤하늘을 올려다봅니다.]

그러자 어두운 스타 스트림의 곳곳에서 작은 별들이 반짝였다.

[성좌, '버려진 미로의 연인'이 당신을 바라봅니다.]

[성좌, '술과 황홀경의 신'이 당신을 바라봅니다.]

모두 유상아와 관계있는 〈올림포스〉의 별이었다.

불쑥 화가 치솟았다.

힘을 사용한 것은 유상아 본인일지도 모른다. 하지만 애초에 이런 부조리한 계약을 유도한 것은 〈올림포스〉이다.

[올림포스, 당신들의 개연성은 당신들이 감당하십시오.]

나는 밤하늘을 향해 고요한 진언을 퍼뜨렸다.

내 말에 몇 개의 별이 재차 반짝였다.

[성좌, '버려진 미로의 연인'이…….]

츠츠츠츠츳!

다음 순간, 알 수 없는 스파크와 함께 허공에서 간접 메시지가 끊어졌다. 빛나던 별들은 더 이상 보이지 않게 되었다. 누군가가 그들의 간접 메시지에 간섭한 것이다.

나는 짓씹듯 말했다.

"놈들이라면 방법이 있을지도 모릅니다."

'놈들'이 누구인지 모르는 사람은 이곳에 아무도 없었다.

정희원의 표정이 어두워졌다.

"하지만 도움을 청할 방법이 없어요. 저희도 몇 번이나 비슷한 시도를 해봤지만……."

성좌들은 제멋대로고, 자신들이 원하는 일만 행한다. 보고 싶은 이야기만 보고, 듣고 싶은 이야기만 듣는다. 아직도 유상아가 이런 상태라는 것은, 고위급 성좌들이 유상아의 기적을 바라지 않는다는 뜻일 것이다.

한수영이 물었다.

"지난번처럼 명계에 다녀오는 건 어때? 너 명계의 여왕이랑 친하잖아."

"그때는 상황이 특수했어. 유상아 씨는 아직 죽지도 않았고. 게다가 비유 때처럼 되라는 법도 없어."

사실 아까부터 페르세포네에게 연락을 취하는데 답이 없었다. 연락이 되어도 난감한 상황이었다. '재앙 신유승'이 비유로 환생했을 때는 말 그대로 운이 좋았을 뿐이다.

이 세계에서 대부분의 죽음은 문자 그대로의 죽음이다. 환생이나 회귀는, 그야말로 스타 스트림의 기적 같은 이야기일 뿐이고.

"장하영은 다른 시나리오 수행하러 갔다고 했지?"

"꽤 멀리 간 걸로 알아."

장하영이 곁에 있다면 성좌들에게 직통으로 메시지라도 보낼 수 있을 텐데…….

나는 잠든 유상아의 얼굴을 보며 생각하고 또 생각했다.

「유상아를 살릴 방법.」

결국 방법은 하나뿐이다.

나는 천천히 숨을 들이켜며 말했다.

"아직 방법은 있습니다. 제 예상보다 조금 이른 시기이긴 하지만."

"46번 시나리오를 돌파해야 한다."

내 말을 끊은 것은 사내의 낮고 냉철한 목소리였다.

나는 인상을 쓴 채 그쪽을 돌아보았다.

아주 기다렸다는 듯 나타나시는군.

경기 연합을 해치우기 위해 파견을 나간 일행들이 문 앞에서 있었다. 신유승, 이길영, 이지혜. 그리고…… 유중혁.

쪼르르 달려온 아이들이 내 품에 안겨들었다. 나는 신유승의 머리를 쓰다듬어준 뒤, 흉흉한 눈빛으로 나를 노려보는 유중혁을 한 번 보고, 나머지 일행들을 다시 돌아보았다.

"아무래도 성좌들을 만날 때가 된 것 같습니다."

"성좌들이요?"

살짝 열린 창밖에서 바람이 불어왔다.

먼 하늘에서 도깨비들이 하나둘 나타나고 있었다. 아마도 다음 시나리오를 준비하기 위해 온 녀석들일 것이다.

그 너머로, 다시 시나리오를 지켜보는 수많은 별들의 그림자가 어른거렸다. 나는 그 별들을 가리키며 말했다.

"47번 시나리오 지역에, 저 '성좌'들이 있습니다."

47번 시나리오 지역. 그곳에 성좌들의 성간星間 도시, '별자리의 맥락'이 있다.

"〈올림포스〉를 부수러 가죠."

3

잠시 후, 일행들은 각자 장비들을 정비하며 김독자를 기다리고 있었다.

칼날을 갈던 이지혜가 정희원에게 물었다.

"독자 아저씨 진심일까요? 진짜 〈올림포스〉 부수려고……."

"농담이겠지, 독자 씨가 그렇게 바보는 아냐."

"하지만 그동안 어디 다녀왔는지도 모르잖아요. 여기 삼 년이나 지난 건 알까요?"

"알겠지. 그렇게 바보는 아니라니까."

"하지만 우리가 모르는 삼 년 동안 아저씨가 돌아버렸을 수도 있잖아요. 우리 사부만 봐도……."

말을 잇던 이지혜는 멀리서 느껴지는 유중혁의 시선에 잽싸게 입을 다물었다. 정희원은 그런 이지혜를 보다가 한숨을 푹 내쉬며 김독자가 들어간 접견실 쪽을 일별했다.

⌘⌘⌘

구치소 접견실을 연상시키는 새하얀 별실에 두 사람이 앉아 있었다.

"삼 년 만이구나."

"생각보다 시간이 걸렸어요."

이수경을 보며 김독자는 몇 번이나 입술을 달싹였다. 해야 할 말은 많지만 어떤 말은 켜켜이 쌓인 시나리오의 지층에 묻혀버렸고, 또 어떤 말은 해야 할 시기를 놓쳐버렸다.

"저."

그렇게, 지나간 이야기의 무덤 속에서 간신히 말 한마디가 발굴되었다.

"죄송합니다."

이수경이 옅게 웃었다.

"다음 시나리오로 떠날 생각이니?"

"예."

"언제?"

"오늘 저녁에요."

김독자는 잠시 입을 다물었다가 물었다.

"같이 가실 거예요?"

"아직 여기서 해야 할 일이 많아."

이수경은 접견실 창문 너머로 공단을 바라보고 있었다. 김독자도 이수경의 시선을 따라 창밖을 내다보았다. 한때 이 사회의 수감자였던 여인들이 있었다. 전우치를 배후성으로 둔 조영란. 피스 랜드에서 함께 싸운 이복순.

"생각보다 많은 사람이, 그들의 의사보다 더 커다란 힘에 이끌려 잘못된 선택을 해."

범법자였던 사람들은, 이제 감옥에서 나와 사람들을 위해 싸우고 있었다.

"중요한 것은, 바뀔 수 있다는 거겠지. 그리고 아마도 이제 저 사람들은 기회를 얻은 거야."

말투가 어쩐지 자조적이었다. 이수경은 고개를 돌려 아들의 눈을 바라보았다.

"알고 있지? '커다란 이야기'는 개인을 말살시키는 법이다."

"알고 있어요."

김독자의 동공이 희미하게 흔들렸다. 그 두 눈에서 작은 스파크 같은 것이 튀었다.

어쩌면 꺼내지 말았어야 할 화제였다. '커다란 이야기'에 의해 말살되는 인간. 그녀의 아들은 이 세상 누구보다 그런 이에 대해 잘 알 테니까.

한참을 망설이던 이수경이 입을 열었다.

"그땐 말하고 싶은 게 있었어."

"알아요. 저도 그 책 읽었으니까."

이수경이 쓴 책, 《지하살인자의 수기》.

그 책이 베스트셀러가 되면서 사회는 가정 폭력에 대해 본격적으로 이야기하기 시작했고, 관련 처벌법에 대한 강화 법안도 등장했다. 그러니 거시적으로 보면, 그것은 올바른 일이었을지도 모른다.

하지만 그 이야기 속에서, 인간 '이수경'과 '김독자'는 완전히 해부당했다.

김독자는 이 사회의 가정 폭력이 낳은 비극의 아들이 되었고, 이수경은 남편을 죽이고 그것을 이야깃거리로 만든 범죄자가 되었다. 사람들은 두 사람을 저마다 다른 이름으로 불렀다. 살인자의 아들, 혹은 잔혹한 어머니…… 세계를 아주 조금 바꾼 대가였다.

"그 책이 나오기 전에도 우린 줄곧 말살당해왔어요. 그리고 어쩌면 앞으로도……."

김독자의 말은 끝까지 이어지지 못하고 도중에 끊어졌다.

두 사람은 서로를 보는 대신, 창밖을 보고 있었다.

세계가 그곳에 있었다. 상처받지 않은 사람은 아무도 없었다. 시나리오에 지친 화신들의 머리 위로, 더 끔찍한 이야기를 원하는 성좌들이 빛을 발하고 있었다.

김독자가 말했다.

"커다란 이야기가 개인을 말살시킨다. 저는 그걸 바꾸러 가는 거예요."

"나도 그걸 바꾸기 위해 여기 있는 거다."

"그럼 이번에도 여기서 헤어지겠네요."

김독자가 자리에서 일어나며 말했다.

"건강하세요."

문이 닫히는 소리와 함께 김독자의 모습이 사라졌다. 이수경은 말없이 김독자가 사라진 문을 지켜보고 있었다.

잠시 후, 접견실 커튼 너머에서 그림자 하나가 일렁이더니 한수영이 튀어나왔다.

한수영은 김독자가 앉아 있던 자리를 물끄러미 내려다보며 말했다.

"정 없는 녀석이네, 진짜."

"내가 그렇게 키웠지."

이수경의 말에, 한수영이 눈을 가늘게 떴다.

"아줌마. 왜 말 안 했어?"

"뭘?"

"책 말이야."

"……."

"아줌마 동기들한테 다 들었다고. 그 책으로 번 인세 친척들한테 보냈다며? 저 녀석 생활비 보태라고."

"실제로 저 아이에게 간 건 없으니 보내지 않은 거나 마찬가지지."

"그 친척 새끼들 지금 어딨어?"

"다 죽었겠지."

반쯤 벌어졌던 한수영의 입이 닫혔다. 이제 멸망 이전의 원한은 대개 무의미해져버렸다. 죗값을 치러야 할 사람은 속 편하게 모두 죽어버렸고, 남은 사람은 더 끔찍한 세상을 맞이하기 위해 생을 연명해야 한다.

한수영이 물었다.

"근데 진짜 같이 안 갈 거야?"

"자식을 너무 오래 키우는 것 같아서. 이쯤 하고 내 인생 살아야지."

옅게 웃는 이수경의 얼굴에 주름이 늘어 있었다.

한수영은 안다. 이 공단이 안전하게 굴러간 것은 이수경이 있었기 때문이라는 사실을.

마계와 지구. 서로 다른 두 생태가 무사히 화합할 수 있었던 것은, 이수경과 유상아의 차별 없는 통치 덕분이었다.

이 공단에 이수경은 반드시 필요한 사람이었다.

그것을 잘 알기에, 한수영은 말없이 몸을 돌렸다. 그리고 뚜벅뚜벅 걸어서 김독자가 열고 나간 문을 열었다.

이수경이 말했다.

"수영아."

한수영은 돌아보지 않고 손을 들었다.

"걱정 마. 아들은 나한테 맡기고, 아줌마는 그냥―"

"몸조심해라."

그 말에, 한수영은 뒤를 돌아보았다. 이수경이 미소 짓고 있었다. 김독자와 똑같은 색의 눈동자. 입술을 달싹이던 한수영이 한숨처럼 말했다.

"하여간…… 끝까지 재수 없다니까."

⌘ ⌘ ⌘

사탕을 쪽쪽 빨고 있던 한 소녀가, 갑자기 나를 가리키며 선언했다.

"오징어."

갑작스러운 정신 공격에 나는 잠깐 넋을 잃었다.

[일부 성좌가 소녀의 정체를 궁금해합니다.]

이 소녀로 말할 것 같으면, 그러니까…….

나는 한숨을 쉬며 소녀의 이름을 말했다.

"미아야, 잘 지냈니?"

"아저씬 누구예요?"

오래 안 봤다고 그새 또 까먹은 모양이다.

내가 뭔가 설명하려는데, 유미아가 손뼉을 치며 말했다.

"아, 우리 오라버니 친구."

"친구는 아니고…… 너 못 본 새 말투가 바뀌었구나."

"아저씨도 못 본 새 더 못생겨졌네요."

"야, 유중혁. 설마 네 동생도 데리고 갈 건 아니지?"

내 말에, 유미아의 머리에 손을 척 얹고 있던 유중혁이 나를 노려보았다.

나는 그런 녀석을 잠시 바라보다가 머쓱하게 물었다.

"근데 잘 지냈냐? 너무 바빠서 물어보는 것도 잊었네."

"한가하게 그딴 이야기 할 시간 없다."

그 딱딱한 목소리를 듣고 있자니, 이상하게도 기분이 나쁘기보다는 친숙한 기분이 들었다.

그래, 이래야 내가 아는 유중혁이지.

내가 아는 유중혁이 계속해서 말했다.

"46번 시나리오는 위험하다. 당연히 미아는 두고 간다."

"누구 남길 거야? 유상아 씨야 당연히 남을 수밖에 없고, 거기에 우리 엄마랑 '방랑자' 세력이랑……."

"비천호리를 남긴다."

"비천호리랑 벌써 이야기했어?"

"귀환자 집단과 계약했다."

재앙에서 풀려난 귀환자들은, 당분간 고향 세계에 적응할 시간이 필요하다. 유중혁은 벌써 그들과 접촉해 공단 보호와 관련된 계약을 맺고 돌아온 것이다.

역시 주인공 아니랄까 봐 행동력 하나는 끝내주는군.

하지만 나는 고개를 저었다.

"그들만으로는 이곳을 지킬 수 없어."

"스승도 곧 이곳에 돌아올 거다."

"그런 문제가 아냐. 게다가 초월좌가 여기 있으면 더 위험해. 알지?"

내 말이 무슨 뜻인지 유중혁은 잘 알 것이었다. 녀석은 지난 회차에서 파천검성을 잃은 적이 있으니까.

유중혁이 고개를 끄덕였다.

"알고 있다. '그 일'이 있기 전에 다시 돌아오면 된다. 너는 46번 시나리오에 대해서나 생각해라."

"생각하고 있어."

"쉽지 않을 거다. 실패할지도 모른다."

녀석이 그렇게 말하는 것도 이상한 일은 아니었다.

—46번 시나리오는 혼자서 깰 수 없어. 알고 있을 텐데?

유중혁을 처음 만난 날, 녀석을 설득하기 위해 나는 그런 말을 했다.

그리고 드디어, 그 말을 실현할 날이 찾아왔다.

"46번 시나리오를 클리어하는 방법에는 여러 가지가 있다."

"아니, 한 가지뿐이야."

"네 생각처럼 되진 않을 거다."

"너, 내가 없는 동안 일행들이랑 얘기는 많이 했냐?"

유중혁은 대답하지 않았다. 곁에서 이야기를 듣던 유미아가 살며시 유중혁의 손을 잡는 것이 보였다. 나는 채근하듯 말했다.

"46번 이후에 뭐가 있는지 알잖아? 앞으로는 다른 사람들과 협력하지 않으면—"

"진짜 재앙은 겉으로는 드러나지 않는다."

유중혁의 말에 나는 입을 다물었다.

45번 시나리오 '금의환향'은 '재앙'과 싸우는 시나리오였다. 겉모습은 괴물이지만 속은 인간인 대상과의 전투.

나는 시스템 로그에 저장된 메시지를 읽었다.

[당신은 45번 시나리오를 클리어했습니다.]

[당신의 그룹원은 시나리오 내내 아무도 사망하지 않았습니다.]

[당신의 그룹원은 시나리오 내내 어떤 화신도 살해하지 않았습니다.]

[당신의 그룹은 화신과 귀환자 사이의 새로운 가능성을 보여주었습니다!]

[당신과 그룹원의 '재앙' 상태가 해제됩니다.]

새로운 가능성. 그것은 겉모습이 다른 종족과도 신뢰와 믿음이 가능하다는 증거였다.

그런 내 생각을 읽었다는 듯이 유중혁이 말했다.

"시나리오가 시작된 후, 많은 사람이 시나리오에 의해 희생됐다. 그리고 그보다 더 많은 사람이 같은 인간에 의해 죽었지."

서늘한 눈동자를 빛내는 유중혁이 갑자기 멀어 보였다.

"너는 이번 시나리오에서 일행들을 잃을 것이다."

"너 무슨 남 얘기를 하듯……."

"나는 이미 많은 사람을 잃어봤다. 하지만 넌 다르겠지."

"……."

"마음의 준비를 하는 게 좋을 거다."

나는 인상을 찌푸렸다.

46번 시나리오가 무엇인지는 나도 안다. 그렇기에 유중혁의 말을 쉽사리 납득할 수 없었다. 내가 아는 일행들이라면 결코 그럴 리 없다. 비록 삼 년 만에 만난 나를 감금하고 수면제도 먹이는 인간들이지만, 절대로 서로 싸우거나 다툴 일은…….

"그런데 당신도 같이 가는 건가요?"

"어, 왜?"

"뭐, 그냥 물어봤어요."

티격태격 들려오는 말소리와 함께, 허공에 스파크가 튀는 것이 보였다.

일행들이 이쪽으로 다가오고 있었다. 이길영과 신유승이 선두. 뒤이어 이지혜와 이현성, 이설화가 차례로 걸어왔다. 문제는 그 사이에 낀 정희원과 한수영이었다.

그러고 보니 저 둘이 문제였지. 젠장.

[메인 시나리오가 도착했습니다.]

[메인 시나리오 #46 - '별의 증명'이 시작됩니다!]

46번 메인 시나리오, 별의 증명.

〈올림포스〉를 비롯한 성좌 녀석들을 만나기 위해서는, 반드시 이 시나리오를 돌파해야 한다.

얼마 지나지 않아 허공에서 시나리오를 진행하는 도깨비들이 나타났다.

[메인 시나리오를 시작하겠습니다.]

4

시나리오를 위해 나타난 도깨비는 비형이 아니었다. 하지만 무척 낯이 익었다. 한때는 하급 도깨비였고, 심지어 나한테 도깨비 보따리 사용법을 배운 녀석.

—김독자 님?

두 눈이 호롱불처럼 휘둥그레진 도깨비가 나를 향해 도깨비 통신을 걸었다.

—접니다! 도깨비 영기요!

정장을 걸친 도깨비 영기가 나를 보고 있었다. 메인 시나리오 진행 때문인지 다른 참가자에게 티를 내는 것은 꺼리는 모양새였다.

—오랜만이네.

—돌아오셨다는 소문은 들었는데…….

—그새 소문이 퍼졌나?

—아유, 모를 수가 없죠. 지금 비형 님께서는 김독자 님이 헤집어놓은 개연성 수습하시느라 사방팔방으로…….

영기가 히죽 웃으며 말을 이었다.

—아무튼 다시 뵙게 되어 반갑습니다. 다른 성좌분들도 독자 님 소식을 많이 물어보셨어요. 이번 시나리오 끝나면 드디어 후원자분들 뵈러 가시겠군요.

—잘 되면 그렇겠지.

—후후, 당연히 잘 되시겠죠. 하지만 김독자 님이라고 해서 특별 대우는 없습니다. 아시죠?

—알아.

멀리서 웅성거리는 소리가 들려왔다. 어느새 46번 시나리오에 참가하기 위한 화신들이 주변에 제법 모여 있었다.

[흐음…… 총 마흔여덟 명이라. 서울 지역은 참가자가 적은 편이군요.]

말투가 바뀐 영기가 침착한 눈으로 지원자를 살폈다.

외양은 각양각색이었다. 본래 공단 주민이던 사람도 있었고, 필사적으로 시나리오를 깨부수고 여기까지 올라온 화신도 있었다. 재앙에서 벗어났으나, 유중혁과 계약을 거절한 몇몇 귀환자도 보였다. 깊은 슬픔과 분노로 일그러진 표정들. 아마도 고향에서 가족을 찾지 못한 이들일 것이었다.

[이번 시나리오는 지금까지와는 많이 다릅니다. 먼저, 이 시나리오는 '선택형 시나리오'입니다.]

무림 출신 귀환자가 의문을 던졌다.

"선택형 시나리오? 그게 뭐지?"

['개인' 자격으로 참가할지, 아니면 '성운' 자격으로 참가할지 선택하실 수 있다는 뜻입니다. 뭐, 어느 쪽을 선택하시든 함께 참가할 동료 한 사람은 꼭 필요하지만 말입니다.]

영기의 목소리와 함께, 나는 슬그머니 주먹을 쥐었다 폈다.

46번 시나리오, '별의 증명'. 드디어 올 것이 왔다는 생각이 들었다.

화신들이 수군거리는 소리가 들렸다.

"뭐야, 개인 자격이랑 성운 자격에 무슨 차이가 있는데?"

"멍청아. 개인 자격은 말 그대로 혼자 참가하는 거고, 성운 자격은 단체로 참가하는 거겠지. 뭐, 성운이 있을 경우의 얘기지만."

"벌써 성운에 가입된 사람들은 어떻게 되지? 강제로 성운 자격으로 참가하게 되나?"

[오, 아주 중요한 질문을 해주셨습니다. 안 그래도 그 점에 관해서는…….]

영기의 말이 이어지려는 순간, 밤하늘 사이로 빛살이 번뜩였다.

[이런, 벌써 오셨군요. 성격들도 급하셔라.]

그 말과 동시에 허공에서 메시지가 쏟아졌다. 메시지는 각자의 목적지를 향해 별똥별처럼 착지했고, 화신들 머리 꼭대기에서 환한 빛을 뿜으며 맴돌았다.

(…)

[성운, <아스가르드>에서 당신을 초대합니다.]

[성운, <수호의 나무>에서 당신을 초대합니다.]

[성운, <탐라>에서 당신을 초대합니다.]

[성운, <황제>에서 당신을 초대합니다.]

(…)

46번 시나리오는 성운들의 선별 경쟁으로 시작된다.

"이, 이거 뭐야!"

놀란 화신들이 소리를 질렀다. 신중한 얼굴로 성운 목록을 점검하는 화신도 보였다. 이미 시나리오를 알고 있던 소수의 귀환자들이었다. 몇몇 화신은 다른 이들 머리 위에서 맴도는 별 개수를 세기도 했다. 대부분은 하나 혹은 둘 정도였고, 많은 경우는 다섯을 넘기도 했다.

"야, 저기 봐봐."

"뭔데 저거."

물론 가장 많은 메시지를 받은 건 우리 일행이었다. 특히나 유중혁을 비롯한 몇몇은 광휘로 인해 얼굴이 보이지 않을 지경이었다.

나는 내 머리 위를 올려다보았다.

[당신에게 총 137개의 성운 초대가 도착했습니다.]

[단 이 초대를 승낙하면 성운, <김독자 컴퍼니>는 자동으로 해체됩니다.]

못 먹는 감 찔러나 보자는 생각으로 보낸 메시지일까. 정말로 내가 내 성운을 해체하고 가입할 거라 생각하는지.

화신들이 조금 진정하자 영기가 말을 이었다.

[이 시나리오는 처음으로 '성운'에게서 선택을 받는 시나리오입니다. 여러분은 초대받은 성운 중 하나에 가입해 시나리오에 참가하실 수 있습니다.]

"꼭 가입해야 돼? 가입하면 뭐가 좋은데?"

[가입하지 않으셔도 상관은 없습니다. 하지만 만약 여러분이 가입하신 성운이 이미 46번 시나리오인 '별의 증명'을 완료하였을 경우…….]

영기가 음흉한 미소를 지었다.

[해당 시나리오를 면제받고 47번 시나리오로 직행하실 수 있습니다.]

¤ ¤ ¤

화신들의 북새통 속에, 일행들이 하나둘 내 쪽으로 모여들었다.

"나는 〈황제〉를 선택하겠다!"

"〈영광의 깃발〉을 택하겠어."

그 와중에도 선택을 마친 화신들이 여기저기서 소리를 질렀다.

[면제권을 보유한 성운 선택자들은 47번 지역으로 자동 전송 되니, 선택 전에 유의하시기 바랍니다.]

화신들은 대부분 46번 시나리오에 도전하기보다는 성운을 통해 업혀가는 쪽을 택했다. 어느 정도는 합리적인 판단이었다. 한반도는 시나리오 진행이 더딘 편이었고, 46번 시나리오의 악명은 미리 시나리오가 시행된 다른 국가를 통해 제법 알려진 편이었다.

—46번 시나리오에 두 명이 도전하면, 한 명은 죽는다.

누구도 죽는 쪽이 되고 싶은 사람은 없었다.

어떤 화신은 시나리오 참가를 보류했고, 어떤 화신은 성운의 선택을 받아 다음 시나리오로 나아갔다. 화신 숫자가 줄어들고, 마침내 영기가 우리를 바라보았다.

[이제 여러분만 남으셨군요. 어떻게 하시겠습니까?]

주변에 모인 일행들이 내 선택을 기다리고 있었다.

영기가 재차 물었다.

[성운 자격으로 지원하시겠습니까, 아니면 개인 자격으로 지원하시겠습니까? 뭐, 어느 쪽을 선택하시든 혼자 지원하시는 건 안 되지만 말입니다.]

"성운 자격으로 이 시나리오를 통과한다면, 후에 같은 성운에 소속된 인원은 자동으로 시나리오 승격 처리가 되는 거겠지?"

[맞습니다. '구원의 마왕'님. 성운 자격으로 도전할 생각이신가요?]

"그래."

46번 시나리오인 '별의 증명'은, 우리 같은 신생 성운에는 일종의 데뷔 무대나 다름없었다. 이 시나리오에서 얼마만큼의 희생자를 내고, 어떤 성적을 거두느냐에 따라 '별자리의 맥락'에 기록되는 설화도 달라진다.

나는 일행들을 돌아보았다.

나와 유중혁을 제외하고는 아직 성운에 가입하지 않았다. 나는 일행 하나하나와 눈을 마주친 뒤, 천천히 숨을 들이켜며 말했다.

"선택을 강요하진 않겠습니다. 하지만 명심하세요. 여기서 다른 성운을 선택해 시나리오를 진행하시면 분명 불공정한 제약을—"

"그냥 가입해달라고 말하면 되잖아?"

이지혜가 입술을 비죽이며 내 말을 끊었다. 쯧쯧, 하고 일행들이 혀를 차는 가운데 제일 먼저 입을 연 것은 정희원이었다.

"흐음, 이걸 어쩐다."

장난스럽게 웃는 정희원의 머리 위에도 까마득한 양의 '성운 초대'가 반짝이고 있었다.

"우리엘을 생각하면 〈에덴〉으로 가는 게 맞긴 한데……."

사실 화신은 배후성이 소속된 성운에 가입하는 것이 보통이었다. 하지만 배후성이 무척 개방적이거나 화신 개인의 선택을 존중하는 경우도 분명 존재한다. 특히 〈에덴〉은 그와 관련해 화신의 자유의지를 존중하는 편이었다.

정희원이 물었다.

"〈김독자 컴퍼니〉는 4대 보험은 가입되나요?"

"어, 음. 제가 이런 걸 처음 운영해봐서……."

"점심시간이랑 낮잠 시간은?"

"개인 정비 시간은 어떻게 됩니까?"

"약재나 재료 아이템 지원은요?"

이지혜도, 이현성도, 이설화도. 제각기 질문을 던져댔다.

"저, 그게…… 아시겠지만, 〈김독자 컴퍼니〉는 이제 막 만들어진 신생 성운입니다."

나는 폭발적인 질문 세례 속에 말을 더듬다가 한숨을 내쉬며 말을 이었다.

"쉬는 시간도, 개인 정비 시간도, 모두 여러분이 정하셔야 합니다. 소모성 재료 아이템 공급은 최선을 다해보겠지만 충분치 않을 수 있습니다. 야근이 잦을 수도 있고, 수당을 충분히 못 드릴 수도 있습니다."

말을 하면서도 참 양심 없다는 생각이 들었다.

'멸망 이전'이었다면 누가 이런 회사에 들어오겠나 싶을 정도였다. 그럼에도 이현성은 내 말을 귀 기울여 듣고 있었고, 이지혜는 하품을 하고 있었다.

"그뿐만 아니라……."

"독자 씨."

"예?"

고요한 목소리로, 정희원이 말했다.

"사실 물어보고 싶은 게 산더미 같아요. 그동안 어디에 있었는지, 뭘 하느라 이렇게 늦게 돌아온 건지."

"저, 안 그래도 곧 이야기를 드리려고……."

"근데 들어도 화가 안 풀릴 거 같긴 해요."

"……."

"그날 일은 생각만 해도 화가 나요. 왜 독자 씨가 우리 목숨을 결정해요? 우린 독자 씨가 죽으라면 죽고 살라면 살아야 돼요?"

"죄송합니다."

"우리 삶은 우리가 결정해요. 그 결정이 독자 씨한테 도움이 되지 않는다고 해도요."

정희원이 받은 상처가 어떤 것이었을지 나는 짐작도 할 수 없었다.

어쩌면 정희원만이 아닌지도 모른다. 지난 삼 년은, 일행들에게 그런 세월이었던 것이다.

"내 결정은 이거예요."

말을 마친 정희원이 고개를 숙였다. 파르르 떨리는 어깨. 내가 다가가려는 순간, 정희원이 고개를 들어 나를 보았다. 저 강인한 검객이, 희미하게 붉어진 눈동자로 나를 보고 있었다.

[화신 '정희원'이 성운, <김독자 컴퍼니>에 가입했습니다.]

[성좌, '악마 같은 불의 심판자'가 화신의 의견을 존중합니다.]

나는 입술을 깨문 채로 그 시선을 마주했다. 그리고 간신히, 정말 간신히 웃으며 대답했다.

"고맙습니다, 희원 씨."

정희원이 희미하게 미소했다.

두 번째로 나선 이는 이현성이었다.

"저도 하고 싶은 말이 무척 많지만…… 희원 씨가 다 해버렸군요."

"그럼 먼저 말하지 그랬어요?"

"워낙 말주변이 없어서…… 사실 저도 직업 군인은 이제 그만하고 싶었습니다."

[화신 '이현성'이 성운, <김독자 컴퍼니>에 가입했습니다.]

[성좌, '강철의 주인'이 화신의 의견을 존중합니다.]

그다음은 이지혜였다.

"웩, 난 이런 분위기 질색이야. 빨리 다음 차례로 넘겨!"

[화신 '이지혜'가 성운, <김독자 컴퍼니>에 가입했습니다.]

[성좌, '해상전신'이 화신의 의견을 존중합니다.]

이설화도 미소를 지었다.

"사실 전 어제 중혁 씨 통해서 가입했어요."

[성좌, '구암신의'가 고개를 끄덕입니다.]

신유승과 이길영이 내게 매달리며 말했다.

"우리도요, 아저씨!"

목록을 확인해보니 정말이었다. 이미 세 사람은 내 성운에 가입되어 있었다.

모두 머리 위에 떠오른 성운 메시지를 확인하는 동안, 오직 한 사람만이 무표정한 얼굴로 나를 보고 있었다. 일행들도 하나둘 그쪽을 바라보았다.

일행 중 성운에 가입하지 않은 이는 이제 한 사람뿐.

한수영이 칫, 하고 고개를 돌리며 말했다.

"이름은 나중에 바꿀 거야. 한수영 코퍼레이션으로."

[화신 '한수영'이 성운, <김독자 컴퍼니>에 가입했습니다.]

[성좌, '심연의 흑염룡'이 투덜거리며 화신의 의견을 존중합니다.]

나는 일행들을 향해 꾸벅 고개를 숙인 후, 기다리고 있던 영기 쪽을 돌아보았다.

[흐음, 대충 정리는 끝나신 것 같군요. 그럼 묻겠습니다. 성

운, 〈김독자 컴퍼니〉. '성운 자격'으로 시나리오에 도전하시겠습니까?]

나는 고개를 끄덕였다. 영기가 씩 웃으며 말을 이었다.

[한꺼번에 많은 인원이 들어가면 재미가 없으니, 일행을 조금 나누겠습니다.]

뭔가 느낌이 이상했다. 인원이 많아서 일행을 나눈다? 원작의 46번 시나리오에 그런 내용은 없었는데?

영기의 표정이 께름했다. 묘하게 식은땀이 맺혀 있는 녀석의 이마.

—죄송합니다, 김독자 님.

……뭐?

[성운, <파피루스>가 당신의 도전을 못마땅해합니다!]

[다수의 성운이 당신의 도전에 눈살을 찌푸립니다!]

순간, 상황이 어떻게 돌아가는지 알 것 같았다.

이 개자식들이 끝까지 훼방을 놓겠다 이거지?

나는 반사적으로 일행들을 바라보았다.

"긴말 안 하겠습니다."

혹시나 이런 일이 생길 때를 대비해서, 따로 일행들에게 시나리오에 관한 구체적인 정보를 알려주지 않았다. 거대 성운이 훼방을 놓는다면, 예정된 시나리오가 아닌 다른 시나리오가 나올 가능성도 있기 때문이었다. 애초에 이 시나리오는 뚜

렷한 공략법이 있다기보다는 상호 신뢰가 더 중요했다.

"믿을게요."

눈부신 빛살과 함께, 눈앞 정경이 바뀌기 시작했다.

[당신의 성운은 참여 조건을 충족했습니다.]

[46번 시나리오 지역으로 이동합니다.]

[참가 인원에게 방이 할당됩니다.]

그와 동시에, 허공에 시나리오 내용이 떠올랐다.

〈메인 시나리오 #46 - 별의 증명〉

분류: 메인

난이도: ???

클리어 조건: 방의 중심에 비치된 '별'을 입수해 사용하거나, 제한 시간 동안 상대방이 '별'을 입수하지 못하게 막으시오. 둘 중 하나의 조건이 충족되면 시나리오는 자동으로 클리어됩니다.

제한 시간: 3시간

보상: 추가 메시지로 설명됩니다.

실패 시: 조건부 사망

이어서 들려오는 영기의 목소리.

[동료애가 아주 각별한 분들끼리 함께 넣어드리죠.]

눈을 떴을 때 나는 새하얀 방에 덩그러니 홀로 서 있었다.

그리고 방의 중심, 작은 대리석 장식대 위에 반쯤 두둥실 떠 있는 '별'이 보였다.

[이런, 방 하나가 잘못 배정됐군요. 하하, 어쩔 수 없죠! 아무튼 여러분께 이야기의 가호가 따르기를!]

목소리가 잦아들고, 방 반대편에도 한 사람이 소환되었다.

나는 눈을 한 번 비빈 뒤 무시무시한 눈길로 이쪽을 노려보는 상대를 마주 보았다.

"아무래도 '잘못 배정된 방'이 여기인가 본데."

[해당 방에 비치된 별의 보상이 공개됩니다!]

〈별의 보상〉

선택 1. 상대방보다 먼저 '별'을 획득해 사용할 시, 당신은 상대방이 가진 모든 스킬 및 설화를 획득할 수 있습니다.

선택 2. 상대방보다 먼저 '별'을 획득해 사용할 시, 당신은 상대방에 대한 무기한 생사여탈권을 가질 수 있습니다.

선택 3. (…)

나는 보상 내역을 읽다 말고 상대방을 향해 손을 흔들었다.

"어이, 어떻게 해야 하는지 알지? 너도 알다시피 이 시나리오는…… 야!"

나는 말을 하다 말고 별을 향해 달리기 시작했다. 이미 방 중심에 도착한 유중혁이 별을 향해 손을 뻗고 있었다.

59

Episode

김독자 컴퍼니

1

"유중혁, 미친놈아!"

나는 거의 괴성을 지르며 유중혁을 향해 달려갔다. 얼마나 놀랐는지 스킬의 위력을 조절할 수조차 없었다. [책갈피]로 [전인화]와 [바람의 길]을 동시에 발동했고, 섬전처럼 쏘아진 내 신형은 유중혁의 몸과 그대로 충돌했다.

콰아아아앙!

[백청강기]의 마력이 허공을 물들였고, 장식대 위의 별은 날아가 바닥을 굴렀다.

내 마력을 받아낸 유중혁이 나를 보지도 않은 채 말했다.

"비켜라."

"비키긴 뭘 비켜! 너 진짜 미쳤냐?"

어이가 없었다. 다른 등장인물이라면 모를까, 뻔히 모든 걸

아는 유중혁이 별을 건드리다니. 믿을 수 없는 일이었다.

"46번 시나리오 뭔지 몰라? 시나리오 제대로 안 읽었냐고!"

물론 저 유중혁이 읽지 않았을 턱이 없었다.

"읽었다."

"저걸 집으면 모두 끝장이야!"

"그렇지만은 않다. 대부분은 저 별을 획득하며 다음 시나리오로 넘어가니까."

유중혁이 느릿하게 나를 돌아보았다. 일말의 동요도 느껴지지 않는 표정.

놈은 46번 시나리오가 처음이 아니었다.

「46번 시나리오는 같은 성운 소속이거나, 자신이 '동료'로 인정한 사람만 함께 참가할 수 있다.」

앞선 회차에서, 유중혁은 모든 것을 계산해 46번 시나리오에 뛰어들었다. 제약을 받기 싫었기에 대성운에 가입하지 않았고, 그 대신 자신이 모은 동료들과 시나리오에 도전했다. 미래의 신유승에게서 받은 41회차까지의 정보도 적극 활용했다.

하지만 그런 유중혁도 단 하나, 예상치 못한 존재가 있었다. 유중혁이 바꾼 새로운 미래에 적응하여 동료로 나타난 인물.

「"당신을 믿어요, 유중혁."」

예언자, 안나 크로프트.

지난 회차에서 그녀는 유중혁의 일행이었다.

나는 손으로 녀석을 막아서며 말했다.

"유중혁."

괜찮아졌을 줄 알았다. 이전 회차와는 완연히 다른 삶을 살아오며 달라졌을 거라 믿었다. 몇 번이나 서로 목숨을 구해주며 여기까지 왔으니, 신뢰라는 게 생겼을 거라고 착각했다.

"난 안나 크로프트가 아니야. 널 배신하지 않아."

「"당신이 배신하지 않을 것을 믿었어요."」

유중혁은 안나 크로프트 때문에 46번 시나리오를 실패했다. 일행을 잃었고, 가진 모든 것들을 잃었다.

유중혁은 살아남았지만 살아남은 것이 아니었다. 안나 크로프트에게 모든 것을 잃고, 존재 자체를 복속당한 채 46번 시나리오 이후를 노예처럼 살다가 죽었다.

유중혁이 나를 보며 말했다.

"김독자, 너는 예언자라고 했지."

유중혁의 표정에 냉기가 깃들었다.

"난 네놈이 마음에 들지 않아. 처음부터 그랬다."

고오오오오!

유중혁의 전신에서 초월좌의 기파가 터져나왔다. 조금의 망설임도 없이 발도하는 [흑천마도]의 검격에, 나도 [전인화]의 힘을 한도까지 끌어올렸다.

까드드드드득!

손아귀에서 느껴지는 충격파와 함께 벌레처럼 튕겨나가는 내 몸.

이제는 나도 정말 화가 났다.

"이 망할 자식이!"

['마왕'의 격을 개방합니다!]

[전인화]에 이어 [마왕화]까지.

가진 모든 힘을 집중하여 유중혁의 힘에 대응했다. 일전에 다하지 못한 2차전의 개막이었다.

나는 격의 충돌에 휩쓸려 저만치 나뒹구는 '별'을 일별하며 외쳤다.

"이제 다 왔는데 겨우 여기서 포기하려는 거냐? 내 스킬이랑 설화가 그렇게 탐나냐고!"

유중혁은 대답이 없었다.

나는 입술을 깨문 채 발악하듯 검을 휘둘러댔다. '부러지지 않는 신념'과 '흑천마도'가 부딪치며 귀청이 찢어질 듯한 파찰음을 자아냈다.

이해가 가지 않는 것은 아니었다. 유중혁은 지난 회차에서 예언자에게 배신당했다. 어쩌면 녀석이 가장 가지고 싶은 힘도 예언 그 자체일 것이다.

그리고 녀석은, 아직도 나를 '예언자'라고 오해하고 있다.

「*김*독 자는 ***멍 청*** 하다.」

뭐?

[전용 스킬, '제4의 벽'이 발동합니다!]

['제4의 벽'이 몸을 들썩이며 웃습니다.]

순간, 차가운 물을 뒤집어쓴 것처럼 머릿속이 냉철해졌다.

정말 유중혁은 내가 '예언자'라서 죽이려는 것일까? 내가 가진 스킬과 설화를 손에 넣기 위해서 이런 짓을 벌이는 것일까? 오직 이 순간만을 위해, 녀석은 모든 걸 연기해왔을까?

['한낮의 밀회'에 읽지 않은 메시지가 남아 있습니다.]

지난 삼 년의 흔적이 남아 있는 아이템.

나는 유중혁의 검격을 받아내며 '한낮의 밀회'를 발동했다.

[부재중 메시지가 ???통 있습니다.]

[메시지가 손상되어 읽을 수 없습니다.]

젠장.

「도 와줄 까?」

그 말과 함께, 머릿속에서 메시지가 정렬되기 시작했다.

['제4의 벽'의 권능으로 손상된 메시지가 불완전하게 복구됩니다.]

유중혁이 남겼을 메시지가 [제4의 벽]의 입을 통해 불완전하게 재생되기 시작했다.

「이길 영 신유 승 짜증 나는 꼬마.」
「이 현성 어 리석 은 군 인.」

우스운 메모였다. 이 자식은 채팅창을 메모장으로 썼나?

「정 희원 한 수 영 사 이 나 쁘다.」
「이지 혜 돌머리.」
「유상 아 쓸데 없 이 영 리.」

누가 보면 일행들 욕만 써놓은 줄 알겠다. 하지만 유중혁을 잘 아는 나는 알 수 있었다. 유중혁은 관심 없는 존재에 관해서는 일언반구의 언급조차 하지 않는 녀석이다.

「*김* 독 자.」

순간, 망치로 머리를 맞은 듯 현기증이 일었다.

"유중혁, 너 지금……."

애초에 이 시나리오는 '동료'로 인정이 될 때만 발동하는 시나리오다. 만약 녀석이 나를 믿지 않았더라면, 나를 동료로 인정하지 않았더라면, 이 시나리오에는 진입조차 할 수 없었다.

[등장인물 '유중혁'에 대한 이해도가 폭발적으로 상승합니다!]

[전용 스킬, '전지적 독자 시점'이 발동합니다!]

나는 멍하니 유중혁을 바라보았다. 유중혁은 내가 가진 스킬이나 설화를 원하는 것이 아니었다.

마침내 녀석이 입을 열었다.

"네 방만을 용납하는 것은 여기까지다."

놈의 '흑천마도'가 정확히 내 목을 겨누고 있었다.

"네놈이 멋대로 굴어서 삼 년을 날렸다. 또 그럴 수는 없다."

"필요한 일이었어. 제대로 된 ■■으로 가기 위해선 어쩔 수 없었다고."

"네놈이 추구하는 ■■이 제대로 된 것인지 아닌지는 아무도 모른다."

"그래서 지금 내 '생사여탈권'을 네놈이 가지겠다는 거냐?"

유중혁의 눈동자에서 고요한 분노가 이글거렸다.

“적어도 이렇게 하면 네놈은 또 멋대로 희생하려 들지 못할 것이고, 다른 녀석들도 쓸데없는 짓을 벌이지 않겠지.”

[제4의 벽]이 계속해서 ‘한낮의 밀회’의 문장을 읽었다.

「*이지 혜가* 자 신의 **목** 숨을 *가* 벼이.」

「이 **현 성** ***일*** 부러 괴수 들 속에 ***뛰어*** 들 어.」

일행들이 벌인 ‘쓸데없는 짓’이 무엇인지 그제야 깨달았다.

나는 선언하듯 말했다.

“이제 그런 짓은 절대로 안 해.”

“…….”

“죽고 싶은 사람이 어딨냐? 나도 거기서 그러기 싫었어.”

유중혁은 나를 겨눈 검을 내리지 않았다. 내 말을 조금도 믿지 않는 눈빛. 결국 설득의 방향을 바꾸는 수밖에 없었다.

“유중혁, 그 ‘별’을 사용하면 너는 내 ‘생사여탈권’을 가질 수 있을지 몰라도 ‘배신자 설화’를 얻게 돼.”

배신자 설화.

“그 설화를 얻으면 다음 시나리오로 가더라도 일행들에게 신뢰를 얻지 못해. 이제 아무도 너를 믿지 않을 거라고. 그걸 원하는 거냐?”

미움받고 싶은 사람은 없다. 냉혈한 회귀자 유중혁이라도 마찬가지다. 더군다나 이제야 제대로 된 ‘동료’를 얻게 된 유중혁이라면 더욱.

“상관없다.”

“뭐?”

유중혁이 나를 보았다. [전지적 독자 시점]을 통해 녀석의 마음이 들려오고 있었다.

「내가 너였다면 좋았을 것을.」

내가 아는 유중혁이라면 절대로 하지 않을 생각이었다.

발이 굳어진 찰나, 유중혁의 신형이 별을 향해 움직였다.

순간, 누군가가 시간의 양극을 잡아당기기라도 한 것처럼 주변의 모든 것이 느려졌다.

—근데 네 세계선의 유중혁은 아직 괜찮냐?

느려진 시간 속에서 1,863회차 한수영의 목소리가 들려왔다.

—여기 유중혁이야 닳고 닳은 놈이지만, 3회차면 정신 상태가 아직 말랑할 거 아냐? 너 같은 녀석이 나타나서 설쳐대면 분명 기가 꺾일 텐데 말이지.

별을 향해 다가가는 유중혁의 표정은, 주인공의 그것이 아니었다. 내가 기억하던 오만하고 자신감 넘치던 유중혁은 이제 없었다. 오히려 무언가에 겁을 먹은 모습이었다.

「이 세계에는 김독자가 필요하다.」

「그리고 다른 일행들에게도.」

「시나리오를 끝까지 클리어할 수 있는 것은 내가 아니야.」

[제4의 벽]이 말했다.

「너 도 이 결원 했 잖 아.」

귓가가 왱왱거리며, 지금껏 내가 한 짓들이 머릿속을 스쳐 갔다. 유중혁이 얻어야 할 것을 대신 얻고, 유중혁이 올라서야 했던 자리를 빼앗으며 살아온 내 역사가 파노라마처럼 흐르고 있었다.

「"나는 유중혁이다."」

장난처럼 지껄인 말들이 고스란히 내게 되돌아오고 있었다.

내가 별다른 생각 없이 빼앗은 역사들이 지금의 유중혁을 만들었다.

「주인 공 이 되고 싶었 잖 아.」

아니야.

[제4의 벽]이 말했다.

「너는 **유중혁**이다.」

나는 유중혁이 아니야.

「**김독자**는 **유중혁**이다.」

내가 되고 싶은 건 주인공이 아니라고.

「***그 럼 너 는 무 얼 위 해 시 나 리 오 를 수 행 하 는 거 지?***」

무엇을 위해 시나리오를 수행하는가.
별을 향해 손을 뻗는 유중혁의 모습이 보였다.
나는 속으로 중얼거렸다.

그런 걸 말로 설명할 수 있다면, 뭐 하러 목숨 걸고 시나리오를 깨왔겠어.

['제4의 벽'이 알 수 없는 반응을 일으킵니다.]

머릿속에서 쩌저저적, 하는 소리가 들려왔다. 단단한 뭔가에 아주 작지만 확실한 금이 가는 소리. 그 소리를 들으며 유중혁을 향해 달려갔다. 기다렸다는 듯 돌아본 유중혁이 나를 향해 격을 발출했다.

완숙한 경지에 오른 초월좌의 힘. 지난 삼 년간 유중혁은 더 강해졌다.

[등장인물 '유중혁'이 거대 설화, '마계의 봄'을 이야기합니다.]

"너는 내 상대가 안 된다."

"그럴지도."

1,863회차에 다녀온 내가 이길 수 없을 만큼, 유중혁은 강해졌다. 이렇게나 강해진 녀석이 저렇게 자신감이 떨어져 있는 것이 이해가 가지 않을 정도로.

"하지만 난 널 이길 수 있는 녀석을 알아."

유중혁은 두려워하고 있었다. 41회차의 신유승에게 받은 정보가 슬슬 떨어지고 있을 테니까. 이제 곧 녀석이 모르는 이야기가 시작될 테니까.

['이계의 언약'의 보상으로 받은 '설화'를 해금합니다.]

그러니 알려줘야 했다.

너는 고작 그 정도가 아니라고. 네가 뻗어나갈 수 있는 곳은 겨우 41회차까지가 아니라고.

[당신은 '신화급 설화'를 보유 중입니다.]
[해당 설화는 누군가가 당신에게 전승한 것입니다.]

눈부신 빛살과 함께, 머릿속에서 메시지가 폭발했다.

['단 하나의 설화'가 당신의 신화급 설화에 반응합니다!]
[해당 신화급 설화는 거대 설화를 대체하기에 충분합니다!]
[당신의 첫 번째 신화급 설화가 '승'의 일부를 완성했습니다!]
[전승 과정에서 설화가 일부 소실되어 '승'이 완성되지 못했습니다.]
[다른 신화급 설화나 거대 설화를 획득하십시오.]

본래 이 설화를 손에 넣을 계획은 없었다.

내가 만들 이야기에 1,863회차의 설화가 끼어들 줄도 몰랐고. 하지만 어차피 상황이 이렇게 되었다면, 이 설화를 이용해도 나쁘지 않을 것이다.

[해당 설화의 크기가 당신의 이야기 역량을 까마득하게 넘어섭니다.]
[당신의 독해 수준으로는 해당 설화를 일부만 해석할 수 있습니다.]

코피가 흘러나왔고, 온몸이 감전이라도 된 듯 떨렸다.

나와 유중혁 주변으로 새카만 그림자가 몰려들었다. 방의 정경이 뒤바뀌며 어디선가 유황 냄새가 났다. 뜨거운 지옥 불과 혈향이 바닥을 덮었다.

당황한 유중혁이 뭐라고 외치는 소리가 들렸다.

나는 그에 반응하지 않고, 나를 기다리는 무수한 그림자를 바라보았다.

[당신의 독해 수준으로 해석 가능한 회차를 가늠합니다.]

숫자들이 망막 위를 빠르게 지나쳤다.

[당신이 독해 가능한 '유중혁'의 최대 회차는 '41회차'입니다.]

['41회차'를 선택하시겠습니까?]

천천히 고개를 끄덕이자, 유중혁의 감정이 머릿속을 가득 메워갔다.

지독한 절망감과 무력감. 고된 시나리오 속에서 닳아버린 감정들.

미쳐버릴 것 같은 우울이 형상을 띤 채 나를 공격해왔고, 비웃음 소리가 연달아 울려 퍼졌다.

나는 그 모든 것을 참고 견뎠다.

[해당 회차의 '유중혁'의 재능이 당신에게 깃듭니다.]

아득한 고독감 속에서, 그림자가 나를 보고 있었다.

41회차의 유중혁. 신유승을 과거의 자신에게 보낸, 비정한 사내.

그가 나를 향해 말했다.

「**내 특기는 '창'이다.**」

새카만 그림자로 존재하는 창이 눈앞에 나타났다.

나는 망설이지 않고 그 창을 쥐었다.

[설화, '영원불멸의 지옥도'가 이야기를 시작합니다.]

설화, '영원불멸의 지옥도'.

1,863회차의 유중혁이 내게 전해준 설화였다.

[다수의 성좌가 당신의 '설화'에 경악합니다.]

[성운, <아스가르드>가 당신의 설화를 주목합니다.]

[성운, <베다>가 당신의 설화를 주목합니다.]

무려 성운 규모의 주목을 받는 설화.

이상한 일도 아니었다. 무려 '신화급 설화'인 데다, 심지어 '거대 설화'의 일부를 대체할 수 있을 정도의 파괴력을 지녔으니까.

유중혁의 동공에도 파문이 일었다.

"어떻게……."

'영원불멸의 지옥도'는 1,863번에 달하는 회귀를 통해 쌓은 유중혁의 '역사'를 잠깐이나마 빌려올 수 있는 설화.

손아귀에 쥔 창에서, 내 것이 아닌 힘이 느껴졌다.

이 '설화'로는 시스템을 통해 습득한 유중혁의 스킬이나 성흔을 빌려올 수는 없다. 하지만 유중혁의 진짜 힘은 시스템을 통해 구성된 것이 아니라, 초월좌의 수련을 통해 체화된 것이었다.

「그 창을 손에 쥐기 위해, 유중혁은 수십 년 동안 단 하나의 초식을 단련했다.」

41회차의 유중혁.

녀석은 파천검성을 찾는 대신, 사라진 '제0 무림'의 유산을 찾았다.

이미 오래전에 멸망해버린 세계의 무공.

멸혼신창滅魂神槍.

무림 최강이라는 [파천검도]에 비견되는 극강의 마공魔功.

41회차의 유중혁은 이 창 한 자루로 귀환자를 멸살했다.

아마 3회차의 유중혁도 이 힘을 알아볼 것이다. 이것은 녀석이 염두에 두고 있던 무공 중 하나니까.

"맞아, 네가 익히려 했던 힘이야."

나는 표정을 굳히며 말했다. 창을 쥔 손이 덜덜 떨렸다. 과도하게 집적된 격.

겨우 41회차. 그 41회차에, 유중혁은 이미 이런 경지에 올랐다.

쿠구구구구!

스킬이나 성흔을 넘어서, 인간 유중혁이 자신의 삶을 바쳐 축적한 힘. 이것이 바로 '초월좌의 격'이었다.

밀려오는 현기증에 당장이라도 쓰러질 것 같았지만 버티고 또 버텼다. 육체적 부하보다 정신적 부하가 더 컸다. 하지만 이 하중이 어디까지나 정신적인 것이라면.

[전용 스킬, '제4의 벽'이 발동 중입니다!]

나는, 어떻게든 버틸 수 있다.

"덤벼."

설화 속 유중혁이 자세를 취한다.

성유물인 '옹호극'이나 '백뢰신창'을 들었다면 더 제대로 싸울 수 있겠지만, 지금은 이 '그림자 창'으로도 충분했다.

충분하다고, 나에 의해 초환된 가상의 41회차 인격이 말했다.

「**나약하군. 회귀하기 좋은 꼴이다.**」

유중혁은 약해졌다. 아마 내가 녀석을 약하게 만들었으리라.

"제대로 안 덤비면 죽인다."

그 말과 함께 유중혁의 전신에서도 초월의 격류가 몰아쳤다. 내가 진심임을 유중혁도 눈치챈 것이다.

누가 먼저랄 것도 없이 서로를 향해 달려들었다. 허공에서 격과 격이 충돌하며 굉음을 일으켰다. 자욱하게 솟은 먼지 사이로 [멸혼신창]의 창영槍影이 수십 수백 갈래로 분화했다.

스킬도 아니고, 성흔도 아닌 힘.

41번에 달하는 회귀 속에서 만들어진, 노력으로 형상화된 역사.

폭발하는 [멸혼신창]의 창광槍光에 유중혁의 몸 곳곳에 상흔이 나타났다.

"이것밖에 안 되냐? 지난 삼 년 동안, 겨우 이 정도냐고."

숨이 턱 끝까지 차오르고, 고갈되는 마력에 어지럼증이 도졌다. 그럼에도 나는 지껄였다. 녀석을 도발하기 위해, 더욱더 자극적인 말을 내뱉었다.

유중혁의 상념이 허공을 떠돌았다.

「그때 '절대왕좌'를 차지했다면 어땠을까.」

흘러넘치는 후회 속에서 유중혁은 물러나고 또 물러났다.

「**만약 내가 더 노력했더라면.**」

물러서고, 또 물러서고. 그렇게 끝없는 물러섬 끝에, 유중혁은 언제나처럼 막다른 벽에 도달했다. 더 이상 물러설 곳이 없는 벽.

나는 그런 유중혁을 향해 창을 찔렀다. 쇄도하는 창극이 유중혁에게 말을 걸었다.

「**너는 이미 노력했다.**」

유중혁의 동공이 커지며, 간발의 차이로 창극을 피해냈다. 벽에 박힌 창을 보며, 유중혁이 몸을 떨었다.

창극이 계속해서 말하고 있었다.

「**충분치 않았을 뿐.**」

유중혁의 떨림이 천천히 잦아들었다. 흔들리던 눈동자가 가라앉고, 차가운 심상이 망막 속에 똬리를 틀었다.

[설화, '영원불멸의 지옥도'가 화신 '유중혁'에게 영향을 미칩니다.]

유중혁이 다시 검을 들었다. [멸혼신창]의 창극이 허공을 가르자 [파천검도]의 검강이 그 궤적 위에 겹쳐졌다. 새파란 불꽃이 튀겼다. 유중혁은 내가 아니라 '창'을 바라보았다. 충돌 횟수가 늘어날수록 주변 시공간도 변화했다. 초월의 시간이 열리고 있었다.

「네가 내게 신유승을 보냈지.」

「맞아.」

유중혁은 계속해서 검을 휘둘렀다. 아까보다 정제되지 않은 검격이었다. 궤적은 미숙했고, 초식은 어설펐다. 분명 완성 직전이던 [파천검도]가 다시 흐트러지고 있었다.

유중혁이 물었다.

「41회차를 거치면 이 정도로 강해질 수 있는 건가?」

「정확히는 겨우 이 정도일 뿐이지.」

초월을 초월하려면 가진 틀을 버릴 용기를 내야 한다. 고작 창틀 하나 때문에 성을 무너뜨리는 건축가처럼, 집요한 강박과 완벽을 향한 갈망만이 새로운 초월의 길을 여는 열쇠가 된다.

그리고 유중혁은 길을 선택했다.

쩌저저저적.

[멸혼신창]과 부딪칠 때마다 [파천검도]의 형形이 무너졌다. 궤軌가 바뀌고, 의意가 변한다.

결국 초월좌의 힘은 그가 추구하는 설화의 결을 따라가는 법이다. 거대한 난관에 부딪힐 때마다 더 강해진 유중혁의 역사. 그 역사가 다시 한번 도약을 준비하고 있었다.

「강해져라, 유중혁.」

유중혁과 유중혁이 대화하고 있었다.

[마왕, '구원의 마왕'이 화신 '유중혁'을 바라봅니다.]

그리고 아마도 이것이 내 역할이리라.

삶의 어느 국면에 이르러 자신의 내면을 들여다보는 유중혁. 그런 유중혁을 보며 나는, 나에 관해 생각했다.

주인공이 될 수도 없고, 누군가를 구원할 수도 없다.

하지만 적어도 나는 이야기를 알고 있고, 이야기를 전할 수 있다.

그 모든 창격에 내가 읽은 문장이 담겨 있었다.

그 끔찍하던 3회차를.

통한의 41회차를.

지옥 같던 1,863회차를.

내가, 한 문장도 빠짐없이 모두 읽었다.

아아아아아아아아!

그 격돌 안에서 유중혁은 다른 삶들을 살고 있었다. 내가 멸살법을 통해 삶을 살았듯, 유중혁 또한 부딪치는 병장기의 파찰음 속에서 자신이 살지 않은 생을 살아내고 있었다.

그렇게 3회차의 유중혁은 41회차를 통해 성장하고 있었다.

[등장인물 '유중혁'이 설화, '영원불멸의 지옥도'를 응시합니다.]

인간은 타인에 의해 구원될 수 없다. 자신을 구할 수 있는 것은 오직 자신뿐. 타인인 내가 해줄 수 있는 것은 기껏해야 교량橋梁의 역할이다.

"너도 실패한 놈일 뿐이다."

유중혁이 말했다.

"실패한 놈의 충고 따윈 듣지 않는다."

비로소 내가 알던 유중혁이었다.

진화한 [파천검도]의 궤적이 [멸혼신창]의 흐름을 따라간다. 집요하게 따라붙은 검격이 창의 그림자를 파훼하고, 이어지던 맥을 끊는다.

유중혁은 좌절해도 포기하지는 않는다. 절망해도 멈추지 않고, 모든 것이 무너져도 다시 한번 첫 번째 블록을 집는다.

「나는 유중혁이다.」

"아니."

그리고, 마침내 자기 자신을 넘어선다.

"내가 유중혁이다."

폭발하는 강기가 방 곳곳을 파괴하며 비산했다.

[설화, '영원불멸의 지옥도'가 이야기를 마칩니다.]

타오르던 지옥도가 사라지고 혈향은 무뎌졌다. 희뿌연 먼지 속에서, 흑천마도의 날카로운 칼날이 내 목에 닿아 있었다. 그리고 거의 동시에, 내가 뻗은 '부러지지 않는 신념' 또한 녀석의 심장 근처에 닿아 있었다.

[성좌, '해상전신'이 진심으로 감탄합니다.]

[성좌, '한발 늦은 시련의 극복자'가 경의를 표합니다.]

[성좌, '황산벌의 마지막 영웅'이 진정한 무인의 대결에 탄복합니다.]

시간이 정지하기라도 한 것처럼, 주변을 가득 채우는 것은 차오른 숨소리뿐이었다. 간헐적으로 끊어지는 정적 속에서 유중혁이 나를 노려보았다.

41회차를 넘어선, 3회차의 유중혁이 말했다.

"내가 이겼다."

나는 웃었다.

"뭔 소리야? 내가 이겼어."

바닥을 굴러다니는 별이 환한 빛을 발했다.

[시나리오의 제한 시간이 모두 경과했습니다.]

작은 축복처럼, 허공에서 별이 터지며 은빛으로 흩어졌다. 우리는 멍하니 그 빛을 올려다보았다.

[해당 방은 별을 획득하지 못했습니다.]

[누구도 동료를 해치지 않았습니다.]

46번째 시나리오, '별의 증명'. 이 시나리오는 참가자 모두가 서로 해하지 않을 때 '제대로' 클리어할 수 있다.

[당신은 '신뢰'를 증명했습니다.]

하지만 46번까지 시나리오를 거쳐온 이들은, 누구도 그런 식으로 시나리오를 클리어할 생각을 하지 못한다.

이 위로는 이제 성좌들의 세계.

마지막으로 자신의 힘을 키울 기회를 저버릴 화신은 없다.

하나의 별이 탄생하면, 하나의 별은 저문다. 그리고 누구도 빛을 나눠 갖지 않는다.

[새로운 설화를 획득했습니다!]

[시나리오의 클리어 조건을 충족했습니다.]

정신을 차렸을 때, 우리는 약속이라도 한 듯 바닥에 드러누워 있었다. 더 이상 버티는 것은 유중혁도 나도 한계였다.

아주 잠깐 의식의 퓨즈가 끊어졌다 되돌아왔다. 끔뻑끔뻑 눈을 떴을 때, 유중혁이 중얼거리는 소리가 들렸다.

"아쉽게 됐군."

"그러게 말이다. 패왕의 설화를 얻을 기회였는데."

온몸 근육이 끊어질 듯 아팠다. 몰래 꿍쳐두었던 '대환단'을 몇 개나 씹어 먹었지만, 망가진 화신체는 생각보다 회복이 더뎠다. '영원불멸의 지옥도'는 그만큼 과부하가 심한 설화였다.

"넌 멀쩡해 보인다?"

"……."

숨을 몰아쉬면서도 유중혁은 끊임없이 무언가 생각하는 듯했다.

방금 얻은 깨달음으로 인해 유중혁은 아마 새로운 경지에 올랐을 것이다.

그게 재능이라는 거겠지. 부럽다. ……뭐, 저 녀석은 주인공이니까.

침묵하던 주인공이 입을 열었다.

"다른 세계선에 다녀왔다고 했지."

왜 안 물어보나 싶었다.

"몇 회차였지?"

"1,863회차."

그 숫자가 너무나 아득했을까. 유중혁은 잠시 말이 없었다.

"방금의 설화는 그 세계선의 내가 준 건가?"

"어."

유중혁은 더 이상의 자세한 이야기는 묻지 않았다. 그 대신 잠시 뭔가 생각하다가 물었다.

"그곳의 나도…… 실패했나?"

나는 허공을 가만히 올려다보다가 말했다.

"성공했어."

유중혁의 신형이 멈칫 굳는 것이 느껴졌다.

['제4의 벽'이 희미하게 흔들립니다.]

원작의 회차를 뛰어넘어, 자신의 이야기를 찾아 떠난 1,863회차의 유중혁. 나는 그 유중혁의 마지막 모습을 떠올리며 말을 이었다.

"녀석이라면 시나리오의 끝에 도달할 거야. 어쩌면 나도 알지 못하는 결말에."

"너도 제대로 확인하진 못한 모양이군."

"그걸 확인했으면 돌아오지 못했겠지."

"거기서 끝을 보는 것도 나쁘지 않았을 텐데."

"거긴 내 세상이 아니야."

나는 텅 빈 허공을 바라보며 말했다.

"내 세상은 여기야."

유중혁은 오래도록 말이 없었다.

나는 잘 올라가지 않는 입술을 매만지며 웃었다.

"여긴 내 화신인 유승이도 있고, 직장 동료 유상아 씨도 있고, 아직 흑화가 덜 된 한수영도 있고, 어머니도……."

"벌써 희희낙락하지 마라. 아직 끝난 게 아니다."

그때 허공에서 도깨비의 목소리가 들려왔다.

[이런, 방 하나는 벌써 끝났군요. 히히, 과연…… 시나리오의 기대주답게 박진감 넘치는 전투였습니다!]

영기는 아니었다. 시나리오를 맡은 도깨비 숫자가 제법 되니 아마 담당이 바뀌었겠지.

나는 몸을 일으키려 안간힘을 썼다. 유중혁 말이 맞다. 아직이 시나리오는 끝난 것이 아니다.

유중혁이 말했다.

"다른 방은 우리보다 늦게 투입되었다."

실제로 우리 눈앞에는 다음과 같은 메시지가 떠 있었다.

[현재 성운 소속원의 시나리오 클리어를 기다리는 중입니다.]

그리고 영기의 목소리가 들려왔다.

[클리어 조건을 만족하신 분들께는 특별히 다른 방의 정경

을 보여드리겠습니다!]

메시지와 함께 눈앞에 떠오르는 화면 몇 개. 뒤이어 무수한 간접 메시지가 귀를 찔렀다.

[마왕, '지옥 동부의 지배자'가 두 성좌의 격돌을 주시합니다.]

[마왕, '검은 갈기의 사자'가 전투에 깊은 흥미를 보입니다.]

[성좌, '젊은이와 여행의 수호자'가 전장을 주목합니다.]

[성좌, '정의와 화목의 친구'가 걱정스러운 표정을 짓습니다.]

[성좌, '재앙의 뒤틀린 머리'가 친우의 승리를 기원합니다.]

한 장소에 쉽게 모이기 힘든 가공할 수식언들. 나는 떠오른 화면 중 하나에 시선을 고정했다.

왜 이런 거물들이 모여 있나 했더니…… 빌어먹을, 역시 이렇게 된 건가.

화면 속에서 검고 붉은 마력파가 충돌하고 있었다. 방 전체를 가득 채우는 마력의 향연. 무엇이라도 녹일 듯한 지옥불과, 가공할 파괴력을 가진 검은 불꽃이 부딪치는 광경이었다. 보는 것만으로도 그 열기에 육신이 익어버릴 것 같았다.

내가 아는 가장 무시무시한 두 성좌. 그 성좌들의 화신이 격돌하고 있었다.

'심연의 흑염룡'. 그리고 '악마 같은 불의 심판자'.

도깨비의 웃음소리가 들려왔다.

[이거, 잘못 배정된 방은 아무래도 싱겁게 끝나겠군요.]

검붉은 마력파의 폭발에 방 안 모든 것이 불타올랐다. 희뿌연 시야 속에 창백한 그림자들이 흔들렸다.

날카롭게 찢어지는 파육음.

누군가의 신형이, 연기 속에서 서서히 무너지고 있었다.

2

후두둑 떨어지는 천장 파편을 보며, 정희원은 고요히 먼지 속을 응시했다. 부유스름한 시야 사이로 쓰러진 한수영의 모습이 보였다.

'멸악의 심판자' 대 '흑염마황'.

'악마 같은 불의 심판자' 대 '심연의 흑염룡'.

한반도의 모든 성좌가 고대하는 전투지만, 정작 당사자들 표정은 전혀 즐겁지 않았다.

흙먼지 사이로 발을 내디딘 정희원은 쓰러진 한수영을 '심판자의 검'으로 겨눈 채 말했다.

"연기는 그만두시지 그래."

한수영이 가루가 되어 흩어졌다. 날카로운 파공성. 정희원은 반사적으로 몸을 뒤틀며 자신의 뒤쪽으로 검을 찔렀다. 금속이 부딪치는 파찰음. 붕대를 푼 한수영의 오른손이 새카만 어둠을 품은 채 '심판자의 검'을 받아내고 있었다.

"안 속네?"

"삼 년 동안 지겹게 봤어."

심판자의 검에서 새하얀 빛이 터져 나왔다.

"'첫 번째 사도'다운 비겁한 수작."

꽈아아아앙!

격과 격이 충돌하며 두 사람은 동시에 서로에게서 떨어졌다. [귀살]을 발동한 정희원의 두 눈에 붉은 귀화가 일렁였다.

[귀살]은 사용자의 공격력을 증강하는 대신 불안한 감정 또한 강화한다. 슬픔은 고조시키고, 분노도 증폭시킨다.

"충무로에서 일행들을 공격한 것도 너지."

깃발 쟁탈전이 한창이던 시절, 충무로에서의 전투. 그것이 한수영과 일행들의 첫 만남이었다.

"그때 지혜랑 길영이는 죽을 뻔했어."

"그땐 나도 목숨을 걸었어. 넌 거기 있지도 않았잖아?"

"없었으니까 화가 나는 거야. 있었으면 넌 지금 여기 없어."

허공에서 불빛이 반짝이며 깃발 쟁탈전 당시 벌어진 일들이 홀로그램 영상으로 투사되었다. 아마도 당시 채널에 없었던 성좌를 위한 도깨비들의 서비스일 것이다. 사도의 습격으로 끔찍한 상처를 입은 이지혜와 이길영의 모습.

한수영은 진절머리가 난다는 듯 말했다.

"그래서 지금 날 죽이겠다고?"

"넌 믿을 수 없어."

한수영이 입술을 깨물었다. 정희원의 분노가 타당하다는 것을, 한수영 또한 이해했다. 분명 그녀는 '첫 번째 사도'였고, 한때는 적이었다.

이 년 전의 어느 날. 한수영이 '첫 번째 사도'라는 소문이 퍼졌다. 왜 소문이 퍼졌는지는 모른다. 확실한 것은 한수영이 딱히 소문을 부정하지 않았다는 사실이었다. 죄책감 때문이었을 수도 있고, 이만하면 됐겠지 싶은 비겁한 마음이었을 수도 있다. 어느 쪽인지는 한수영도 알 수 없었다.

그녀가 알 수 있던 것은, 자신에 대한 일행의 태도뿐이었다.

—뭐, 지난 일이니까요. 정 미안하면 새 방어구 하나만 사주세요.

—진짜요? 누나가 그때 목 잘린 채 말하던 사람이라고요? 지금 보여주면 안 돼요?

깃발 쟁탈전 당시 가장 크게 다친 이지혜와 이길영은 오히려 전혀 개의치 않는 얼굴이었다. 이미 그녀가 '첫 번째 사도'임을 알고 있던 유상아는 조용히 눈을 감았고, 유중혁은 이제껏 그래왔듯 신경 쓰지 않았다.

하지만 정희원은 달랐다.

"넌 제대로 속죄해야 해."

"그러니까, 왜 네가—"

"그런 식으로 대충 넘어가면, 그 애들이 받은 상처가 없었던 일이 될 것 같아?"

"……."

모두가 행복하기 위해서, 화합을 깨기 싫어서 속으로 참는 것들이 있다. 주변 눈치를 볼 수밖에 없는 사람이라면 더욱 그렇다.

"한수영, 어른이 되었으면 나잇값을 해. 철없이 굴지 말고."

[성좌, '악마 같은 불의 심판자'가 고개를 끄덕입니다.]

한수영의 눈빛이 사납게 변했다.

[성좌, '심연의 흑염룡'이 분노합니다.]

"까고 있네. 네가 무슨 정의의 사도라도 되는 줄 알아? 멋있는 척하는 건 좋은데, 때와 장소는 가려가면서 해. 지금 네가 이러면 김독자만 힘들어질걸?"

"독자 씨랑은 상관없는—"

"너, 네 입으로 그랬지? '김독자의 검'이 되겠다고."

그 말에, 처음으로 정희원이 입을 다물었다.

한수영이 조소했다.

"검이면 주인이 시키는 대로 움직여야지?"

"미안하지만."

바닥에 가라앉은 먼지들이 불꽃을 튀겼다. 정희원의 검이 움직이는 궤적을 따라 허공이 불타오르고 있었다.

"이 검은, 제멋대로라."

정희원의 [지옥염화]가 불을 댕겼다.

"누구를 벨지는 스스로 정해."

'심판자의 검'이 한수영을 겨누었다.

"이제 장난은 끝이야, 한수영. 전력으로 덤벼."

[화신 '정희원'이 '심판의 시간'의 발동을 요청했습니다!]

¤ ¤ ¤

화면 속에서 몰아치는 [흑염]과 [지옥염화]의 불길을 보며 나는 탄식했다.

"……그래서 싸우는 거였군."

때가 되었다고 생각은 했다.

한수영의 정체는 꽤 오랫동안 감춰졌지만, 그게 언제까지 유지되리라는 법은 없었다.

차라리 47번 시나리오로 가기 전에 비밀이 밝혀져 다행인지도 모른다. 이번 시나리오는 서로 진솔하게 부딪치지 않으면 의미가 없다. 어설프게 숨긴 비밀은 도깨비에게 폭로되어 시나리오 재료가 될 뿐이니까.

유중혁이 물었다.

"저대로 둘 셈인가?"

[전지적 독자 시점]을 사용해서 끼어들려면 끼어들 수도 있었다.

화면 속에서 당황한 정희원의 목소리가 울려 퍼졌다.

[절대선 계통의 성좌 일부가 요청에 반대했습니다!]

[반대 1표로 '심판의 시간'의 발동이 취소됩니다!]

옆을 보자 유중혁이 나를 노려보고 있었다.

"저대로 둘 리가 없잖아."

물론 두 사람의 싸움을 방해할 생각은 아니었다. 다만 저 둘의 싸움이 성좌 대결로 번지는 것만큼은 막고 싶었다.

[마왕, '구원의 마왕'이 화신들 싸움에 성좌들이 개입하기를 원치 않습니다.]

[성좌, '심연의 흑염룡'이 당신의 개입에 못마땅해합니다.]

[성좌, '심연의 흑염룡'이 마지못해 납득합니다.]

[성좌, '하늘의 서기관'이 당신의 생각에 공감합니다.]

우리엘에게서는 답변이 없었다. 아직 채널 접속은 허락되지 않은 모양이었다.

"저대로면 둘 중 하나는 죽는다."

"아니, 안 그럴 거야."

"너는 지난 삼 년을 모른다. 저 둘은 사이가 몹시 나빠."

"그래 보이네."

내가 너무 태연하게 굴자 유중혁이 인상을 찌푸렸다.

"네놈은 동료가 죽기를 바라는 건가?"

"아니."

"아니면 예언의 힘으로 미래를 본 건가?"

"나한테 예언의 힘 따윈 없어. 아직도 그런 걸 믿고 있냐?"

나는 화면 속에서 싸우는 한수영과 정희원을 말없이 지켜보았다.

그러자 유중혁이 냉정하게 말했다.

"미래 정보를 적극적으로 활용하고, 모든 것을 계산해도 모자랄 상황이다. 인간에 대한 믿음이 끼어들 틈은 없다."

녀석이 이렇게 말을 많이 하는 건 정말 오랜만이었다.

확실히 지금 내 모습은 대책 없어 보일지도 모른다. 생각해보면 1,863회차의 한수영과도 비슷한 이야기를 나눈 적이 있었다.

「예상표절」 설화를 가지고 있으며, 1,863회차의 유중혁과의 협업을 통해 온갖 정보를 수집하고 또 계산하여 미래를 읽어냈던 한수영.

나는 그런 한수영에게 이렇게 말했다.

「"아무리 생각해도 네 이야긴 말이 안 돼."」

「예상표절」은 훌륭한 설화였고, 유중혁의 지식도 아주 유용했다. 하지만 그것으로도 95번 시나리오에서 김남운을 포함한 일행을 모두 살리기는 불가능에 가까웠다.

이야기를 바꾸며 무수한 변수가 발생했을 것이고, 예상치 못한 일이 일어났을 것이다.

한수영과 유중혁이 아무리 대단하다고 해도, 그들은 멸살법의 작가가 아니다. 절대로 모든 것을 통제할 수 없다. 실패는 예정된 것이었다.

「"대체 어떻게 여기까지 온 거냐? 솔직하게 말해. 뭔가 다른 비밀이 있는 거지?"」

한수영은 그런 나를 가엾다는 듯, 우습다는 듯, 혹은 기이하다는 듯 바라보더니 다음과 같이 말했다.

「"믿었어."」
「"뭐?"」
「"내가 만든 등장인물을 믿었어. 그게 다야."」

지극히 표절 작가다운 그 대답에, 내가 뭐라고 말했던가. 잘 기억나지 않았다.

나는 유중혁에게 말했다.

"유중혁, 난 인간을 믿는 게 아냐."

검과 주먹이 부딪치고, 불길이 불길을 녹였다. 피를 흘리고, 고함을 치며 서로를 향해 달려드는 정희원과 한수영.

그들을 보며, 나는 한수영이 95번 시나리오까지 도달할 수 있었던 비밀을 어렴풋이 이해할 것도 같았다.

"저 사람들이 쌓아온 '이야기'를 믿는 거야."

화면 속에서 다시 한번 굉음이 일었다. 연이은 충돌에 두 사람이 숨을 헐떡였다. 먼지 구덩이를 나뒹굴고, 복부를 가격하고, 머리카락을 베고. 숨 막히는 혈전을 거치며 둘의 표정이 변하고 있었다.

—내가 어지간히 미운가 보네.

—단지 그것 때문만은 아냐.

[전지적 독자 시점]을 쓰지 않아도 그들의 마음이 들리는 것 같았다.

이제껏 함께 싸워온 두 사람의 역사가 마주하고 있었다.

일행들은 지난 삼 년간 무사히 살아남았다. 협력 없이는 결코 생존할 수 없는 시간이었다.

28번 시나리오에서 '사스콰치'를 상대할 때도.

35번 시나리오에서 '알곤킨의 뱀'과 마주했을 때도.

두 사람은 생존을 위해 서로의 등을 지켰을 것이다. 몇 번이나 서로 목숨을 구하고, 지친 손을 붙잡아 일으켜 세웠을 것이다.

정희원도 한수영도 알고 있다.

—단지.

정희원은 강하다. 세계의 화신을 모두 손꼽더라도, 지금의 정희원을 능가하는 화신은 거의 없을 것이다. 하지만 상대가 한수영이었다. 주특기인 [심판의 시간]마저 봉쇄당한 상황이라면, 승부의 향방은 사실상 정해져 있었다.

—애들한테, 제대로, 사과하라고…….

비틀거리던 정희원의 몸이 앞으로 고꾸라졌다. 고온 속에 일렁이는 방 안 정경이 조금씩 식어가고 있었다.

한수영은 쓰러진 정희원을 잠시 내려다보다가, 그녀를 업었다. 아주 작게 뭐라고 중얼거리는 것 같기도 했지만, 한수영의 목소리는 들리지 않았다.

아마도 저게 한수영의 마지막 자존심이겠지.

발치에 흰빛을 내뿜는 별이 굴러다녔다. 한수영은 그 별을 물끄러미 바라보다가 휙 걷어찼다.

[시나리오의 제한 시간이 경과했습니다.]

[화신 한수영과 화신 정희원이 '믿음'을 증명했습니다.]

고개를 든 한수영이 화면을 넘어 내 쪽을 보고 있었다.

—훔쳐보니까 재밌냐?

나는 다른 화면을 향해 눈을 돌렸다.

—이길영, 그만 항복하시지?

—싫어! 너나 항복해 신유승!

한 방에 들어간 이길영과 신유승이 서로 머리칼을 움켜쥔 채 울고 있었다.

다시 고개를 돌리자 좀 특이한 풍경의 방이 눈에 들어왔다.

이설화, 이지혜 그리고 이현성이 함께 들어간 방이었다.

—이 방 진짜 재미없다. 그쵸 언니?

—응. 진실 게임 같은 거라도 할 걸 그랬나?

—현성 아저씨, 코 그만 골고 일어나요. 시간 다 됐대요.

누구도 건드리지 않은 별이 장식대 위에서 외로이 빛나고 있었다. 너무 평화로워서 정말 시나리오가 맞는지 의심스러울 정도였다.

[죄송합니다, 성좌님들. 제가 방을 잘못 배정해서…….]

아무래도 잘못 배정된 방은 저쪽이었던 모양이다.

[화신 신유승과 화신 이길영이 '우정'을 증명했습니다.]

[화신 이현성, 화신 이설화, 화신 이지혜가 '신의'를 증명했습니다.]

[성운의 모든 소속원이 시나리오 클리어 조건을 충족했습니다.]

[메인 시나리오 #46 - '별자리의 맥락'이 종료됐습니다!]

[성운의 소속원 중 누구도 서로 해치지 않았습니다.]

[클리어 형태에 맞는 보상이 준비됩니다.]

이곳에 똑같은 설화를 쌓은 사람은 없다. 모두 다른 역사를 살았고, 다른 맥락에서 이해된다.

눈부신 빛살과 함께, 주변으로 일행들이 소환되었다. 신유승, 이길영, 이현성, 이설화, 이지혜, 한수영, 정희원…….

나와 함께 이곳까지 와준 사람들.

상처투성이가 된 우리를 보며 일행들 표정이 굳어졌다.

"독자 씨."

"언니들, 괜찮아요? 대체……."

일행들이 서로 부축했다. 정희원이 희미하게 웃었고, 한수영은 발끝으로 바닥을 툭툭 찍었다.

나는 그런 한수영을 보며 피식 웃었다.

쿠구구구구.

고개를 들자 하늘이 열리고 있었다.

누군가가 탄성을 흘렸다.

"아……."

그곳에 스타 스트림의 하늘이 펼쳐져 있었다.

경이로운 우주의 정경. 압도적인 풍경에 몇몇 일행이 몸을 떨었다. 끝이 보이지 않는 깊은 어둠. 무엇으로도 메울 수 없을 것만 같은 그 아득함이 우리를 기다리고 있었다.

신유승이 내 오른 소매를 붙잡았고, 이길영이 내 왼편에 붙어 섰다. 이어서 이지혜가, 한수영이, 이현성이, 그리고 정희원이. 마지막으로 이설화와 유중혁이 빙 둘러섰다.

"이거 그때 오징어들 대형이랑 비슷한데?"

이지혜의 목소리에 두려움이 깃들어 있었다.

나는 웃으며 말했다.

"맞아."

그리고 다음 순간. 밤하늘에서 작은 별 하나가 빛났다.

「구원과 마왕의 사이.」

그 빛을 받아 몇몇 행성도 함께 빛나기 시작했다.

「악마와 심판의 사이.」

「강철과 주인의 사이.」

「심연과 흑염룡의 사이.」

텅 비어 있던 우주의 사이사이를 잇는 새하얀 선이 보였다. 서로 결코 만날 일이 없을 것만 같던 별들이 마주 보고 있었다.

그 순간, 나는 '수식언의 맥락'을 이해했다. 아마 일행들도 나와 같은 것을 느끼고 있으리라는 확신이 들었다.

신유승이 말했다.

"……예쁘다."

별과 별 사이에 이야기가 있었다.

[성운, <김독자 컴퍼니>가 46번 시나리오를 돌파했습니다!]

아직 성운의 별자리에는 빈자리가 많았다. 그리고 그 빈자리 중 하나는 유상아의 것이다.

나는 일행들을 향해 말했다.

"가죠."

몸이 두둥실 허공으로 떠올랐고, 곧 우리는 하나의 빛이 되었다.

무수한 스타 스트림의 별이 곁을 스쳐 지나가고, 멀리서 광대한 성간 도시의 정경이 보이기 시작했다. 정말 오랜 시간이 걸렸지만 결국 여기까지 왔다.

〈올림포스〉.

〈베다〉.

〈파피루스〉.

차곡차곡 쌓인 원한이 내 안에서 들끓고 있었다.

잊지 않았다. 하나도.

슈우우우우우우—!

눈부신 빛이 잦아든 곳에 그림자가 일렁였다. 놀랍게도, 성간 도시의 출입구에서 누군가가 우리를 기다리고 있었다.

빛살 속에서 흔들리는 거대한 그림자가 나를 향해 말했다.

[아버지.]

3

……아버지?

내가 잘못 들은 게 아니라면, 분명 저 거대한 그림자는 이쪽을 향해 그렇게 말했다. 곁을 보자 일행들이 불신 가득한 눈으로 나를 바라보고 있었다.

나는 당혹스러운 심경으로 다시 그림자 쪽을 돌아보았다.

[바바앗?]

성간 도시 출입구에서 나오는 희미한 불빛이 그림자를 밝혔다.

[아니, 그게 아니고! 자, 다시 따라해봐. '아버지'.]

[아바바앗?]

[아니, '아버지'라니까. 그놈 오면…….]

'거대한 그림자'는 하나의 생명체가 아니었다. 정확히는, 거대한 그림자 위에 축구공만 한 생물이 놓여 있었다.

"너 지금 뭐 하냐?"

내 말에, 화들짝 놀란 비형이 이쪽을 돌아보았다.

[엇. 벌써 왔냐?]

거대한 그림자는 거인처럼 몸을 부풀린 '비형'이었다.

도깨비는 힘이 강해질수록 몸 크기를 불릴 수 있게 된다. 비형이 저만큼이나 커졌다는 것은, 관리국에서 녀석의 입지가 상당한 수준에 이르렀다는 뜻이겠지.

잠깐. 그런데 비형이 여기 있다는 건, 저기 있는 축구공만 한 녀석이…….

"비유!"

솜사탕처럼 부풀어 오른 비유가 허공을 날았다.

[바아앗!]

내 품으로 쏙 들어온 비유가 바앗 소리를 내며 뺨을 비볐다. 작은 눈이 그렁그렁 울먹이고 있었다. 야구공만 하던 녀석이 벌써 축구공만 해지다니. 그간 성장한 것은 비유도 마찬가지인 모양이었다.

"많이 기다렸지?"

솜사탕 사이로 조그만 손이 비죽 튀어나오더니 내 뺨을 찰싹찰싹 때렸다.

부왕의 차원문 앞에서 녀석을 내버려두고 갔으니, 이 정도 벌은 받을 만도 했다.

나는 간질간질한 그 손길을 가만히 맞아주었다. 글썽글썽

눈물이 맺힌 비유가 다시 한번 내 품속을 파고들었다. 아이들도 내게 달려들어 비유의 솜털을 마구 만져댔다.

[험, 험.]

고개를 돌리자 비형이 나를 기다리고 있었다.

나는 도깨비 통신으로 비형에게 말을 걸었다.

—여기서 뭐 하고 있었냐?

—기다렸지. 너희를 47번 시나리오 지역에 데려갈 도깨비가 필요하니까.

—몸집은 왜 불리고 있는 건데?

비형은 나를 무시한 채 일행들을 돌아보았다.

[〈김독자 컴퍼니〉 여러분. 제가 누군지는 다들 아시죠? 제 이름은 비형, 한반도 지부의 지부장입니다.]

두툼한 근육을 과시하듯 가슴을 탕탕 치는 비형.

뭔가 했더니, 겨우 저런 연출 때문이었나.

[한반도 시나리오가 시작된 게 엊그제 같은데, 벌써 47번 시나리오 지역까지 오셨군요.]

비형은 감개가 무량하다는 얼굴이었다.

[이미 아시는 분도 계시겠지만, 47번 이후 시나리오는 순차적으로 진행할 필요가 없습니다. 성간 도시에 진출하신 후, 여러분은 48번부터 65번까지의 시나리오를 선택적으로 수행할 수 있게 됩니다.]

신유승이 손을 들고 물었다.

"시나리오를 선택할 수 있다고요?"

[이른바 시나리오 '자율 선택제'라고 할까요. 하하하!]

아무도 웃지 않았다. 머쓱해진 비형이 말을 이었다.

[험험, 아무튼. 65번까지 시나리오 중 무엇을 먼저 수행할지는 여러분 자유입니다. 당장 65번 시나리오를 수행해도 좋고, 시나리오를 차례로 수행하여 차분히 '격'을 쌓아도 좋습니다. 어차피 65번 이후 시나리오 지역으로 진입하려면 일정 수준 이상의 '격'이 필요하니까요.]

이현성이 물었다.

"그럼 66번 시나리오부터는 어떻게 되는 겁니까?"

[그때는 또 새로운 설명이 있을 겁니다. 지금은 여러분이 거기까지 갈 수 있을지나 걱정하시죠.]

냉정한 말투이지만 일행을 보는 비형의 시선은 차갑지 않았다.

[뭐, 여기까지 오는 데도 사 년이 걸렸으니…… 앞으로 또 얼마나 많은 시간이 걸릴지도 알 수 없는 노릇이죠. 아, 물론 여러분 모두 같은 '사 년'을 겪은 건 아니겠지만.]

그 말을 하는 비형이 내 쪽을 보며 비죽 웃었다.

[그럼 성간 도시로 들어가보시죠. 전송 완료까지는 십 분 정도 걸리니 각자 마음의 준비를 하시기 바랍니다. 놀라운 세계가 여러분을 기다리고 있을 테니까요.]

비형의 말이 끝나자 비유가 외쳤다.

[바아앗!]

화려한 빛살이 나와 일행들을 감쌌다. 우리는 그대로 성간 도시를 향해 두둥실 날아가기 시작했다. 안전을 위해서인지 이동 속도는 생각보다 느렸다.

오랜만에 다시 만난 비유는 내 품에서 나올 줄 몰랐다. 그 모습을 지켜보던 정희원이 입을 열었다.

"독자 씨. 물어볼 게 하나 있는데요."

나를 보는 정희원의 표정이 심상치 않았다. 마치 그녀가 무슨 말을 할지 알고 있다는 듯, 다른 일행들도 일제히 나를 바라보았다.

"지난 삼 년간 대체 어딜 다녀온 거예요?"

⌘ ⌘ ⌘

성간 도시에 도착하기까지의 막간.

나는 일행들에게 1,863회차에서 있었던 일을 이야기해주었다. 물론 전부 이야기한 것은 아니었고, 대충 궁금증이 풀릴 만한 지점만 골라서 들려주었다. 예상대로 다들 깜짝 놀란 눈치였다.

"진짜? 내가 95번 시나리오까지 살아남았다고요?"

"믿을 수 없군요. 그 지하철 남자애가 살아 있다니."

흥분한 이지혜와 이현성이 서로 마주 보았다. 유중혁은 말없이 이야기를 들었고, 이길영이나 정희원은 살짝 시무룩한 기색이었다. 그 회차에 없던 사람들이니 그럴 수밖에. 제일 볼만한 표정을 지은 것은 한수영이었다.

"그 세계선에 내가 있다고?"

"응, 너도 있었어. 골목대장이던데."

"아니, 내가 왜……."

뭔가 떠오른 모양인지 한수영이 재빨리 '한낮의 밀회'로 메시지를 보내왔다.

—설마 너, 전에 말했던 '아바타' 얘기가…….

내가 고개를 끄덕이자 한수영이 경악한 표정을 지었다.

한수영 입장에서도 황당할 것이다. 분열된 아바타가 무려 다른 세계선에서 발견되었으니…….

내 옷깃을 유심히 바라보던 정희원이 물었다.

"그런데 독자 씨 코트가 조금 바뀐 거 같은데, 혹시 95번 시나리오에서 가져온 건가요?"

"맞습니다."

1,863회차에서 가져온 건 코트만이 아니었다.

나를 유심히 노려보던 한수영이 코트 안주머니에 덥석 손을 집어넣었다. 그러고 보면 1,863회차의 한수영도 이랬다.

"미친. 너 대체 뭘 가져온 거야? 이거 개연성 위반 아냐?"

아이템을 확인한 한수영이 입을 딱 벌렸다.

"야. 이거 몇 개만 주면 안 돼?"

"너 하는 거 봐서."

1,863회차의 한수영이 챙겨준 아이템 중에는 쓸 만한 것들이 많았다. 대부분 이제 그 회차에서는 필요 없는 아이템이지만 이곳에서는 충분히 유용하게 쓸 수 있었다.

개중에는 예상치 못한 아이템도 하나 끼어 있었다.

"이 스마트폰은 뭐야?"

내가 쓰던 스마트폰이 아니었다. 스마트폰을 켜자, 메인 화면에 이상한 문구와 함께 사진이 떠올랐다.

—남운 ♡ 지혜

있는 대로 인상을 찌푸린 이지혜와 그 옆에서 벙싯 웃는 김남운의 모습.

나는 그제야 스마트폰의 주인이 누구인지 깨달았다. 그러고 보니, 김남운이 코트를 훔쳐 입은 적이 있었지.

이지혜가 화면과 똑같은 표정으로 나를 향해 물었다.

"이 사진 뭐야? 이 새낀 누구고."

"어, 이거…… 그 세계선의 애가 쓰던 건데, 실수로 가지고 왔나 보다."

"그 세계선에서 나랑 얘가 사귀어?"

"아니, 걔가 일방적으로 널 좋아해."

"휴, 그럼 그렇지."

내 손에서 스마트폰을 빼앗아간 이지혜가 갤러리를 열었다.

"와, 재밌는 사진 많은데?"

사진? 이번에는 나도 놀라서 스마트폰을 들여다보았다.

"이것 봐, 나랑 설화 언니랑…… 어? 한동훈도 있네? 그러고 보니까 걘 아직 울산 연합에 있나?"

"현성 씨도 나왔네요. 목 위로는 잘린 것 같지만."

대체 언제 찍은 단체 사진인지, 환하게 웃는 1,863회차 일행들의 모습이 있었다. 이설화, 김남운, 이지혜, 한동훈, 이현성…… 그리고 그 중심에서 무표정한 얼굴로 선 한 사내.

이지혜가 말했다.

"이게 그 세계선의 사부구나. 얼굴은 다친 건가? 여기보다 더 멋있는 것 같은데?"

모두 웃는 사진 속에서, 1,863회차의 유중혁이 나를 보고 있었다.

어느새 유중혁도 이쪽을 흘끔거렸다.

['제4의 벽'이 희미하게 흔들립니다.]

이곳의 누구도 저 세계선의 유중혁이 어떤 삶을 살았는지는 모른다.

[성좌, '은밀한 모략가'가 당신을 바라봅니다.]

아니, 아는 녀석도 하나 있긴 하군.

나는 고개를 들어 먼 스타 스트림의 별들 사이로 '은밀한 모략가'가 있을 법한 곳을 바라보았다.

아직도 나는 '은밀한 모략가'가 왜 그런 '이계의 언약'을 요구한 것인지 모른다. 왜 내 선택에 그런 반응을 보였는지도,

여전히 모르겠다. 짐작 가는 것은 몇 가지 있지만, 모두 아직 가설일 뿐이었다.

[성좌, '긴고아의 죄수'가 당신을 바라봅니다.]

[성좌, '심연의 흑염룡'이 당신을 바라봅니다.]

성간 도시 '별자리의 맥락'은 다른 성좌들의 세계로 통하는 환승역.

성좌들과의 물리적 거리가 조금씩 더 가까워지는 느낌이 들었다.

[성좌, '악마 같은 불의 심판자'가 당신을 환영합니다.]

마침내 근신이 풀렸는지 우리엘도 간접 메시지를 보내왔다.

빛나는 광휘 속에, 우리의 몸이 도시 내부로 진입했다.

[성간 도시, '별자리의 맥락'에 진입했습니다!]

[새로운 메인 시나리오가 대기 중입니다.]

우리는 거대한 도시의 광장에 착륙했다.

몇몇 화신체가 흘끗거렸을 뿐 딱히 우리를 주목하는 이는 없었다. 이곳 규모는 지금까지 우리가 머물던 거주지와는 차원이 다르니 당연한 일이었다.

나는 일행들을 향해 말했다.

"여기 온 이유는 다들 아시죠?"

이제부터 우리가 상대할 적들은 수천 년 묵은 능구렁이다.

정희원이 고개를 끄덕이며 말했다.

"〈올림포스〉랑 한판 하러 온 거잖아요?"

"따로 계획이 있으신 겁니까? 혹시 전면전을 벌이신다든가……."

이현성의 물음에 내가 답했다.

"전면전을 벌일 생각은 없습니다. 저쪽은 스타 스트림 전체에서도 손꼽힐 만큼 거대한 성운이니까요."

현실적으로 지금 〈김독자 컴퍼니〉가 〈올림포스〉와 정면으로 싸워 이길 확률은 제로에 가까웠다.

"일단은 〈올림포스〉에 방문해보려 합니다. 유상아 씨를 그 꼴로 만든 녀석들에게 책임을 따져 물어야죠. 분명 살려낼 방법은 있을 겁니다."

현재 유상아는 「의식의 흐름」 상태에 빠져 있다. 이대로 삼 개월이 지나면 유상아의 몸에서는 설화가 거의 다 빠져나가 버릴 것이고, 텅 빈 그녀의 영혼은 공허 속에 소멸해버리겠지. 그 전에 유상아를 살릴 방법을 찾아야만 한다.

아마도 그 방법 중 하나는 〈올림포스〉 녀석들이 가지고 있을 것이다.

유중혁이 입을 열었다.

"모두가 다 갈 필요는 없겠지. 나와 이설화는 여기서 찢어지겠다."

"어딜 가려고?"

"네놈에게 보고할 의무는 없다."

사실 유중혁이 갈 곳은 뻔했다.

'별자리의 맥락'은 모든 성운이 모여드는 성간 도시. 지금 이곳에 온 화신은 우리만이 아닐 것이다.

나는 충고하듯 말했다.

"조심해. 너도 잘 알겠지만, 그 여자는 절대 만만하지 않으니까."

"내 일은 내가 알아서 한다."

유중혁은 그 말을 남기고 홱 돌아서 어디론가 걷기 시작했다. 옅게 미소한 이설화가 내게 가볍게 묵례한 후 유중혁을 따라갔다.

이번 회차의 이설화는 그 어느 회차보다 선량한 '의선'이다.

누구라도 고삐 풀린 유중혁을 완전히 제어하기는 무리겠지만, 그녀가 곁에 있다면 불필요한 다툼을 조금은 줄일 수 있을 것이다.

유중혁이 골목 너머로 사라진 후, 나는 일행들을 데리고 광장 중심에 비치된 포털을 향해 움직였다.

성간 도시 '별자리의 맥락'에는 거의 모든 세계와 통하는 포털이 있었다. 지난 시나리오 지역뿐만 아니라, 다른 성운의 거주지에도 방문할 수 있는 포털. 나는 그 포털을 이용해 〈올림포스〉에 정식으로 방문 요청을 할 계획이었다.

나는 포털을 향해 행선지를 말했다.

"올림포스 산맥."

온갖 전설과 모험담으로 쌓아 올린 거대 성운, 〈올림포스〉. 그 성운의 12신좌가 거주하는 '올림포스 산맥'. 드디어 녀석들의 터전을 확인할 때가 온 것이다.

소용돌이치는 포털 속에서, 어렴풋이 신화 속 정경들이 떠올랐다.

츠츠츠츠츳!

그리고 다음 순간, 예상 밖 메시지가 돌아왔다.

[현재 <올림포스>는 모든 방문객의 입장을 거절하고 있습니다.]

메시지와 함께, 포털의 소용돌이는 빠르게 잦아들었다.

대기하던 일행들은 당황한 눈치였다. 정희원이 먼저 의문을 제기했다.

"입장 거절? 이건 뭐죠?"

나는 재차 행선지를 외쳐보았다.

[현재 <올림포스>는 모든 방문객의 입장을 거절하고 있습니다.]

[<올림포스> 시나리오는 7일 뒤부터 개방됩니다.]

일주일 뒤에 개방된다?

문득 떠오르는 것이 있었다.

그때, 포털 맞은편에서 중후한 진언이 들려왔다.

[작은 성운인 것 같은데 패기가 제법이군. 〈올림포스〉에 갈 생각을 하다니.]

광장 분수대 옆에 한 성좌가 앉아 있었다. 정갈하면서도 폭력적인 기세로 보아, 오랜 세월 고련을 거듭해 성좌에 오른 무인武人이 틀림없었다.

이현성보다 커다란 덩치에, 길고 구불구불한 창날을 등에 멘 화신체.

잠깐만. 저 창날은?

[인상착의가 익숙한데? 자네들, 어디서 왔나?]

나는 일행을 대표해서 대답했다.

"지구입니다."

[오호, 나도 그곳 출신인데 반갑구만. 지구 어디? 대륙 쪽인가?]

"한반도입니다."

[변방의 친구들이었군! 거기도 제법 괜찮은 장수가 있지.]

성좌의 호탕한 웃음소리를 들으니 확신은 더욱 짙어졌다.

뱀의 머리를 닮은, 1장 8척의 거창巨槍.

끙, 하는 소리와 함께 분수대에서 일어난 사내는 우두둑 목을 꺾더니 휘적휘적 다가왔다.

내 곁에 슬그머니 다가온 한수영이 말했다.

"야, 저 성좌 그놈이지? 장판파?"

"맞아."

항우, 관우와 함께 중국 최고의 무장으로 손꼽히는 위인급 성좌.

그는 틀림없이 '장판파의 호신虎臣', 장비張飛 장익덕이었다.

귓속말을 엿들었는지, 깜짝 놀란 이지혜가 물었다.

"진짜? 저 아저씨가 '장비'라고?"

나는 고개를 끄덕였다. 급변하는 일행들 표정이 볼만했다. 인도의 대신격인 수르야를 만났을 때도 이 정도 반응은 아니었는데…… 과연, 한국에서 《삼국지》의 위상이 어느 정도인지 잘 알겠다.

[자네들에게서 내 형님의 기운이 느껴지는군. 혹시 내 형님과 연이 있는 자가 있는가?]

장비의 형님이라면 아마 유비나 관우를 말하는 것이겠지. 하지만 우리는 둘 중 누구도 만난 적이 없었다. 만난 적이…… 아, 잠깐만.

"오래전 일이기는 하지만, 관성묘에서 미염공 장목후께서 축복을 내려주신 적이 있습니다."

아마 유상아가 찾아낸 관성묘였지. 설마 그때 받은 가호의 흔적이 아직도 남아 있을 줄이야. 호탕하게 웃어젖힌 장비가 말했다.

[하하! 역시 형님께서 사람 보는 눈이 있어. 반갑네! 말하는 걸 보니 이미 내가 누군지는 눈치챈 것 같군.]

"반갑습니다. 장판파의 호신."

[형님이 인정하신 자들이라면 나 역시 인정하지 않을 수 없

지. 자네들 여정을 응원하겠네. 작은 성운의 별이여.]

호기롭게 악수를 한 뒤 등을 돌려 사라지는 장비.

이현성이 허둥지둥하며 군인 수첩을 꺼냈다.

"저기 독자 씨. 제가 《삼국지》 광팬인데, 사인을 좀 받아도……."

"다음에요. 앞으로도 종종 만나게 될 겁니다. 장비뿐만 아니라, 우리가 아는 역사적 인물 중에는 성좌위에 오른 존재가 많아요."

나는 일행들과 함께 광장 쪽을 바라보았다. 조금 전까지 한산하던 광장이 어느새 성좌와 화신으로 도떼기시장을 이루고 있었다.

[53번 시나리오 참가자 모집.]

['몸빵' 뛰면서 설화 쪼가리 얻어갈 화신 구함.]

곳곳에서 들려오는 산만한 진언들.

47번 이후 시나리오에서는 본격적인 '설화 쌓기'가 가능해진다. 이 때문에 위인급 성좌들도 저런 식으로 간이 파티를 구성해 시나리오 공략에 참가하는 경우가 많았다.

저런 존재들이 지금껏 우리를 후원했다는 걸 믿을 수 없다는 듯이 정희원이 말했다.

"갑자기 성좌들 격이 떨어져 보이는데요."

"실제로 대부분은 하위 격입니다. 저들이 떨어지는 게 아니라 우리의 격이 올라갔다고 봐야겠죠."

"우리도 상아 씨 구하고 나면 저 시나리오들 깨야겠죠?"

"비형이 말한 것처럼, 모두 깰 필요는 없습니다."

나는 하늘에서 번쩍거리는 '시나리오 광고판'을 올려다보았다.

—숨 막히는 거신들과의 전쟁, 〈올림포스〉의 〈기간토마키아〉로 여러분을 초대합니다.

47번 이후 시나리오 중에는 성운이나 관리국이 직접 개입하여 만든 대형 시나리오가 많았다. 그중 대표적인 것이 바로 〈올림포스〉에서 정기적으로 시행하는 〈기간토마키아〉였다.

광고를 보던 몇몇 성좌가 중얼거렸다.

"이번에는 진짜라던데? 타르타로스에서 고대 거신들 푼다고 했어."

"에이, 십수 년 전에도 그렇게 말해놓고 꼴랑 거신 한 마리 풀고 지들끼리 다 해 처먹었잖아."

"이번에는 다르다니까? 분위기가 아주 수상해. 〈올림포스〉에 내분이 있다는 얘기가 있다고."

"그 자식들 편 갈라 싸우는 척, 쇼하는 거 아냐?"

떠도는 이야기를 들으며 나는 이어지는 광고를 보았다.

〈올림포스〉의 주신이 하나씩 등장하며 거신과 화려한 전투를 벌이는 영상이었다. 바다를 가르는 트라이던트에 거신의 대열이 뭉개지고, '흉포의 군신'이 지휘하는 정병이 거신의 몸통을 향해 달려들었다. '정의와 지혜의 대변자'가 거신의 목을 베어냈으며, 영문은 알 수 없지만 '사랑과 미의 여신'이 갑자기 손가락 하트를 띄웠다.

광고의 마지막은 승전을 축하하며 술잔을 드는, 빌어먹을 디오니소스의 모습이었다.

—일주일 뒤 시작될 〈스타 스트림〉 최고의 시나리오!

—시나리오 참가자 중 3명을 추첨하여 '화산의 대장장이'가 제작한 '한정판 거신병'을 드립니다.

—시나리오 입장료: 100,000코인

광고를 끝까지 다 본 이길영이 물었다.

"독자 형, 저 시나리오도 깨려면 입장료 내야 돼요?"

"응."

"사기꾼들!"

"장삿속이긴 하지. 〈올림포스〉에서는 스타 스트림에 시나리오를 제공해 수입을 얻고, 도깨비는 그걸 광고해서 그 수입을 다시 나눠 가지니까."

내 말에 정희원이 어이없다는 듯 실소를 흘렸다.

"허탈하네요. 우린 이렇게 필사적인데."

"저쪽도 필사적이게 만들면 됩니다."

표정을 굳힌 정희원이 고개를 끄덕이며 물었다.

"그럼 이제부터 어떻게 하죠? 여기서 일주일을 기다려야 할까요? 〈올림포스〉 시나리오는 일주일 뒤부터잖아요?"

나는 고개를 저었다. 남은 시간은 삼 개월. 하루도 허투루 낭비할 수는 없었다.

"〈기간토마키아〉는 '거대 설화 시나리오'라서 도전하려면 철저한 준비가 필요합니다. 일단은 유상아 씨 쪽이 더 급하니 다른 방법을 알아봐야겠군요."

「의식의 흐름」은 드물지만 다른 화신도 종종 앓는 병증. 꼭 〈올림포스〉가 아니더라도, 그와 비슷한 급의 대성운이라면 유상아를 치료할 방법을 알고 있을 가능성이 컸다.

나는 곰곰이 속으로 여러 가지 계획을 세웠다.

이곳에서 얻어야 할 것은 크게 두 가지다.

"여기서 일행을 나눠야겠군요. 한수영, 다른 사람들 데리고 '경매장'에 가. 아마 유중혁도 그쪽에 갔을 거야. 가는 김에 사람들 장비도 좀 바꿔주고. 애들 옷도 좀 사 줘."

"나 돈 없거든?"

"줄게."

내 말에 한수영이 얼른 손가락을 뻗었다. 나는 한수영과 검지를 맞댄 채 코인을 교환했다. 짜르릉, 소리를 내며 차오르는 코인 숫자를 본 한수영의 두 눈이 휘둥그레졌다.

"알고는 있었는데, 너 진짜 어마어마한 부자네."

"아껴 써. 남아돌아서 많이 준 거 아니야."

"얘들아, 가자. 〈김독자 컴퍼니〉 부도내러!"

와아, 소리치며 한수영의 뒤를 따라가는 신유승과 이길영. 나는 이어서 이지혜와 이현성을 바라보았다.

"같이 가세요. 성좌들 경매장에는 쓸 만한 성유물이 많으니까요."

"그, 그럼 저희도 따라 가보겠습니다!"

"고마워 아저씨!"

이지혜와 이현성이 바람처럼 달려 한수영을 쫓아갔다.

나는 그 뒤를 쫓으려 엉거주춤 자세를 잡는 정희원의 어깨를 붙잡았다.

"희원 씨는 저랑 같이 가셔야 할 곳이 있습니다."

⌘ ⌘ ⌘

잠시 후, 나는 정희원을 데리고 곧장 주변 백화점으로 들어갔다. 성간 도시 '별자리의 맥락'에 있는 '도깨비 마트'의 지점 중 하나였다.

입구에 들어서자마자 커다란 도깨비 하나가 우리 앞을 막았다.

[죄송하지만, 플래티넘 멤버 이상만 입장할 수 있습니다.]

우리의 추레한 행색 때문인지, 입구를 막은 도깨비 눈에 희미한 멸시가 담겨 있었다.

나는 가타부타 설명하는 대신 '도깨비 보따리'를 열어 내 등급을 확인시켜주었다.

[다이아몬드 멤버?]

허둥지둥하던 도깨비가 내 수식언과 고객 목록을 대조하더니 눈을 크게 떴다.

[죄, 죄송합니다! 이곳 매장 방문은 처음이시죠? 어이, 매니저님이랑 직원들 다 불러와! 마왕님 쇼핑하시는 데 불편한 일 없으시게—]

"필요 없습니다. 번거로우니 부르지 마세요."

나는 그 말을 남기고 도깨비를 지나쳤다. 쪼르르 따라온 정희원이 통쾌하다는 듯 말했다.

"독자 씨 꼭 재벌 3세 같네요."

"……일단은 저도 성운 대표이긴 하잖아요."

"근데 웬 백화점이에요?"

나는 정희원의 복색을 빠르게 살폈다. 낡은 특공복, 그리고 허리에 찬 '심판자의 검'. 지난 삼 년간 무수한 전투를 통해 피를 머금은 그 검은, 이전보다 훨씬 더 검붉은 광택을 띠고 있었다.

"사원 복지를 우습게 생각하는 회사가 어떻게 성공하겠습니까."

"하긴, 전 받을 만한 사원이긴 해요."

우리는 매장 한쪽 구석의 진열대 앞에 섰다. '양산형 제작자'의 라이벌 브랜드인 '1세대'의 명품이 있었다.

나는 신중한 눈으로 아이템을 살핀 뒤, 단정한 정장 두 벌을 꺼내 들었다. 47번 시나리오 기준으로 SSS등급 방어구에, 실용성도 나쁘지 않은 아이템이었다.

하지만 정희원은 당황한 눈치였다.

"정장은 갑자기 왜요?"

"꽤 격식을 차리는 곳에 가야 해서요."

우리는 각각 정장으로 갈아입고 나왔다. 정장은 입는 순간 알맞은 사이즈로 몸에 감겨들었다.

정장을 걸친 정희원은 꼭 대통령 경호원 같은 모습이었다. 그러고 보면, 난 아직 정희원이 멸망 이전에 어떤 사람이었는지 모른다. [등장인물 일람]도 그런 정보는 알려주지 않고, 멸살법 원작에도 그녀의 이야기는 제대로 나오지 않으니까.

"희원 씨 직업이 뭐였다고 하셨죠? 물어봐도 됩니까?"

"음, 마지막으로 한 건 바텐더였는데 그냥 알바였어요. 직업이라고 한다면…… 알바몬?"

정희원이 관자놀이를 머쓱하게 긁적이며 말했다.

"그전에는 운동했어요."

"운동이요?"

"중고등학교 때 검도요. 대회 나갔다가 부상으로 그만뒀지만. 독자 씨는요?"

"저는 게임 회사의 계약직 사원이었습니다. 곧 잘릴 운명이었죠."

그리고 우리는 잠시 말이 없었다. 거울 속에 비친 두 남녀가 정장을 입은 채 우두커니 서 있었다. 몇몇 화신이 흘끗거리며 지나쳤다. 거울 속 정희원이 물었다.

"독자 씨, 그때보다 지금이 더 행복하죠?"

"그때보다 지금이 더 낫냐는 이야기라면, 그렇습니다."

너무 솔직한 대답이었나 아차 싶던 순간, 정희원이 빙긋 웃었다.

"저도 그래요."

우리는 코인을 지불한 뒤 에스컬레이터를 타고 위층으로 올라갔다.

정희원이 의아하다는 듯 물었다.

"독자 씨, 어디까지 가요? 이제 옥상인데."

"여기에 포털이 있습니다."

옥상 문을 열고 나서자 성간 도시의 정경이 한눈에 들어왔다. 정희원이 경치에 짧은 감탄사를 흘렸지만, 감탄하고 있을 시간은 없었다.

나는 정희원을 데리고 난간 쪽을 향해 성큼성큼 다가갔다.

"저 믿으시죠?"

시선 교환은 짧았다. 나는 정희원의 손을 붙잡고는 그대로 옥상에서 뛰어내렸다. 정신없이 떨어지는 와중에도 정희원은 지지 않겠다는 듯 눈을 부릅뜨고 있었다.

지상을 향해 반쯤 추락했을 무렵, 나는 허공을 노려보았다.

[마왕, '구원의 마왕'이 숨겨진 포털을 바라봅니다.]

[포털이 암호를 요구합니다.]

"추락하는 모든 것에는 날개가 있다."

텅 빈 허공에서 소용돌이치는 포털이 우리의 몸을 집어삼켰다.

[성운이 당신들을 허락합니다.]

사위가 한바탕 이지러지는 느낌과 함께, 두 발이 바닥에 닿았다.

태초의 숨결을 연상시키는 공기가 코끝을 스쳤다. 이제껏 한 번도 맡아본 적 없는 맑은 바람. 언덕 아래로 끝없이 펼쳐진 초록빛 초원, 그리고 저 너머에 세워진 새하얀 성.

정희원은 멍청한 얼굴로 나를 돌아보았다.

"독자 씨, 혹시 여긴……."

"맞습니다."

이곳은 바로 저 지고한 대천사들의 성운이었다.

굳이 이런 번거로운 형태로 들어온 것은, 입장에 소요되는 시간을 최소화하기 위함이었다.

나는 허공을 올려다보며 중얼거렸다.

"아마 지금쯤 마중을 나오셨을 것 같은데."

그때, 머릿속으로 차가운 경종이 울렸다.

[마왕?]

대천사의 그것이라기에는 믿을 수 없을 정도로 냉혹한 목소리.

내가 기다리던 목소리가 아니었다. 아무래도 원치 않던 마중객이 나타난 것 같았다.

[간덩이가 부었군. 어떻게 마왕이 이곳에 온 거지?]

설화급 성좌인 내 화신체가 위축될 정도의 힘. 저 담력 강한 정희원조차 안색이 새파랗게 질리고 있었다.

[마왕, '구원의 마왕'이 자신의 '격'을 개방합니다.]

한순간 숨통이 트였고 정희원도 숨을 토해냈다. 목소리의 주인을 찾기 위해 몸을 돌리려는데, 별안간 튀어나온 손이 내 턱을 강하게 붙잡았다.

['구원의 마왕'이라고?]

턱을 잡혔을 뿐인데 전신의 힘이 빠져나가고 있었다. 항거할 수 없을 정도로 어마어마한 격이었다.

[어떻게 마왕 따위가 '구원'이라는 수식修飾을 가지고 있지? 그 수식언의 주인은 지난 천오백 년 동안 나 하나뿐이었는데 말이야.]

간신히 고개를 들자, 넘실거리는 백금발의 사내가 나를 노려보고 있었다. 형형하게 빛나는 보랏빛 눈동자. 그 시선을 마주한 순간, 이 성좌가 누구인지 깨달았다.

[성좌, '타락의 구원자'가 광기 어린 눈길로 당신을 바라봅니다.]

〈에덴〉에서 유일하게 선악善惡의 수식을 모두 가진 존재이자 〈에덴〉의 대천사 중 최강으로 손꼽히는 존재.

빌어먹을, 걸려도 최악의 상대에게 걸렸군. 하필 이 녀석이 지금 〈에덴〉에 있을 줄이야.

사내의 보랏빛 눈이 초승달처럼 휘어졌다.

[뭐 하는 놈인진 모르겠지만, 난 내 수식언 공유하는 걸 싫어하거든. 그러니까 죽어줘야겠어.]

내 턱을 잡은 사내의 손이 차가운 보랏빛으로 물드는 바로 그 순간.

[■■. 그 손 치워라, 미카엘. 진짜로 뒈지고 싶지 않으면.]

내가 기다리던 대천사의 목소리가 들려왔다.

화르륵, 하고 불길이 치솟는 소리가 들린다 싶더니 정신을 차렸을 때는 미카엘과 나 사이에 뜨거운 불의 벽이 만들어져 있었다.

인상을 찌푸린 미카엘이 손목을 털며 물러났다.

[무슨 짓이지?]

[꺼져.]

잠시 우리엘을 바라보던 미카엘이 피식 웃었다.

[우리엘, '악마 사냥'을 그만두더니 아예 정신이 나간 모양이구나.]

미카엘의 전신에서 보랏빛 격류가 사납게 흘러넘치기 시작했다.

[성좌, '타락의 구원자'가 설화, '마왕 살해자'의 이야기를 준비합니다.]

「마왕 살해자」.

1,863회차의 유중혁이 가지고 있던 것과 같은 설화였다.

에덴의 초록빛 초원이 보라색 파장으로 물들어갔다. 말라 죽은 풀들이 파스슷 소리를 내며 몸을 바닥에 뉘었고, 오싹한 감각이 발등을 타고 올라왔다.

「마왕 살해자」는 마왕을 상대로는 무적에 가까운 힘을 발휘하는 설화. 미카엘에게 저 설화가 있는 이상, 나는 녀석을 절대로 이길 수 없다.

미카엘의 격이 날 겨냥하는 순간, 누군가가 내 앞을 막았다.

"천사들은 기본적으로 다 포악한가 보지?"

정희원이 '심판자의 검'을 앞세운 채 나를 지키고 있었다. 희미하게 떨리는 어깨와 위축된 기세. 그럼에도 정희원은 용기를 내고 있었다. 죽음조차 불사하겠다는 인간의 의지가, 저 고고한 대천사의 격류를 감당하고 있었다.

그런 정희원의 뒤에 우리엘이 섰다.

배후에서 환하게 타오르는 광채. [지옥염화]가 불길을 일으키자, 〈에덴〉의 들판은 튀어 오르는 스파크로 가득해졌다.

일촉즉발의 상황에 나는 침을 삼켰다.

우리엘은 대천사 중에서도 다섯 손가락으로 꼽을 만큼 강하다. 그리고 절대악 계통 성좌를 상대로는 〈에덴〉 최고의 상성을 가지고 있다.

하지만 상대는 미카엘이었다. 모든 종류의 전투 능력에서 타의 추종을 불허하는 대천사. 〈에덴〉에서 순수한 전투 능력만으로 미카엘을 넘어설 대천사는 존재하지 않는다.

[성좌, '정의와 화목의 친구'가 '타락의 구원자'를 만류합니다.]

[성좌, '젊은이와 여행의 수호자'가 '타락의 구원자'를 노려봅니다.]

[절대선 계통의 성좌들이 '타락의 구원자'를 질타합니다!]

허공에서 쏟아지는 메시지에도 미카엘은 물러서지 않았다. 오히려 재미있다는 듯 웃었다.

[그래, 슬슬 〈에덴〉 최강이 누구인지 가릴 때도 됐지.]

미카엘의 양손에 보랏빛과 흰빛의 아우라가 동시에 맺혔다. 마주 잡은 양손에서 소용돌이치는 힘. 이윽고 아우라는 양손검의 형상으로 변하기 시작했다.

식은땀이 흘렀다. 저 자식이, 여기서 성유물을?

[성좌, '하늘의 서기관'이 '타락의 구원자'에게 경고합니다!]

거대한 폭풍이 몰아치며 주변 스파크가 한꺼번에 꺼졌다.

〈에덴〉의 최고위 성좌, 메타트론의 힘. 적어도 이 〈에덴〉 안에서는 거스를 수 없는 압력이었다.

주변을 내리누르는 폭력적인 침묵에, 미카엘도 뒤늦게 기세를 흩뜨렸다. 잠시간 하늘을 올려다보던 미카엘이 원망스럽다는 투로 중얼거렸다.

[……당신마저? 이제 〈에덴〉도 갈 데까지 간 모양이군.]

미카엘은 그 말을 남기고 돌아서더니 등 돌려 멀어지기 시작했다. 녀석의 허리춤에는 악마들 머리가 열매처럼 매달려 있었다.

—악마 대공 '세미다'의 머리
—악마 대공 '그라페이오'의 머리

오소소 소름이 돋는다.

마계의 대공 중에는 하위급 마왕에 준하는 녀석도 있다. 그런데 녀석은, 그런 대공의 머리를 장난감처럼 매달고 있었다.

미카엘의 신형이 언덕 너머로 완전히 사라진 후에야 정희원이 한숨을 내쉬며 검을 집어넣었다.

고개를 돌리자 우리엘이 이쪽을 보고 있었다.

대천사 우리엘.

'별자리의 연회' 때 본 모습과는 달랐다. 〈에덴〉 제복을 갖춰 입고, 십자 문양 귀고리를 낀 우아한 모습. 평소의 장난스러운 모습은 찾을 수 없을 정도로 고결한 격이 전신에서 흘러나오고 있었다.

[김독자.]

그녀는 복잡한 눈으로 나를 바라보더니, 갑자기 정신을 차린 듯 화들짝 놀란 얼굴을 했다. 그러더니 시선을 피하듯 고개를 돌려 정희원을 바라보았다.

[반가워. 이렇게 만나는 건 처음이지?]

살짝 입이 벌어진 정희원도 우리엘을 마주 보고 있었다. 감격한 듯한 모습이었다. 그도 그럴 것이, 정희원은 우리엘을 보는 게 처음일 것이다. 심지어 지금 눈앞에 있는 우리엘은 화신체와 진체가 하나가 된 형상. 눈앞의 대천사가 바로, 긍지 높은 '악마 같은 불의 심판자' 본신인 것이다.

[이쪽으로 와, 서기관이 기다리고 있어.]

⌘ ⌘ ⌘

"언제까지 기다려야 하는 거지."

나와 정희원은 곧바로 〈에덴〉의 궁으로 안내되었다.

〈에덴〉은 생각하던 것보다 훨씬 단출한 모습이었다. 멸살법의 묘사로 익히 보아 알고는 있었지만, 확실히 여타 대성운과는 달랐다. 별다른 허위가 느껴지지 않는 소소한 장식. 백색으로 단조롭게 꾸며진 천장과 벽감 조각상에서는 기묘한 겸양이 느껴질 지경이었다.

문제는, 그런 겸양이 내 기다림을 더욱 지루하게 만들고 있다는 점이었다.

—여기서 기다려. 곧 안내원이 올 거야.

우리엘은 정희원에게 궁을 안내해준다며 나를 남겨둔 채 어디론가 사라져버렸다.

〈에덴〉을 구경하고 싶은 건 나도 마찬가지인데…….

조금 섭섭한 기분이었다.

아무래도 1,863회차에서 있었던 일 때문이겠지. 우리엘의 동료인 요피엘을 그곳에 두고 왔으니까. 원망받더라도 어쩔 수 없는 일이었다.

[김독자, 왔으심?]

멍한 눈으로 고개를 들자, 구름 위에 앉은 천사가 나를 내려다보고 있었다. 십대 초반 외양에 곱슬곱슬한 머리카락. 반쯤 졸린 듯한 눈으로 나를 내려다보는 천사를 보며 퍼뜩 자리에서 일어났다.

"설마 라파엘이십니까?"

라파엘이 고개를 끄덕였다.

'젊은이와 여행의 수호자', 라파엘.

이번 〈에덴〉행은 제법 운이 좋은 모양이었다. 우리엘에 이어 라파엘의 진체까지 보게 되다니.

그나저나…… 이 대천사가 정말로 그 무시무시한 '아스모데우스'를 격퇴한 장본인이란 말인가.

['비밀 포털'은 어떻게 알아낸 거임?]

"요피엘에게 들었습니다."

[〈에덴〉에 온 심경이 어떠심?]

"좋습니다."

[잠 오는 표정인데?]

나는 황급히 표정을 바르게 하며 웃었다.

라파엘은 따라오라는 듯 응접실에 이어진 통로로 나를 안내했다.

외곽의 회랑을 걷는 동안, 뚫린 창 너머로 동산의 정경이 보였다. 드문드문 풀을 뜯던 양들이 나를 올려다보며 작은 소리로 울었다.

양을 보며 내가 물었다.

"〈에덴〉에는 진짜로 '어린 양'이 있군요."

[끄덕. 잠 안 올 때 세기 좋음.]

"진짜 그런 용도로 있는 겁니까?"

[너도 본 적 있을 거임. 자기 전에 눈 감고 양을 떠올리면 나타나는 게 바로 쟤들임.]

멸살법에도 나오지 않는 이야기라서 깜짝 놀랐다.

사람들이 자기 전에 세는 양이 진짜 쟤들이라고?

[거짓말임.]

"……."

나는 어이가 없어져서 라파엘을 쳐다보았다. 라파엘은 히죽거리며 웃더니 다시 이야기를 시작했다.

[그거 아셈? 〈에덴〉에는 원래 양이 없었음.]

"또 거짓말하시는 겁니까?"

[이건 진짜임. 양은 우리엘이 데려온 거임.]

우리엘이? 왜?

[언젠가 서기관이 우리엘에게 서브 시나리오를 준 적 있음.]

〈에덴〉의 대천사는 '하늘의 서기관'을 통해 임무를 받는다.

그리고 당연하게도 스타 스트림의 모든 임무는 '시나리오'로 환원된다. 이것도 멸살법에 없는 얘기여서 나는 호기심이 동했다.

"무슨 시나리오였습니까?"

['어린 양 열 마리를 데려오라'.]

스타 스트림의 일부 시나리오는 '비유'의 형태를 가진다. 그리고 〈에덴〉에서 '어린 양'은 너무나 명백한 메타포였다. 쉽게 말해, 메타트론은 우리엘에게 신도— 그러니까 화신 열 명을 데려오라고 부탁한 것이었다.

"설마 우리엘은 '진짜 양'을 데려온 겁니까?"

[끄덕. 처음엔 열 마리였는데, 지금은 번식해서 늘었음. 계속해서 늘고 있음.]

……뭔가 우리엘답다는 생각이 들었다.

중간중간 양을 관리하는 천사들의 모습도 보였다. 털을 깎아주거나 먹이를 주는 천사들. 멸살법의 묘사대로 다들 아름다웠다.

그중 몇몇이 이쪽을 바라보더니 서로 수군거렸다. 하나, 둘, 셋…… 수가 점점 더 많아져갔다. 누군가는 깎은 양털로 즉석에서 플래카드를 만들어 이쪽을 향해 흔들기 시작했다.

뭐라고 쓴 거지?

[성좌, '악마 같은 불의 심판자'가 엄한 표정을 짓습니다.]

사색이 된 천사들이 황급히 흩어졌다. 멀리서 이쪽을 향해 손을 흔드는 우리엘과 정희원의 모습이 보였다.

라파엘이 혀를 차며 첨언했다.

[하여간 천사들이란…… 타락한 인간을 좋아한다니까.]

"멀쩡하게 말할 수 있으시네요?"

[들어가셈. 서기관이 기다리고 있음.]

어느새 서기관 집무실이 눈앞에 있었다.

나는 가볍게 심호흡을 한 후 문을 열고 들어갔다.

시야에 가장 먼저 들어온 것은 사람 키 높이만큼 쌓인 책의 향연. 평생을 읽어 치워도 부족할 책 더미에, 무심코 방 주인에게 호감이 생길 정도였다. 자고로 책 좋아하는 사람 중에 나쁜 사람은 없는 법이다.

나는 책을 무너뜨리지 않게 조심하며 집무실 안쪽으로 발을 내디뎠다. 책들의 산 너머로 집무실 테이블이 보였다.

그리고 그 앞에는 피곤한 얼굴로 앉아 있는 잿빛 머리카락의 대천사가 있었다.

[오셨습니까.]

지금껏 보아온 그 어떤 성좌와도 비견할 수 없을, 경건한 목소리였다. 안경테를 밀어 올린 메타트론이 나를 향해 미소를 지어 보였다.

[반갑군요 '구원의 마왕'. 제가 '하늘의 서기관'입니다.]

⌘⌘⌘

내가 〈에덴〉을 찾아온 용무는 크게 둘이었다.

하나는 표면적인 용무고, 다른 하나가 진짜 용무였다.

[먼저, 다른 세계선에서 있던 일을 듣고 싶습니다.]

나는 고개를 끄덕이며 이야기를 시작했다.

'은밀한 모략가'와 계약을 맺어 1,863회차의 세계선으로 간 것부터, 그곳의 사람들을 만나고 요피엘을 남겨둔 채 이곳으로 되돌아온 이야기까지. 어떤 것은 솔직하게, 어떤 것은 간명하게, 그리고 또 어떤 것은 말하지 않은 채로 나는 이야기를 끝냈다.

메타트론은 내 이야기를 경청했다. 어떤 이야기는 진지하게, 어떤 이야기는 침착하게 들었다. 그리고 어떤 이야기는 흥미롭게 듣는 것 같았다.

['은밀한 모략가'라…….]

"그를 아십니까?"

메타트론이 옅게 미소했다.

[이 세계선에서 그자를 모르는 성좌는 아마 없을 겁니다. 하지만 그가 누구인지 아는 성좌도 아마 없겠지요.]

나는 금방 입을 다물었다. 내 이야기는 여기서 끝이었다.

[이야기를 들려줘서 고맙습니다, 구원의 마왕.]

"아닙니다."

[역시 미래의 〈에덴〉은 멸망하는군요.]

멸망을 말하는 것치고는 아주 태연한 목소리였다. 조금의 동요도 느껴지지 않는 얼굴.

나는 그런 메타트론을 가만히 바라보다가 물었다.

"왜 저를 부르신 겁니까? 단순히 이야기를 듣기 위해서는 아닐 텐데요."

하늘의 서기관. 〈에덴〉의 모든 것을 기록하는 자이자, 〈에덴〉의 2인자. 메타트론의 미소가 짙어졌다.

[왜 불렀다고 생각합니까?]

이것이 메타트론의 대화 방식이었다. 자신의 욕망을 상대방의 입으로 듣는 것.

아마도 이것은 기회이리라. 나는 잠시 생각하다가 답했다.

"저를 '멸망'을 막기 위한 도구로 쓰실 생각이겠죠."

[그대를? 그대에게 무슨 쓸모가 있습니까?]

메타트론의 투명한 두 눈에 내 모습이 비쳤다. 한쪽 눈의 김독자는 흰 날개를 달고 있었고, 다른 쪽 눈의 김독자는 마왕의 검은 날개를 펼치고 있었다.

"저는 동맹을 선택하지 않은 '마왕'이니까요."

나는 지난 '마왕 선발전'을 통해 마계의 '73번째 마왕'이 되었다. 무려 수천 년이나 공석이던 자리. 그런 자리를 갓 태어난 성좌인 내가 차지해버린 것이다.

나는 지난 메시지 로그를 열어보았다.

[마왕, '검은 갈기의 사자'가 당신을 자신의 마계로 초대했습니다.]

[마왕, '헤아릴 수 없는 엄격'이 당신을 자신의 마계로 초대했습니다.]

(…)

내가 마왕위에 오른 직후부터 지금껏 쌓인 마계의 메시지.

"〈에덴〉의 멸망은 〈마계〉와의 전쟁에서 촉발됩니다. 당신은 그 중재자로 저를 사용하시려는 거겠죠."

마왕위에 올랐으니 다른 마계의 관심을 받는 것은 당연한 일이었다.

그렇다면 〈에덴〉은 어떨까.

〈에덴〉 또한 마왕이 되기 전부터 내게 비정상적인 관심을 보였다. 우리엘을 필두로 다른 대천사들이 보인 호의에 이르기까지. 지금까지 〈에덴〉이 악 성향을 띤 성좌에게 취해온 태도를 보면, 나에 대한 대우는 파격이라 불러 마땅할 정도로 이례적이었다.

"당신에겐 제가 필요합니다. 스타 스트림 역사상, 마계와 에덴의 관심을 동시에 받는 존재는 아마 제가 처음일 테니까요."

나는 일부러 목소리를 키웠다. 앞으로의 협상을 생각하면, 메타트론의 기세에 눌려 좋을 것은 하나도 없기 때문이다.

메타트론은 대답하지 않고 내 얼굴을 가만히 들여다보았다. 그리고 다음 순간, 나는 뭔가 잘못되었음을 깨달았다.

강렬한 위압감과 함께, 메타트론 뒤쪽에서 휘황한 빛이 떠오르고 있었던 것이다. 어디선가 느껴지는 광적인 시선. 내 존재를 집요하게 파고드는 위험한 힘이 느껴졌다.

[전용 스킬, '제4의 벽'이 강하게 발동합니다!]

츠츠츠츠츳!

눈앞을 가리는 스파크와 함께, 나는 신음을 흘리며 몇 걸음 물러났다. 조금씩 잦아드는 스파크 사이로, 메타트론이 감탄한 목소리를 냈다.

[역시 그대였군요. '최후의 벽의 파편'이 선택한 존재가.]

"무슨……."

['선악을 가르는 벽'이 깜짝 놀라 당신을 바라봅니다.]

나는 흠칫 놀라 눈앞을 바라보았다.

메타트론 뒤쪽에서 일렁이는 은빛의 '벽'. 틀림없었다.

['제4의 벽'이 '선악을 가르는 벽'을 향해 이를 드러냅니다.]

선악을 가르는 벽.

대천사 메타트론 또한 나와 같은 '벽' 소유자였다.

[PART 3 - 02에서 계속]

전지적 독자 시점 PART 3-01

1판 1쇄 인쇄 2022년 11월 25일 **1판 1쇄 발행** 2023년 01월 03일
지은이 싱숑
펴낸이 고세규
편집 박정선, 박규민, 백경현 **디자인** 홍세연, 윤석진

발행처 김영사
주소 경기도 파주시 문발로 197(문발동) 우편번호10881
등록 1979년 5월 17일(제406-2003-036호)
주문 및 문의 전화 031)955-3200 **팩스** 031)955-3111
편집부 전화 02)3668-3291 **팩스** 02)745-4827 **전자우편** literature@gimmyoung.com
비채 카페 cafe.naver.com/vichebooks **인스타그램** @drviche **카카오톡** @비채책
트위터 @vichebook **페이스북** www.facebook.com/vichebook
ISBN 978-89-349-6742-2 04810 책값은 뒤표지에 있습니다.

비채는 김영사의 문학 브랜드입니다.